障碍のある子と ともに歩んだ20年

〜 エピソード記述で描く子どもと家族の関係発達 〜

原 広治

著

ミネルヴァ書房

まえがき
―― 予期せぬ出来事との出会い，そして出発(たびだち)――

　私たち夫婦が2人の子をもつ親となって20余年の時間が経過しました。2人目の子，えりかには生まれながらにして障碍がありました。

　わが子に生まれながらに障碍があると知ったとき，あるいは子育てするなかで障碍があるとわかったとき，いずれにせよ，そのときの親の思いは，まさしく経験した者にしかわからないものなのかもしれません。障碍の告知を意外と冷静に聞けても，それがどういう意味なのか想像すらまったくできない真っ白な瞬間。この世に命を授かった喜びのすぐ裏側にある，不安に思っていたことが的中してしまったという大きな落胆。予期せぬ出来事との出会いは，単純には言い表すことのできないこのような複雑に絡まった思いとともに始まるのです。

　当初，子ども本人だけに向けられていた親の全意識は，時間の経過に伴い，次第に家族や親戚，近所の人，知りあい……へと向けられていきます。「この子を何とかして育てたい」，「どうすればいいんだろう」，「自分にできることは何だろう」と，何をするにも子どものことが脳裏から離れず，いつも考え続けていた最初の頃の思いは，徐々に解凍されるかのように拡散していき，その思いは周囲他者へと広がっていきます。障碍があるという事実を，妻（夫）はどう思っているのだろうか。（子どもにとっての）祖父母はどう受け止めるのだろうか。親戚の人が知ったら，どう感じるのだろうか。街で知りあいに会ったとき，生まれた赤ん坊のことを尋ねられたら，どう答えたらいいんだろう。わが子だけに向かっていた親の思いのベクトルは，いつしか子どもから離れ，周囲他者にいろいろな形となって向けられていくのです。

　しかし，一見，周囲他者に向かっていると思われるこの思いは，実のところ，親自身の心根に向けられた強烈なベクトルであることにほかなりません。つま

り「親である私は，障碍をどのように考える人間なのか」，「その障碍観のうえで，私はこの子をどのようなまなざしで見ているのか（私は，この子のことをどう思っているのか）」という親自身の障碍の捉えの一点に収斂されていくベクトルであるという気がしています。そして，そのことに気づくことをきっかけに，自分自身の「存在」や，わが子や家族の「存在」の意義を，自身の障碍の捉え方とつなげて考えるようになり，目の前のわが子の姿を通して抱くそのときどきの思いを，どのように自分のなかに取り込んでいくか，さらにはその思いを抱きながらどのように子どもや家族と共に生きていくかを，時間をかけて考えるようになっていくと思うのです。

　私自身，2人の子どもが誕生したときのことを思い出してみると，えりかが誕生し，初めて出会ったときは，姉の誕生のときの歓喜溢れる感情の昂ぶりとは随分と異なっていました。そのような単純な喜びではなく，これから先どうなるのだろうか，うまく育ってくれるのだろうかというような，近い将来も予想がつかない不安の感情が混ざり込んだ，でも一方で生まれてきてくれたことに対する喜びを感じるという，複雑な思いでの対面でした。

　そして，えりかの誕生から今日まで，私や家族のそれぞれにとって，少し大袈裟ですが，わが身を浮き彫りにし自分自身の価値観や人生観といったものの気づきと再構成の繰り返しであったような気がします。そしてまた，えりかを通して出会うことのできた多くの人たちから支えられ，共に行動した歴史でもありました。また，自らを赤裸々に見つめていくその過程は，苦しい時期であったように思います。今となれば，「時期であった」と過去のことのようにも思えますが，子どもの就学や社会との接触といった何かの節目や何かの出来事があるたびに，やはり今でも自分自身を見つめ，自分自身と対話する現実があることを考えれば，今もこれからも，その過程は続いていくと言えそうです。

　障碍のある子がいるということ，障碍のある子を育てるということ，そして，それを受け止めていく時間の長短は人によって異なり，障碍の捉えも単純な道を辿らないことは言うまでもありません。自分を見つめ，弱さや強さを知り，ときには激しく気持ちを揺さぶられながらも，他者との巡りあいのなかで，そ

れなりに自分の生き方をつかんでいく過程。「障碍」とは，障碍があると言われている子ども側だけにあるのではなく，同時に周囲他者を巻き込んでいくものであって，親や兄弟姉妹，あるいは家族の一人ひとりが，「障碍」を自分の身体のなかへすり込ませていくものなのだと思えてなりません。

＊

　本書は，わが娘えりかの誕生からの20余年を振り返り，そのときどきのことを，当時書き留めていたメモや写真アルバム，過去に私が著したものを利用しながら回想するとともに，えりかに関わり，えりかの成長を支えてくださった方々からの話を交えながら書き進めることにしました。ですから，今からの振り返りであるため，現時点からの記憶が色づけられていないとは言えないかもしれませんが，できるだけそのときの思いに沿いながら書くように努めました。

　また，誕生から今日までを時間の流れに沿って回想していきますが，その流れのなかにあって，特に私の印象として残ったある場面をその流れから切り取ったものや，えりかのこれまでの人生で出会った大切な人たちの語りを〈エピソード〉と呼び，それについて現時点から振り返って考えた，えりかや家族にとっての意味づけなどを〈今から思えば……〉として付していくかたちで書き進めていくことにしました。また，切り取ったエピソードはほとんどがえりかに関するものですが，その場合には，えりかの年齢やそのときの季節などを書き加えることにし，時間の流れがわかりやすいようにしました。さらには，えりかの成長にともない社会とのつながりが生まれ広がり，地域の方々と一緒になって始めたミニ療育活動の取り組みをはじめ，就学，進路選択へと向かう人生ドラマをとおして家族がどのように変容していったか，家族の関係発達のあり方というものも振り返ってみようと思います。

　このようなエピソードを活用しながら書き進めることは，鯨岡（2005）が提唱する「エピソード記述」の方法論を参考にしています。それは，そのときどきの出来事を「あったこと」だけを羅列して著すのではなく，その情景をエピソードとして生き生きと描き出し，体験やインタビューをしたときの心が揺さぶられる「私」の心情や捉えを一緒に著すことで，一つひとつのエピソードが

もつ意味を，より臨場感をもって読者の皆さまにお伝えできるのではないかと考えたからです。

ですが，まだまだ十分とは言えず，わかりにくいところがあるとすれば，それは私の力の及ばないところとご勘弁いただき，読者の皆さまに行間を読み解いていただけたら幸いです。

本書によって障碍のあるお子さんを育てていらっしゃる親御さんや彼らを支える方々に，私や家族の人生の息づかいを感じ取っていただくとともに，本書をお読みいただいた方々が，子育てへの勇気と社会への信頼をわきおこすことにつながることができたなら，それに過ぎる喜びはありません。

＊なお，私の娘が学校に通っていた頃，障碍のある子どもたちの教育制度は特殊教育でしたが，本書においては，不都合がある場合を除き，特別支援教育となった現行制度の用語等を使用しています。

平成26年3月

原　広治

障碍のある子とともに歩んだ20年
―― エピソード記述で描く 子どもと家族の関係発達 ――

目　次

まえがき

第1章　誕生前後 …………………………………………………… 1

1. お腹の赤ちゃん ………………………………………………… 3
　　エピソード1：お腹の赤ちゃん，大きくなっていないんだって……　5
　　エピソード2：やっぱり言うんじゃなかった。でも黙ってるわけにいかないし　6

2. 妻の入院生活 …………………………………………………… 9
　　エピソード3：早く親子水入らずで暮らしたいねぇ　10

3. 娘の誕生 ………………………………………………………… 11
　　エピソード4：今，仕事してる場合じゃないでしょ　12
　　エピソード5：生きて産まれてきてくれたんだ　14
　　エピソード6：生の声を聞かせてやってくれ　16

4. 医師からの説明 ………………………………………………… 19
　　エピソード7：私もきちんと聞きたかった　20
　　エピソード8：やっぱり私も聞きたかった　22

5. 命　名 …………………………………………………………… 23
　　エピソード9：「原さんちの赤ちゃん」でなくなるんだ　24

6. 妻の覚悟 ………………………………………………………… 25
　　エピソード10：妻からの手紙　25

第2章　病院での暮らしと家族 …………………………………… 29

1. NICUでの暮らし ……………………………………………… 31
　　エピソード11：父親としての私の決意　32

2. 小児科への入院 ………………………………………………… 36
　　エピソード12：日頃親孝行してないから，いけないことが起こる?!　38

目次

第3章　家での暮らしと家族 …………………………………………… 41

1. 家族勢揃いでの暮らしのスタート ………………………………… 43
　　エピソード13：この子はちゃんと育つかいなぁ　43

2. 家族間でのやりとり ………………………………………………… 45
　　エピソード14：親の言うことを聞かないから，こんなことになる　46
　　エピソード15：親なら，日本中まわって，いい医者のところに連れて行ってもいいでしょ！　48
　　エピソード16：でも，これが世の中の一面でもあると思ってね　51
　　エピソード17：選ばれて授かった　52

3. 初めての春 …………………………………………………………… 55
　　エピソード18：城山の桜の木の下で　56
　　エピソード19：家族みんなで，家族みんなを守っていこうと思っているから　58

4. 1歳の誕生日 ………………………………………………………… 59
　　エピソード20：他からの力に頼りながらも光り輝き，人に愛でられ，安らぎを与える月のように……　60

5. 療育指導とそれへの疑問 …………………………………………… 61
　　エピソード21：療育に関わる気持ちのズレ　62

6. 社会との出会い，社会との接触 …………………………………… 63
　　エピソード22：えりかのマイカーは，昔ながらの深底型の乳母車　64

7. 3歳になって ………………………………………………………… 66
　　エピソード23-1：「何でえりかはこうなんだ？」という祖父の問いと妻の受け止め　67
　　エピソード23-2：一度も責められたことないから，こちらも反発することもないし……　68
　　エピソード24：普通に生きられますよ　69

第4章　保育所での暮らしと「社会」に対する家族の受け止め …… 73

1. 初めての「社会」としての保育所 ………………………………… 75
　　エピソード25：保育所でどんなふうに過ごすのか，楽しみが増えた気持ち　76
　　エピソード26：私にできることを惜しまずやっていく　78
　　エピソード27：障碍のある子の保育の基本は，これまでの保育と変わらない　81

2．この頃の家での暮らし……………………………………………………84

3．保育所という初めての「社会」とつながって思えてきたこと…86

第5章 「社会」に向けた「いちごの会」の行動
　　　——"生まれてよかった　育ててよかった　住んでよかった町"をめざして…89

1．「いちごの会」が生まれるまで……………………………………………91
　　エピソード28：みんなが参加したいと思える療育活動をやりたい　93

2．「いちごの会」が行うミニ療育活動………………………………………96
　　エピソード29-1：親御さんたちの思いがはっきりしないことには，協力できません　99
　　エピソード29-2：手弁当でもいいじゃないですか。それが子どもたちのためになるのならやろうじゃないですか！　100
　　エピソード30：私はいいことは行うという信条をもっている人間のつもりですので　106
　　エピソード31：一緒に活動してくださる人が，こんなにもいてくれる　110
　　エピソード32：ただ一緒に過ごすことを楽しむ　114
　　エピソード33：そうか，あんなふうにしないと，伝わらないってことか　118
　　エピソード34：子どもたち一人ひとりが大事にされ，主人公として見つめられている　120
　　エピソード35：井戸端会議風話しあい，これも大事な相談事業　123

3．「おもちゃ図書館」の開設…………………………………………………127
　　エピソード36：直接見てるでしょ，直接感じてるでしょ　129
　　エピソード37：よくぞ，ここまで　131
　　エピソード38：こんなにいいところが，近くにあったんだ　135

4．「総合相談会」と「地域子育て支援会議」の開催……………………138

5．いちごの会事業を総動員した子育て支援………………………………140
　　エピソード39：育てていただいたのは，子ども以上に私であったと思います　140

6．地域で共に生きるために…………………………………………………143

第6章　学校教育との出会い ……………………………………………… 147

1．就学にむけて ……………………………………………………………… 149
　　エピソード40：もういい加減，疲れてしまって。もうどうでもよくなった　150
　　エピソード41：騒がしい朝だなぁ　154
　　エピソード42：もうしばらく，ここでの暮らしを継続させてあげましょうや
　　　　　　　　　159

2．訪問教育 …………………………………………………………………… 162
　　エピソード43：いつもと何か勝手が違う　163
　　エピソード44：親が先生だからそんなことができる　168
　　エピソード45：先生は，特別支援学校不要論者ですか！　171
　　エピソード46：それはどういうことですか。そうすることが教育なんですか！
　　　　　　　　　173
　　エピソード47：えりちゃんは，まだ？　今日は来ないの？　176

3．就学先の変更 ……………………………………………………………… 178
　　エピソード48：だれもね，人は使命をもって生まれてくると思うんですよ　180
　　エピソード49：行政が一度行ったことは，前例になりますから　184
　　エピソード50：教育委員会って，そういうところ？　同じ教育委員会にいて，
　　　　　　　　　どうにかならんの?!　187
　　エピソード51：とてもいい夢をみさせてもらったと思えばいいがね　189
　　エピソード52：こんなに感動した始業式は初めて！　191
　　エピソード53：でも，やれましたねぇ，だれも普通のことみたいにして　195
　　エピソード54：えりちゃんを真ん中において，人の輪が広がっていく　200

4．就学形態の変更 …………………………………………………………… 202
　　エピソード55：所詮，他人事だから　203
　　エピソード56：えりちゃん，元気ですか。明日は学校で待ってるよ　207
　　エピソード57：こんなに泣いた卒業式は初めてのような気がする　209

第7章　通所施設の設立とそこでの暮らし ………………………… 211

1．自分たちの手で新しい通所施設を ……………………………………… 213

2．私たちが考えた施設 ……………………………………………………… 215
　　エピソード58：えりかは楽しいところを知っている　219
　　エピソード59：あら，えりちゃんじゃない　221
　　エピソード60：えりかの仕業か　224

第 8 章　今から思えば……
　　　　　——障碍のある子と家族の関係発達 ………………………………… 227
　1. 自分のなかの折りあい ………………………………………………… 229
　2. 子育てへの勇気と社会への信頼
　　　　　——集まって，楽しんで，学んで，動いて，変えていく ……… 233
　3. えりかからの学び ……………………………………………………… 237

引用文献一覧　247
あとがき　249

第1章
誕生前後

中海に浮かぶ大根島
——えりかが生まれた頃,勤務していた学校のある島

妻は出産時，もしかしたら自分の生命を危ぶむ思いがした瞬間があったのかもしれないのに，もう今は，たとえわが娘に病気や障碍をもっていたとしても懸命に育てようという鮮明な意志をもち，出産を経て一足先に親の魂になったのだと，それに比べあまり代わり映えのしない自分自身を思い，そのすごさを感じずにはいられませんでした。　　　　　　　　　　（第1章　本文より）

1．お腹の赤ちゃん

　松江の街から車で東に20分くらい走ったところにある通称嵩山(ダケサントウゲ)峠。そこを越えると，中海が見えはじめます。そして，そのちょうど真ん中あたりに，まるでお盆をひっくり返したような平らな島が，光輝く水面に囲まれて浮かんでいます。島といっても，堤防道路が整備され地続きになっているので，車で自由に行き来することができました。

　娘が生まれた頃，私はその島の小学校に勤務していました。

　街から少し離れた嵩山峠は，車で走るとすぐに通り過ぎてしまうのですが，両側を山に囲まれ，傷んだアスファルトの所々に穴もあいているような狭い一本道の峠は，あたりに民家もないことから，そこだけが，世の喧騒から隔絶された場所のように感じられました。そして，娘の誕生により，その峠には，それまで通るたびに感じていた世との隔絶のほかに，私にとっては，違った意味あいが付け加えられることになったのでした。

　私は教員になるとすぐに，当時の「ことばの教室（言語障碍特殊学級）」を担当することになり，初任地での数年間は，継続してその業務に携わっていました。妻は，自宅近くの総合病院に勤務し，リハビリテーション科に所属する言語聴覚士でした。

　私は初任校からその島の学校に転勤することになったのですが，新しい赴任地はそれまでの勤務地よりさらに自宅から遠くなることから，自宅と赴任先の中間地点にあたる松江の地に居を構えることにしました。松江は妻が生まれ育った街で，妻の実家も近くにあることから，上の子を育てながらの新生活を過ごすのに何かと都合がよく，心強いものがありました。ただ，これまで車ですぐだった妻の通勤は，転居したことで随分と時間がかかることになりました。

　毎朝，妻は子どもを車に乗せ，松江の家を出ると私の実家に向かい，そこで孫を待ちかまえる母に預けると，そのまま仕事場に向かうという生活が始まりました。昼間，子どもは母と過ごし，夕方になると勤務を終えた妻が再び実家

に寄り，子どもと一緒に松江の家に帰ってくる毎日でした。妻は，片道小一時間をつかって通勤しながら仕事をし，家事や育児もこなしていました。

　そんな新生活が始まった頃，妻が第2子を身籠もったとわかりました。私の母は，「お腹の子のことを考えると，（妻の）車の通勤はやめた方がいい。車の振動に長い時間揺れているのは体調によくない」と，元の同居を勧めました。そもそも寂しがり屋の母は，私たち親子が別居し，急に家が寂しくなったこともあり，余計に同居を勧めたのでしょうが，「大丈夫だから」とその声を押しとどめる格好で続けた両親との別居生活でもありました。

　私たち夫婦は結婚と同時に二世代同居生活を始めていたので，夫婦と子どもだけの生活は初めてのことでした。それまでは健康な両親との同居であったことから，私たちは，子どもが生まれても安心して仕事を続けることができ，孫育てのためにそれまで就いていた仕事もやめてくれた母のおかげで，子育ても随分と楽をしていたのも事実でした。しかし，私たち夫婦と子どもだけの新生活もまた，魅力的でした。妻は何も言いませんでしたが，生活するうえでの時間や空間の使い方を自分たちだけで決めていけることは，それまでにない気楽さだったように思います。また，子どもが大きくなり，保育所や学校に通うようになれば，借家生活ではなく，私の実家に戻っての同居生活が始まることになります。あるいは，私が今以上の遠くの地に転勤になったとすれば，妻の仕事や子どものことを考えると単身赴任になりそうです。そうなれば，夫婦と子どもだけの生活は今しかないだろうと考えると，たとえ，子育てに時間をとられるようになったとしても，妻の通勤距離が長くなったとしても，先の母の提案を押しとどめる結論に至ったのでした。

　上の子のときもそうでしたが，妻は里帰り出産をすることになり，その準備もしながらの新生活でした。いつも忙しく動き回っている妻は，お腹の赤ちゃんの定期健診日にはできる限り1日のお休みをいただき，健診後，少しゆったりと過ごすことができるようにしていました。妻の定期検診の日は，上の娘も，いつも以上に母親と一緒に過ごせるし，私も仕事から家に帰ると生活のにおいが部屋中に漂っている空気を感じることができ，家族みんながややゆっくりぺ

第1章　誕生前後

ースで時間を過ごすことができていました。

　いつもは健診結果の報告を笑顔で受け，ときにはビデオテープに録画してもらったお腹の赤ちゃんの様子を見たりしながら，ゆったりしたひとときを過ごすのですが，この日ばかりは，いつもと違っていました。

❖エピソード１：お腹の赤ちゃん，大きくなっていないんだって……

（誕生4か月前，初夏）

　この日も私が仕事から帰ってみると，妻はすでに夕ご飯の支度を済ませたところでした。娘と3人で，少し早めの食卓に向かいましたが，私は妻がどことなく元気がないというか，表情が冴えないように思い，どうしたのかと尋ねると，妻はおもむろに「定期健診に行ったら，いつも先生がエコーでお腹の赤ちゃんの大きさを測定するんだけど，今日も測ってもらったら，赤ちゃん，大きくなっていないんだって……。平均より小さめ。何度か測られたんだけど，どれも同じような数値でねぇ」と話し始めました。「それって，何で？　どういうこと？　大丈夫なのか？」と，私が立て続けに問うと，「理由はわからないみたい。特に，何をどうしろという指示もなかったので，今以上に大事にしようと思っているけど」と返す妻。そして，1人で美味しそうに食べている娘を見つめながら，「この娘も小さかったから，同じような感じかなぁ。まぁ，小さく産んで大きく育てるということだわね」と，妻は少々無理に笑顔をつくって話し続けました。そんな表情でのことばであっても，それを聞いた私は「大きくなっていない」と聞いた直後の動揺はやや冷め，お医者さんもついてくださることだし，上の娘も生まれたときは大きくなかったけれど健康に育っているので，「そんなこともあるだろう」程度に，大したことはないのではないかと考えようとしていました。

　私が「今度は僕も健診について行って，先生に会ってみようか」と話し，妻が「うん」と頷いたところで，私たちは医師から告げられたことばが少し気になりながらも，これに関するやりとりはそこで終え，別のことに話題を変えて

5

いました。

〈今から思えば……〉

「何で？ どういうこと？ 大丈夫なのか？」と質問されても，医師から事実だけを告げられていた妻にとってみれば答えに窮するばかりで，どうにも答えられなかったのでしょうが，「小さく産んで，大きく育てる」といつものように物事を前向きに捉える妻と，無邪気にパクパクと食べている上の娘のおかげで，私の動揺が少しずつ落ち着いていったように思いました。

しかし，実際のところ，妻は上の娘と同じではないかもしれないという思いを払拭することはできず，無理に「大丈夫」だと思おうとしているかのようでした。私でさえこうなのだから妻が気にしないでいるわけはないと思え，私はその話題からそっと離れたのですが，そこには，もうこれ以上，この話題はしたくないという「逃げ」があったのは事実でした。

次の健診日。私も病院に出かけ，実際に赤ちゃんの身体の大きさを測定する場に入らせてもらいました。前回からひと月経っていたのですが，その期間の割には，やはり大きくなっていませんでした。その理由がはっきりしないだけに，赤ちゃんが大きくなるための方法もないようで，そのことに対処する術はなく，できることはより一層大事にすることくらいのように思えました。

そうこうしているうちに時間は経過していくのですが，状況の好転もなかったことから，いよいよ私の両親に黙っているわけにはいかなくなりました。

❖ エピソード２：やっぱり言うんじゃなかった。でも黙ってるわけにいかないし

（誕生３か月前，夏）

私たち夫婦が休日に実家に帰ったときの昼食後のひととき。お腹の赤ちゃんが大きくなっていないことを，両親に伝えなくてはなりません。妻の通勤距離

第1章　誕生前後

が長くなると言って，別居生活に反対していた母に，「大丈夫だから」と言った私。でもお腹の赤ちゃんが大きくなっていないという事実。「このことを両親に話すと，また何か，こっちの気持ちを逆撫でするようなことを言うんだろうなぁ。なんか言いにくいなぁ」と思いながら，それでも母に，「病院で診てもらったら，お腹の赤ちゃん，大きくなっていなくてねぇ。もう少し様子をみることになったけど」と言うと，「だから言ってたじゃない，長い距離の通勤はいけないって！」ということばが返ってきました。案の定の反応でした。案の定だとわかっていても，そこには気遣ったり労ったりすることばがなかったことから，つい私は「大丈夫だよ。だから，もう少し様子をみながらお医者さんに診てもらうことになったって，言ってるじゃないか！」とことばを荒立てて言い返していました。別居生活をあまり快く思っていない母は，何か変わったことが起こるとすべてそのことに起因させて考えてしまいます。私は自分の苛立ちを抑えるように「やっぱり言うんじゃなかった。言わなきゃよかった」とひとり言を言いながら，「でも，黙ってるわけにいかんしなぁ……」と思いながらその場から離れていきました。妻は黙ったまま，「あぁ，また始まったなぁ」と少し困ったような顔をして食卓にとどまり，私たち親子のやりとりを，ただ黙って聞いているだけでした。

〈今から思えば……〉

　普段の生活に何か思わぬことが起こると，これまでの生活と今の生活にどんな違いがあるかを考えてそのことが原因であるとし，そんな違ったことをするから，あるいはそんな違ったことがあるから，普段と違うことが生じてしまうんだと，因果で理解しようとすることがあります。私の両親は年齢を重ねているせいもあってか，余計にその理屈で物事を理解しようとすることがよくありました。

　ですから，結局のところ母と意見が合わず，私たち夫婦が母の提案を押し切って別居を続けていることもあって，私は，私たちにとってあまり言いにくいことは実家に持ち込まず，そっとしておきたいと思っていました。そうしないと，「言いにくいこと」の原因を，それまでと変わったところ，つまり，今回

の場合だと，別居したことに安易につなげられてしまうだろうと思っていたからでした。たぶん，妻も，お互いが気分を害したりトラブルになったりすることがわかっているのだから，言いにくい話題をわざわざ持ち込まないほうがいいのではないかと思っていただろうと思います。

　そんなこともあって，この程度の母の言い方はいつもの言い方だからと，あるいはだれもが考えることだからと聞き流すこともできたでしょうが，お腹の赤ちゃんが大きくなっていないという，どこかゆったりとしていられない気分の私は，母のことばを，心配してくれているゆえのことばだと感じられないでいました。「上の娘も生まれは大きくなかったから」と考えようとしていてもそれだけでは捉えきれず，「どうしてかなぁ」と，その現実をどのように考えていいのかわからない余裕のない私だったからでしょう。そして，そんな状況にいる私だから，気遣いや労いのことばをかけてくれと半分は期待していたにもかかわらず，そんなことばがなかったことに気持ちが満たされなかったから，母にことばを荒げてしまったのだろうと思えました。

　また，赤ちゃんの「普通」の成長と異なる事態を，どのように自分のなかに収めていくのかもはっきりしないまま，母のことばに苛立ちを覚えつつ，私のほうも母に気持ちを向けることができず，ただ自分のことだけを考えることしかできていなかったように思えました。

　しかし，妻は，自分のお腹のなかにいてまさに一心同体の赤ちゃんが大きくならない現実を，自分のこととして考えていました。それは，自分と赤ちゃんを切り離して考えることはできないし，今の事態を第三者的に考えることもできないからでした。親子喧嘩をしている場にとどまる妻は，「普通」と違うことの収めどころがわからず，とりあえずその場から立ち去ってしまう私とは異なり，現実から逃げない決心があり，「普通」と違っていることをいつも自分の身をもって感じ，自分のこととして思っていたに違いありません。しかし，その頃の私は，妻の，口には出さないけれども心細かったであろう心境を思い量ることもありませんでした。

2．妻の入院生活

　妻は，赤ちゃんがなかなか大きくならないということで，産前休暇の少し前から仕事を休むことにし，家でゆっくり過ごすことになりました。両親は妻の身体を気遣い，「そのほうがいい，そのほうがいい」とほっとしたようでした。それ以上に喜んだのは上の娘で，朝になるといつも仕事に出かけてしまう母親がずっと家にいてくれるのがうれしくてたまらない様子でした。実際，家のなかでも買い物などでも，いつも一緒にくっついて動いていました。

　その後，出産予定日の1か月くらい前になると，出産する病院として考えていた産科クリニックから紹介された総合病院に入院することになりました。妻の入院により，それまでの生活は一変しました。しかし，上の娘は，それまでいつも一緒だった母親がいなくなった一大事のはずだったのですが，泣くこともなく，意外と冷静に事の成り行きに対応していて，周りの大人たちを驚かせました。一緒によく遊んでくれていた祖父母がいるから，寂しくなかったのかもしれませんが，まだ2歳ほどの子どもが気丈に振る舞っているようにも見え，その姿から私たち大人を励ましているようにも感じ，心強くさせてくれたことは確かでした。

　母親，妻，嫁，仕事と，いろいろな役目をこなしていた妻は，自分が入院したことで子どもの世話や家事などができなくなり，家族に，特に義母に迷惑をかけていることを申し訳なく思っていました。同時に，ことばがどんどんと増え，表情豊かにやりとりができるようになってきた上の娘との関わりが次第におもしろくなってきたところだっただけに，入院によって離ればなれの暮らしになったことを，仕方のないことにせよ残念に思っていました。そして，生まれてくる赤ちゃんのことを思うたびに，「何はともあれ元気で生まれてきてほしい」と祈り続ける入院生活でした。

　そんななか，私にできることといえば，仕事帰りに病室に立ち寄っては，たわいのないことを話して帰ることくらいでした。出産予定日がわかっているの

で，退院の見通しがつかない入院生活ではなかったのですが，とにかく病院に立ち寄り妻の顔を見ようと決めていて，家の様子を妻へ，妻の様子を家へと伝えていく毎日でした。

　入院して1週間が過ぎた頃だったでしょうか。いつも病室に寄るのは仕事帰りなので，病窓からの景色はすっかり暗くなっていました。妻は私の姿を見ると「いつも来てくれて，ありがとうね」と言っているかのような笑顔で迎えてくれると，夕食後の腹ごなしにと近くの面会室まで歩いていき，しばらく話すことにしました。

❖エピソード3：早く親子水入らずで暮らしたいねぇ

（誕生1か月前，初秋）

　「体調はどんな？」という私の問いかけに，「うん，いつもと変わらず。食事も摂れてるし。昼間は相部屋の人たちと喋ってるよ」と答えると，「それより，お姉ちゃんはどうしてる？」と上の娘の様子をたたみかけるように聞いてきました。「昨日はおばあさんが家の前の畑や庭で作業してる間中，泥をこねたり砂遊びをしたりして遊んでたみたい」と言うと，「へぇ，そうかぁ。何つくってたって？」と次の質問。「泥の団子に砂のふりかけだったかな」と答えると，妻は急に部屋の窓をぼんやりと眺めながら，家の周りで遊ぶ上の娘の姿を想像しているかのような様子で，「ふぅん。早く親子水入らずで暮らしたいねぇ」と，それまでの矢継ぎ早の言い方ではなく，ゆっくりと，しみじみと，つぶやきました。

〈今から思えば……〉
　結婚してからいつも一緒だった私たち夫婦は，入院という思わぬ事態によって初めての別居生活となりました。そんな状況の変化に加え，季節が夏から秋へと変わり，空気にどことなく涼しさを感じると，余計に寂しさをつのらせていきました。時間限定の面会では，家のことや子どものこと，お腹の赤ちゃん

のこと，仕事のことやご近所さんのことなど，話すことはたくさんあるはずなのに，いつも話が弾むとは限りません。しかし，私にできることは，毎日病室を覗いてはたわいのないことを話して帰ることくらいしかありませんでした。入院したからといってお腹のなかの赤ちゃんが急に大きくはならないかもしれないとわかっていても，病室に立ち寄ったときに，妻がひょっこり「赤ちゃん，大きくなってるって，先生が言ってくれたよ」と笑顔で話してくれるのではないかと，心のどこかで期待する自分も確かにいました。また，この頃の私は，母子共に健康が一番だと思いながらも，まだ見ぬ顔の赤ちゃんよりも，妻の健康を気遣う気持ちの方が強かったのではないかと思い起こします。

　しかし，「早く親子水入らずで暮らしたいねぇ」という妻のつぶやきを聞いたとき，妻は入院という非日常の暮らしにあって，いつものありふれた日常の暮らしを思い浮かべ，親子水入らずのときを思い出しながら，そんな「いつものありふれたこと」のありがたさを感じていたように思いました。その「ありふれた」暮らしのなかに，生まれてくる赤ちゃんの姿も取り込みながら，そんな風景が日常になったらいいなぁと祈っていたのではないでしょうか。そこには，私と妻との「今」の受け止めが微妙に異なっていたように思います。妻は，まだ見ぬ2人目の子どもを家族の風景に取り込んでいますが，私の場合は，まだ見ぬ2人目の子どもよりも，今見ることのできる妻や家族の風景しか見えないでいました。

　しみじみと，ゆっくりとつぶやいた「早く親子水入らずで暮らしたいねぇ」のことばに，妻の母親としての柔らかさと強さを兼ね備えた姿を垣間見た思いがしました。

3．娘の誕生

　いつものように私が仕事帰りに病院に寄ると，しばらくして妻の陣痛が始まり，まもなく分娩前室（陣痛室）に入り，出産の準備となりました。私はその日のうちに産まれてくるのだろうと思っていましたが，なかなか産まれてきま

せんでした。今夜のうちには産まれないからと，私は一旦わが家に戻り，翌朝，再び病院に寄ってみると，結局は陣痛が弱いまま，妻は一夜をその部屋で過ごしていたとわかりました。今日のうちには産まれるだろうからとその場を義姉に委ね，産まれたら連絡してもらうことにして，私は通常勤務に就いていました。

　その日の昼休憩の時間，私が職員室で学級だよりを書いていると，電話の鳴る音がしました。学校にかかってくる電話は，だれへの用件なのかわからないので，普段はその音をあまり気にもとめないのですが，この日はいつもと違っていました。授業中の私宛ての電話は伝言してもらうように同僚にお願いしていたし，授業時間以外は，誕生を知らせる電話がいつかかってきてもいいように，できるだけ職員室から出ないようにしていました。

　このように言うと，電話をとても楽しみな気持ち一色で待ち望んでいたように聞こえるかもしれませんが，妻の入院や産まれてくるわが子が通常とは少し異なっていることに不安を抱いていたのも事実でした。楽しみ半分。不安半分。「とにかく，無事に産まれますように」と，祈ることしかできない時間を過ごしていました。

　そんなときにかかってきた電話の音。受話器を取って応答する声が，私を呼び出しました。私の席から受話器までの十数歩を，「産まれた知らせかなぁ」，「妻や赤ちゃんは元気か」，「無事でいてくれよ」と，どちらかといえばネガティブなことばかりを思い浮かべながら，同時にその思いをはじき飛ばし，「元気，元気，大丈夫」と自分に言い聞かすように歩いて向かっていました。

　恐る恐る手にした受話器の先は，赤ちゃんが産まれたことを知らせる義姉の声でした。

❖エピソード４：今，仕事してる場合じゃないでしょ

（誕生の日①，秋）

「産まれたよ。いろいろあって，帝王切開になったけど。赤ちゃんは女の子

で，小さく産まれてね。泣き声も小さくて……。詳しいことは病院に来てから。でも，母も子も，がんばったから」と，少し興奮気味に話し続ける義姉の声は，それでも不安げで，「今，そんなことをしている場合じゃないでしょ」と，仕事場にいる私をいぶかる雰囲気も伝わってきました。母子共に無事であるものの，ただ事ではない雰囲気を言外に感じた私でしたが，動揺を隠して平穏を装いながら御礼を言うものの，どこか声がうわずっているようで，ことば少なめに電話を切るのが精一杯でした。「何があったんだろう。赤ちゃんはやはり小さかったんだ。母子共に無事なんだ。よかったぁ。でも何かありそうだ。病院に行ってみないとわからないなぁ……」と思いが錯綜します。ひと月前から入院して出産に備えていたので，出産を知らせる電話を受けたときにはこれとあれとを聞こうと考えていたのに，いざ産まれてみると，気になる赤ちゃんの様子や妻の様子を尋ねることもなく，何もわからないままに電話を切っていた私でした。「妻は大丈夫か。とりあえず無事らしい」，「赤ちゃんは大丈夫か。とりあえず無事らしい」，「赤ちゃんに異常はないか。それはわからない」，「産声が小さいって聞いたぞ。でも，その先はわからない」，「大丈夫でいろよ。……」，「大丈夫でいろよ」と心の中で叫ぶ私の声に応える声はありませんでした。

　勤務先の上司に報告すると，「今日は早めに学校を出て，病院に向かうように」と言ってくださいました。しかし，私は，赤ちゃんが誕生した喜びやただ事ではないかもしれないという動揺を押し隠すかのように，普段以上にきっちりと午後の授業に臨んでいました。

〈今から思えば……〉

　誕生を知らせるうれしいはずの電話を，私は複雑な思いで待ち受けていました。それは，知らせを楽しみに待ち受けるという積極的な気持ちや，それとは逆の，誕生が間近であることはわかっていたので，産まれたら連絡があるだろうというくらいの淡々とした気持ち，あるいは赤ちゃんが健康に産まれてきてほしい気持ちや，妻や赤ちゃんに万一のことがありはしないかという不安な気持ちなどが混ざりあい，それらが頭を出してはまた消えていくことを繰り返

ていました。そのような気持ちでいたので，誕生し，母子共に無事であるという事実を聞かされても，そのことを「ああ，よかった」と素直に喜びきれていない自分がいました。うれしいという感情に覆い被さるように「大丈夫か」という思いがこだましていたように思います。また，赤ちゃんについてのそれ以上の事実を聞かされるのを，どこかで怖がっていたような気がします。ですが，多くの同僚がいるなかで，怖いと思う自分を露わにすることはできず表情を押し隠し，早く病院に行って実情を知らされることもまたどこかで怖く，ある種淡々と授業に臨んでいたのでした。

　さらに，義姉からの電話を聞きながら，わが子の誕生に喜びではなく，怖さを感じている自分自身が受け入れられず，そんなことでいいのかと情けなく思うもう1人の自分もいました。

　授業を終えると，私は早めに学校を後にし，妻と赤ちゃんのいる病院に向かいました。まずは妻のいる病室に向かうと，妻はこれまでに見たことのないような疲れた顔をして，でも出産を無事に終えることができてほっとした表情で，安らかに眠っていました。その表情から，しばらくの間，義姉の言う「母も子も，がんばった」出産の様子を思い量っていました。

　やがて目覚めた妻が「もう赤ちゃんに会った？」と言うので，「まだこれから」と告げると，「あぁ，そんなんだ。実は私もまだ会ってないんよ」と言い，続けざまに，少しかすれた声で誕生のときのことを話してくれました。

❖エピソード5：生きて産まれてきてくれたんだ

（誕生の日②，秋）

「赤ちゃんは，結局，私のお腹のなかで予定日から3日ほど多めに過ごしていたことになるんだけど，陣痛が弱くて一晩を陣痛室で過ごした日の翌朝，主治医の先生がやってこられて，いつもと変わらず落ち着いた声で「赤ちゃんが弱ってくるといけないので，今から少し早めて産むことにしましょう」と告げ

られたの。そのことばに「分娩を誘発するんだ，いよいよ産むんだ」と理解した私は，実家の母にも来てもらうことにして，そこまではよく覚えているんだけど，それから始まる出産の出来事は，まるでテレビ番組でも見ているかのような情景で，他人事のような錯覚に陥ったほどだったよ。

　処置が始まってしばらくすると，何やら下半身に違和感があってね，ドロッとする感覚があったんよ。急いで看護師さんを呼ぶと，やってきた看護師さんは状況を見るやいなや表情を変えて，主治医をインターホンで呼ぶ声が聞こえたの。私はどうなったかもわからないで横になったままでいると，先生が駆けつけてくださって，いつもは落ち着いた物腰で語り，対応してくださる先生の顔の表情が明らかに険しくなってきてね，慌てておられるのが見て取れたの。「これは，えらいことになった」と，私はその先生の姿から悟ったの。行き交う人の動きと声が俄然勢いを増してきてね。自然分娩での出産を何度か試みたあと，先生が私に告げたの。「出血が母胎からなのか，赤ちゃんからなのかわからない。このままでは赤ちゃんが危ないので，帝王切開します。よろしいですね」って。ことばは丁寧だったけど，そのことばを話す先生の顔は相変わらず険しくてね。私には選択肢はないように思えたの。

　麻酔が始まると，私は産まれてくるわが子が無事にこの世に生をもって産まれることだけを祈っていたの。祈るしかなかった。何度も何度も祈るしかなかった……。産まれたのは麻酔をしていても感じることはできたんだけど，産まれたばかりのわが子は，私の目の前を通過することもなく，即，別の部屋へと連れて行かれてね。産声は聞こえなかった。男なのか，女なのか。生きているのか，死んでいるのか。だれも，何も，教えてくださらなかった。いえ，話してくださっていたかもしれないけれど，私には伝わっていなかった。「あぁ，だめだったんだ」と不吉な予感がして，遠のきそうになる意識のなかで，私は「あぁ，だめだったんだ」と再び思ってたの。

　午後になって，出産の疲れも手伝い少しうとうとしかけていたとき，総合病院を紹介してくださった産科クリニックの先生が，わざわざお見舞いにきてくださってね。そして，その先生から「たいへんだったね。女の子だよ」と教えられたの。「あぁ，生きてたんだ。生きて産まれてきてくれたんだ」と初めて

わかり，張り詰めた思いが溶けるように気持ちが和らいで，私，先生の前で思わず涙をこぼしていたのよ。ただ，そのとき先生は「元気な（赤ちゃん）」ということばは言われなかったんだけどね」。

〈今から思えば……〉
　出産のときの状況を，妻は冷静に話してくれました。それにひきかえ，聞いている私のほうは，母子共に無事であったという現実を知っていることもあって，どこか安心して聞けていたのですが，分娩室や手術室での妻の様子や医師や看護師が動き回ったであろう情景を想像してもしきれないまま，胸の昂ぶりを抑えるかのように，ただただ無言で聞いているのが精一杯でした。
　医療の進歩が出産を安全なものにしている時代にあるとはいえ，それでもやはり，出産は大仕事だと改めて思いながら，生きて産まれてきてくれたことにだれ彼に対するわけでもなく感謝の気持ちでいっぱいでした。また，そのような混乱の場で1人でがんばってくれた妻を愛おしく思うとともに，昼過ぎの義姉からの電話を思い出し，そんな場に妻を1人で置いていたことに申し訳なさがつのっていました。

　私は妻から出産の状況を聞いた後，手術後でまだ歩けない妻を病室に残し，1人，新生児集中治療室（NICU）に向かいました。エレベータを降りるとすぐに聞こえてくる「ピーッ，ピーッ，ピーッ……」という脈拍を知らせる規則的な機器の音。そこがNICUのあるフロアでした。

❖ エピソード6：生の声を聞かせてやってくれ

（誕生の日③，秋）

　初めて見るわが娘がいる保育器は，廊下から部屋が覗ける大きなガラス窓の近くに置かれていました。娘は，そのガラス窓と保育器のガラスの二重の遮蔽の向こうで，安心したかのように静かに眠っていました。娘の細かな表情はよ

く見えませんでしたが，その表情からは，妻から聞いた出産時の壮絶な出来事は何もなかったかのような眠りに思えました。

　保育器のどの赤ちゃんも小さかったからかもしれませんが，小さく産まれたと聞いていたものの，私には思ったほど小さいとは感じませんでした。しかし，その身体には何本もの線がつながれていて，その先にある医療機器に，娘の情報がリアルタイムで示されていました。娘はすぐ目の前にいるのに容易に近づけません。二重の遮蔽はそんな現実を物語っていましたが，私には「娘はよく眠っている。ああ，よかった。小さいだけで，ほかの赤ちゃんと同じだ」と思え，「小さく産んで，大きく育てる。人間は中身で勝負！」などと，1人ガラスの前で意気込んでいました。

　少し安心して，ふと部屋のなかを見回すと，そこには眠っていたり泣いていたりする何人もの赤ちゃんがいました。しかし，その数の割には看護する人の姿は少なく，初めてやってきて，自分の子はどの赤ちゃんだろうと，次から次へと視線を移して探す私の姿にも，看護師は気づくことはありませんでした。部屋に置かれたラジオからは，次に流す曲を紹介する美しい女性の声が聞こえてくるのですが，そんな「人」の声が漏れてくる廊下に1人立ちながら，私には，粛々と，手際よく動く看護師の動作や手の動きが，かえって事務的なものに映っていました。「ラジオから聞こえてくる器械を通しての声ではなく，もっと，娘のところへ近寄って，人の生の声を聞かせてやってくれ。看護しながら，もっともっと話しかけてやってくれ」と，私は少々乱暴な声にならない声を放ちながら，祈るように，しかし，睨むように看護師を見つめていました。

〈今から思えば……〉

　赤ちゃんがいる部屋に行っても，私には何もできず，専門家である医師や看護師に任せざるを得ないもどかしさを感じていました。看護師はわが娘に触れることができるのに，私は父親として自分の腕に抱くこともできず，わが娘に触れることさえもできないやるせない気持ちでいっぱいでした。しかし，ガラス越しにせよわが娘を見たことで，まずは無事に生まれてきてくれたことにほっとし，「生まれてきてくれたこの先は，何とか育てる」という漠然としなが

らも父親としての単純な意気込みのようなものが沸々とわき起こってくるのを感じました。わが娘を一目見るまでの複雑な私の思いは，一目見たことで単純な思いに変化し，「この子を育てる」という感情がわいてきました。自分の娘に直接会うことで，初めて父親になったんだと実感できたように思えました。

とはいえ，父親としてこの子を育てるんだと思えた瞬間から，病室で妻からの話を聞いたときの感謝の念や，たった今感じたほっとした安堵の気持ちはどこかに追いやられ，病院関係者のわが娘への関わりに対する不満に転じていました。「もっとわが娘の近くに寄ってくれ」，「もっとわが娘を見ていてくれ」，「もっとわが娘に関わってくれ」，「もっとわが娘に声をかけてくれ」，「そんなラジオからの声ではなくて，生の声を聞かせてやってくれ」，「もっとわが娘に……」と，二重の遮蔽を前にして，自分勝手な父親になっていました。

保育器に入った娘は，私の父によく似た面長の顔でした。その顔をくしゃくしゃにして泣きながらおっぱいを要求しているのですが，その声はか細く，吸う力も弱く，何もかもが小さいだらけでした。

初めての面会以来，娘を見舞うために幾度となく病室に訪れるものの，「ピーッ，ピーッ，ピーッ……」という脈拍を知らせる規則的な器械音に慣れるまでにはかなりの時間を要しました。

NICUのあるフロアのエレベータを降りて間もなく聞こえ出すこの音は，生きているからこそ聞こえてくる大切な意味をもつ音のはずです。しかし，私には，この音が聞こえてくる世界は生と死の間にいる場であることを否応なしに伝えてくる音であり，ただの無味乾燥なものでしかありませんでした。それは，この音がまさに娘が生きている証であるとわかりつつも，生まれたときの私たち夫婦や家族の喜びや，恐る恐るそっと抱き上げたときに感ずるわが子の重み，掌や身体に感じる温もりによって，娘の「存在」を実感できるのではなく，自分の身から離れたところから聞こえてくる器械音やモニターに映し出される波形や数値でしか，娘が生きている証や娘の「存在」を確認できないもどかしさからくるものでした。

一方，日に何度もやってきては娘に搾乳したおっぱいを飲ませる妻は，生きている証であるこの音が続いていることを祈りながら，そのような物理的な器械音からの感傷にひたるどころではなく，おっぱいを吸う力の弱い娘が飲む量を気にしながら，少しでも多くの量を飲んでくれるようにと，何度にも分けて授乳していました。妻にとっての娘の「存在」は，私が感じた器械音やモニターの数値からではなく，自分の身のすぐ近くで，直接肌を触れあうことを繰り返しながら実感していたように思えました。

4．医師からの説明

誕生の翌日だったか，いつものように病院に行くと，妻から，「説明したいことがあるから時間をとってほしい」という産科の医師からの伝言を受けました。

「説明って何だろう。そういえば，出産のときのことについて，まだ直接説明を聞いてなかったな」と思いながらいると，やがて現れた医師と一緒に向かった先は，処置室のようなところでした。そして，窓辺におかれたものを指差し，「これが奥さんの胎盤です。処理する前に，実際のものを見ていただいて，説明をしたかったものですから」と話されると，胎盤についての説明が始まりました。そして，形や大きさ，色はともに良好で，触ってみてもおかしなところはなく，「むしろ立派な胎盤です」と話され，続けて，「どうして小さな赤ちゃんだったのか，胎盤を見る限りではわからない」ことと，「急な出血だったので，出産に関しては万全な対応をとらせていただいた」ことを話されると，それ以上の説明はなく「次の診察がありますので」と部屋を後にされました。

こっちは，「ちょっと待ってくださいよ。胎盤の説明も大事かもしれないけれど，出産のときの様子をもっと詳しく聞かせてくださいよ。そもそも，胎盤が立派と言われたり小さく産まれたこととの関連のなさを聞かされたりするよりも，むしろ，生まれてきた赤ちゃんと産んでくれた妻の今の医療方針とか予定とかを知りたい」と思っているのに，その思いをまるで遮断するかのように

歩き始めた医師の後ろ姿をただ見送るのみでした。私にとっての，産科医からの術後説明はこれで終わりました。

　その医師からの説明を聞いた後，私には，「今回の出産にまつわる様々な出来事は，まったく病院には関係のないことで落ち度はなく，むしろ私たちは精一杯対応した」ということを言いたかっただけだったのかと思えてきました。産科の医師であることから，出産後について，特に生まれてきた赤ちゃんについては別の診療科が担当するので詳細はわからないと想像できますが，まるで「○」か「×」かという結果だけを知らされてその理由は教えてもらえず，こちらが求めている細かい情報ももらえない説明でした。医師は説明したことで気持ちの整理ができたかもしれませんが，こちらにしてみれば，その説明によってかえってイライラし落ち着かなくなってしまいました。また，病院は診療科に分かれて担当しているので，自分の担当分を説明すればいいのでしょうが，こっちの身体は1つなので，「全体を見通したことを説明してもらわないと，細切れ情報をもらってこっちで1つにまとめることなんてできないじゃないか」と思わせた説明でした。

　しかし，そんな説明であっても，「お世話になっている病院の医師だから，こちらの思いをむやみに言うこともできないし……」と思いながら病室に戻ったのでした。病室に向かう廊下は，まるで私の気持ちと同じように，人の足音や話し声，看護師が押す医療器具を載せたワゴンの音などでざわついていました。

❖エピソード7：私もきちんと聞きたかった

（生後2日目）

　イライラした気持ちで妻のいる病室に戻り，医師から受けた説明の中身を話すと，それまでベッドに横になっていた妻は急に上体を起こし，「そんなこと，なんで自分1人で聞くの。私もきちんと聞きたかったのに」と，小さな驚きと

残念さが入り混じった表情でポツリと言い返してきました。妻も不機嫌そうな様子になったのですが，その原因が私のそれとは違っていることは明白でした。

〈今から思えば……〉

　私は，妻は出産後も入院が続いており，医師とも会う機会があることから，すでに医師からの説明を受けていたものと思い込んでいましたが，私からの又聞きの情報を聞いた直後の妻のことばから，どうやら，これまでに妻へも説明がなかったことを知りました。わが娘が心配で心配でたまらなく，何でも全部わかっていたいと思っていたであろう妻にとって，医師や私の動きは，そんな気持ちをわかってくれず，自分だけが蚊帳の外に置いておかれたような思いだったに違いありません。「一緒に聞けばよかった，わるいことをしたな」と素直に思わせた妻のひと言でした。

　そして，生まれて3日目に娘に弱い痙攣が起きました。それ自体は小さなものなのですが，何しろ身体が小さいものですから，それに伴う身体の動きは，全身を震わし波打つような大きなものでした。私たち夫婦が「身体が小さいだけであとは健康である」と考えていたのはそれまでのわずか2日間だけで，このときから「普通と違う」という考えが芽生え始めていました。そして，「普通のように育ってほしい。もうそれだけで十分だ」と願えば願うほど，その「違い」がしだいに現実のものとなっていくのは皮肉なことでした。

　出産後の娘の体調を維持することに加え，痙攣の原因を探る検査が始まり，その症状を和らげる点滴など，治療が並行して行われていきました。それから2〜3日経過し，妻が授乳中で病室を空けているときに小児科の医師が病室にやって来られ，私の姿を見つけると，今から娘の「CT画像を見て説明しましょう」ということになりました。別室に移ると，医師はディスプレイに脳のCT画像を映し，淡々と説明を始めました。それによると，娘は，呼吸を含めた生命を維持するための機能を司る部分に，発育不全があることがわかりました。また，運動と知的な部分の発達にも遅れが生じるだろうということも告げ

られました。私は，医師が話すことばは聞こえていて，話される内容も理解できるのですが，そこでの説明によって，この先の娘の姿をより具体的なものとして想像することはできませんでした。

　医師の説明は，医学のこれまでの知見に基づき，現状で考えられることができるだけ客観的に語られたものであり，「○○パーセントの割合で○○の可能性があり，その程度は○○の状況が予想される」と話されても，私にとっては，この先の娘の姿をより具体的なものとして想像させるには至らないものでした。仕事の関係でCT画像は何度か見たことのある私でしたが，その解釈がきちんとできるわけでもなく，画像と医師の説明を結びつけて理解することはできても，それ以上のことはわからない状況でした。

❖エピソード8：やっぱり私も聞きたかった

　　　　　　　　　　　　　　　　　　　　　　　　　　　（生後6日目）

　授乳を終えた妻に「CTの説明を受けたよ」と何の気なしに話し，医師が私に語ったことをできるだけそのままのことばで伝え終わると，妻は「ふぅ～ん」とひと言言い終え，「そんなこと，なんで自分1人で聞くの。私もきちんと聞きたかった。やっぱり，私も聞きたかったのに」と，残念そうに，つい先日私に話したのとまったく同じことばを再び繰り返していました。

〈今から思えば……〉

　妻は，仕事柄，いつも見慣れている画像だけに，自分の目で直接見て，直接医師に質問し，娘の今後についてイメージをもちたかったのに，せっかくのチャンスを逃がしてしまったというような残念な気持ちだったのでしょう。「やっぱり，私も聞きたかった」という妻の思いから，一緒に，同時に，同じ話を聞いたり同じものを見に行ったりやったりすることで，私たち夫婦が「同じもの」を通して，それぞれが感じたことや思ったことを話しあい，一緒に考えることができ，それが「一緒に子育てをする」ことにつながるのだと教えてくれ

たように思いました。
　また，娘の将来像を予想することについては，たとえ医師が今あるデータを用いて予測することができ，この先の娘の姿について細細とした質問に対して答えてくださったとしても，そこでの返答はあくまで可能性の範囲内のはずです。子ども一人ひとりが違えば，具体の姿も当然違ってくると考えれば，この先の姿を確定することはだれもできないことになります。となれば，結局のところ，娘の将来像はだれにもわからないと思え，だったら余計に，医師の説明を直接妻にも聞いてもらい，私たち夫婦がそろって一緒に，同時に見聞きしたり行ったりしながら子育てすることで，この子の将来像を一緒につくっていこうと思い始めるようになりました。そしてそれは，妻のこのひと言がきっかけでした。

5．命　名

　私は娘の誕生を知らせる電話を受けたあの日から，来る日も来る日も，どこか落ち着かず，身体や気持ちの一部分がいつも覚醒しているような毎日を過ごしていました。来る日も来る日も……と思えるものの，実はそんなに長い時間は経過しておらず，生まれたばかりの娘の体調も，実際にはそれほど大きな変化はなかったのですが，何をしていても，いつも頭のどこかで娘のことを考えている日が続いていました。娘に対して私はどうすることもできず，その状態に変化が表れるかどうかもわからないまま，「状態が悪化することもありうるわけで……」と，いつそのような事態になるかもしれないと，いつもどこかで気持ちを緊張させていました。それは，何が起こるかわからない未知のものに怯えるかのように，様々な状況の変化や出来事に内心動揺しながら，それでも自分のそんな姿を他者に見せまいと，かなり背伸びをして過ごしていた日々でもありました。
　そんな落ち着かなさは，誕生から１週間を過ぎても，娘の名前をつけていないという事実が物語っていました。

そんなとき，私は祈るために神仏の前に座するというより，わが身が自然とその場に引き込まれていく感じで仏壇の前に座っていました。そして，そこで曹洞宗の教え「修證義」に出会いました。出会うといっても，その教典はいつも同じ場所に置いてあり目にとまっていたのですが，このときはなぜか手にとって読み始めていました。

　そこには，人々を救うため「布施」「愛語」「利行」「同事」という4つの智慧（般若）が示されていました。布施とは，自分のできるいろいろなやり方で人を助けることであり，愛語とは，相手の身になって相手に優しいことばをよく考えて話すこと，利行とは，人の役に立つ行いをすること（ボランティア），そして同事とは，自他の区別なく平等に接すること。このように理解した私は，この4つの智慧を総体するイメージから，わが娘やわが娘に対する周りの人たちが，愛と利が薫る人になってほしいことを願い，えりかと命名しました。

❖エピソード9：「原さんちの赤ちゃん」でなくなるんだ

（生後7日目）

　娘の名前を決め，入院中の妻に話すと「かわいい，いい名前じゃない」と，すぐに気に入ってくれました。その後，2人で娘に面会したのですが，妻は箱のなかの娘を微笑んで見つめながら，「これであなたも「原さんちの赤ちゃん」でなくなって，「えりちゃん」ってみんなから呼ばれるようになるね」と優しく語りかけ，「えりか」，「えりちゃん」，「あなたの名前は「えりか」っていうんだよ」と，慈しむ表情で何度も呼びかけていました。

〈今から思えば……〉

　娘に初めて「えりか」と呼びかけたのは妻でした。その表情は愛情にあふれた，まさに母親の顔でした。私が二重の遮蔽を前にして初めてえりかと対面したときにわいてきた「この子を育てる」という少し力んだ感情からくるそれとは異なり，話しかける一つひとつのことばで，えりかを優しく包み込むもので

した。命名により,「原さんちの赤ちゃん」から一つの個体としての「えりか」に変身したかのように思え,どことなく逞しさも感じられてきました。

　えりかの前に立つ私たち夫婦は,「この子を育てる」という思いをことばで交わすことからではなく,そこでの空気において互いに確認しあっていました。また,「命名する」ということが,親としてのこの思いをわき起こすものであることを実感していました。

　「えりか」という名について祖父母に話すと,もともと名前を平仮名にして,優しさを表したかった気持ちがあったらしく賛成してくれました。私としては,娘に障碍があるとすれば,周りの人から「布施・愛語・利行・同事」の教えで関わってもらえたらと思ってのことだったのですが,このときは祖父母に対して,「障碍があるとすれば」の部分は言えずにいました。まだ,お互いに「障碍」ということばを平気で使えない時期だったように思います。

　私が出生届を提出したとき,妻とえりかはまだ入院中でした。出生届を提出するときの親の思いに,うれしさだけではなく複雑な感情が混在する場合もあるのだということを実感したときでもありました。

6．妻の覚悟

　妻は出産前からの1か月ちょっとの入院生活を終え,えりかよりも一足先に退院となりました。そして,この日の朝の心境を,手紙という方法で私に知らせてくれました。

❖エピソード10：妻からの手紙

（生後8日目,妻の退院の日）

　「退院の朝を迎えて,うれしいような,ちょっと寂しいような,そんな気持ちで外を眺めています。

先月に入院して1か月余り，本当に不自由をかけてしまいました。毎日毎日疲れているのに顔を見せてくれて，どれだけ心強かったかしれません。面と向かっては照れくさくて言えませんが，声を大にして「ありがとうございました」と言いたいです。あたりまえのことだけど，人間ひとりで生きているわけじゃないな，みんなに助けられ，支えられてこそ，こうしていられるんだと，しみじみ感じました。
　それにしても手術の日は，長くて辛い1日でしたね。手術室に入って，麻酔がきいても，考えるのは子どものことばかり。「どうか，この子だけは助けてください」と祈るばかりで，ずーっと涙が止まらなくて，麻酔科の先生に何度もガーゼでふいてもらいました。
　「元気な女の子ですよ」って，ひと言言ってもらえたら，どんなに安心できたか……。突然のことで，自分でもどうしていいのかもサッパリわからなくて，夢のような地獄のような1コマでした。でも，えりちゃんも箱のなかとはいえ，少しずつ大きくなってくれて，「きっと近いうちに，しっかり腕のなかに抱いて帰られる日が来る」と信じたい気持ちです。
　もし，たとえ病気や障碍をもっていても，それに屈せずに一生懸命育てていきたいと，たぶん，あなたと同じ気持ちでいます。今から取り越し苦労をしていてもしかたないけど，自分なりに覚悟しているつもりです。
　これから冷凍母乳を持って面会の毎日です。1日も早く親子水入らずで暮らせる日が来ることを，心待ちにしています。週末は，おねえちゃんとわが家で過ごしたいですね。
　では，乱筆乱文はいつものことですが，お礼まで」。

〈今から思えば……〉
　その手紙は，模様がうっすらと透きとおるように浮き出る便箋に丁寧な文字で書かれ，白い封筒にきちんと収められていました。妻はこれまでにも，自分の思いを手紙という形で知らせてくれることがありましたが，おそらく，この手紙を書き綴った妻は，様々な思いを整理するかのように書き進めたのではないかと想像し，私は格別な思いをもって受け取りました。また，妻はきっと，

病室で1人，孤独に書き綴ったに違いないと思い，その場で開封することなく家に持ち帰り，退院のバタバタのうちに読むのではなく，夜になってだれもいない部屋で，私も孤独に読むことにしたのでした。

　開封する前から，大切に扱うべき手紙だと思った予感は的中し，読み終えると胸の高鳴りを感じました。「なんて真っ直ぐな人で，優しい人なんだろう」と素直に思いました。心臓の鼓動を落ち着かせるかのように長く息を吐くと，妻の純粋な気持ちが伝わってきました。出産という大仕事をしたのは妻であり，しかも私が傍についておれなかったにもかかわらず私を労い，お世話になったたくさんの方々への感謝の意が記されていたのですが，御礼を言うのは私のほうでした。書いている妻も，書かれている妻の思いも，そして新しく家族のメンバーとなったえりかも大切にして生きていこうと心に誓いました。また，これが人を愛おしく思う感情なのかという実感を，率直に感じさせてくれた手紙でもありました。

　妻は出産時，もしかしたら自らの生命を危ぶむ思いがした瞬間があったのかもしれないのに，もう今は，えりかを腕のなかに抱いて帰れる日が来ることを信じ，たとえ病気や障碍をもっていたとしても懸命に育てるという鮮明な意志をもち，出産を経て一足先に親の魂になったのだと，あまり代わり映えのしない私を思い，そのすごさを感じずにはいられませんでした。

　そして，この手紙は，それからの私をずっと励ましてくれるものとなりました。

第2章
病院での暮らしと家族

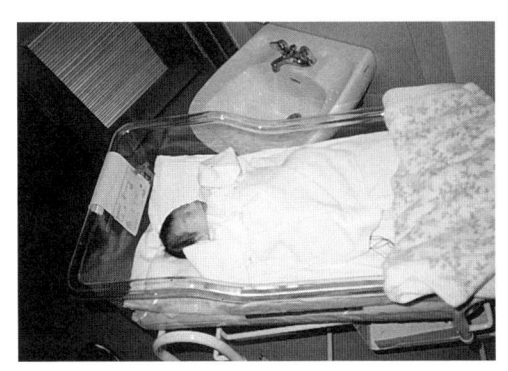

入院中のえりか
——生後1か月の頃，小児科の病院で

えりかに障碍があるかもしれないとわかった日から，私は絶えることなく，障碍や障碍のあるえりかのことを思い巡らしていました。と同時に，障碍のある娘を授かった父親としての私を，私自身がどのように捉えるのかもまた，私にとっては重要事でした。生まれてきたわが娘に障碍があるという事実と，障碍のある娘が家族の一員になるという2つの事実を，どのように受け止めていいのかわからないでおり，いくら考えても先が見えず気持ちは整理しきれないままでした。 　　　　　　　　　（第2章　本文より）

第2章　病院での暮らしと家族

1．NICUでの暮らし

　えりかのNICUでの暮らしは続いていました。暮らしといっても，何とか生き長らえさせられているという印象をもつものでした。
　小児科の隣にあるNICUの近くまでやってくると，あの「ピーッ，ピーッ」という連続器械音が聞こえてきます。私たちはNICUの扉を開けるとまずは更衣室に入り，そのなかで，両手や手首はもちろんのこと，肘までをきれいに洗い流し，殺菌消毒を丹念に行い，白い面会服を着てキャップを被りマスクをつけると，やっとえりかに会うことができました。その姿では目のあたり以外は覆われているので，だれがだれやらさっぱり区別がつかないものでしたが，そのような大人の姿恰好は，生まれたばかりのえりかを心配そうにながめるまなざしを隠すには，ちょうどよかったのかもしれません。
　えりかは相変わらず，ラジオから流れてくる声や音楽と，時折，医師と看護師が話す会話の声が聞こえるだけの静寂な部屋で，保育器のなかにいました。眠っていたり，泣いていたりの普通の赤ちゃんなのですが，身体にはまだたくさんの線が取りつけてありました。私たち夫婦は，授乳や様子を見に行くたびに，その線が少しでも早く取れるようにと祈るのですが，いつも裏切られました。体重が増えれば退院できるのではないかと思い，体重が少しでも増えるようにと祈りながら授乳を行うものの，これまた裏切られました。薬が効いて，「今日は，一度も痙攣がありませんでしたよ」と看護師さんの弾んだ声が聞こえてくるのを祈るように待ち続けるのですが，来る日も来る日も，そんな話題は出てきませんでした。それでも祈り，また裏切られる。この繰り返しは，ガラス越しにしか娘と会えない私を苛立たせ，とはいっても，その苛立ちをぶつけるところもなく，無理とわかっていても「そんなラジオからの声ではなく，私に代わって（医師や看護師の）人間の生の声をもっとたくさん聞かせてやってくれ。もっと話しかけてくれ」と，えりかを初めてここで見たときと同じことを，今日も心のなかで叫ぶのが精一杯でした。

そんな毎日のなかで，私の気持ちを柔らかく包み，私を叱咤激励してくれていたものは，あの妻からの手紙でした。

❖エピソード11：父親としての私の決意

(生後3週間)

　通勤途中にある，あの嵩山峠。夕方までの勤務を終え，その峠に差し掛かったとき，車を止めて，しばらくその空間に居てみたい気持ちになったことがありました。きっと，世の喧騒と少し距離をおく空間のように思えるその場にわが身を置いて，自分もまた世の中の現実から離れ，一番気になるえりかの現状やこれからのことについて考えないでいたいという現実逃避の気持ちが潜んでいたように思います。車の窓を開けると，鬱蒼と茂る杉の木の葉の香りと，陽が直接地面に届かずいつも湿っている土の香りが混ざったような空気が漂っていました。私は「この空気，どこか今の自分の気持ちに似ているな」と感じながら，今この時間，病院で，妻やえりかは何をしているんだろうと，峠の先の世界のことを気にし始めていました。

　そんなとき，妻からの手紙を思い出し，いつも離さず持ち歩いているその手紙を鞄から取り出すと，何度も何度も読み返していました。読めば読むほどに，なぜだか涙が流れ出てきます。止めどなく流れる涙を拭うことなく峠で1人泣き続けていると，家族1人ひとりの顔が浮かび上がってきて，どこからともなく，「こんなことではいけない。こんなことで留まっていてはいけない。前へと進む。家族みんなで前へと進む」という声が聴こえてきたように思えました。そして，何に対するわけでもなく，沸々と「よしっ！」と勇気がわき起こってくるのを覚えました。

〈今から思えば……〉

　薄暗い峠の車中で1人嗚咽する姿は，実に異様な光景であったと想像します。えりかに障碍があるかもしれないとわかった日から，私は絶えることなく，

障碍や障碍のあるえりかのことを思い巡らしていました。と同時に，障碍のある娘を授かった父親としての私を，私自身がどのように捉えるのかもまた，私にとっては重要事でした。生まれてきたわが娘に障碍があるという事実と，障碍のある娘が家族の一員になるという2つの事実を，どのように受け止めていいのかわからないでおり，いくら考えても先が見えず気持ちは整理しきれないままでした。それらのことは，考えればすぐにどうにかなるという性質のものではないのでしょうし，考えようとしている私のどこかに，その事実自体を正視できず，目を背けようとしている自分が潜んでいるように思えました。考えたくないけれども考えざるを得ない状況にあって，それでも自分にじっくり向きあっていくと，私のなかに障碍を否定的に捉え，現実を受け入れられないもどかしい感覚が横たわっていることを感じました。その一方で，そんな感覚をもつ自分自身も嫌でたまらなく，どこからともなく聞こえてくる「お前はどうしたいんだ。現実を受け入れるのか，受け入れないのか。どちらに向かって歩んでいくのか」という声に，スッキリしない，ドロドロとした時間を過ごす日々でした。そのような暮らしのなかで，この日の峠での涙は，毎日，職場で出会う子どもたちのように，えりかは「普通に」暮らせないかもしれない，「普通に」生きられないかもしれないというもどかしさからわき出たように思えました。

　そのようなとき，私が手紙を読みながら思い起こしたのは，妻の「わが娘を育てる」という純粋な気持ちと，家族1人ひとりの笑顔でした。そして，痙攣に身体を震わすえりかの姿であり，あんなに小さい身体ながら懸命に生きようとしているすごさでした。それにひきかえ，こんな場所で車を止め，現実までをも止まらないものかと考えている私は，えりかのその姿に対面することができるのか，妻が言う「たとえ病気や障碍をもっていても，それに屈せずに一生懸命育てていきたい」気持ちに対することができるのかと，思わずにはいられませんでした。

　障碍があることを認められず，障碍のある子が家族の一員になることを受け止められない自分と，障碍があるという状況を冷静に見ながら「この子を育てる」と奮い立つ別の自分の，2つの自分が1人の私のなかで錯綜していました。

しかし，このとき，「家族みんなで生きていこう」という当たり前のことに気づかされ，改めてそのことを決意したように思います。「普通」と違うかもしれないことを嘆き悲しみ，涙することと決別しようと思うようになったきっかけは，ほかならぬ涙することからだったのでした。そんな第一歩へと歩ませてくれた原動力が，あの手紙にはありました。
　この日から，それまでその峠を通るたびに感じていた世の喧騒からの隔絶のほかに，また違った意味合いが加わりました。
　毎朝，この峠を越え松江から島に向かうときには，その峠を境にして，学校で待つ子どもたちと仕事のことを意識して考えるようにしました。反対に，毎夕，島から松江に入るときには，新しく仲間入りしたえりかをはじめ，病院や家で待つ家族のことを考えるようになりました。私にとってその峠を通過することは，その前後で異なる世界に対する自分自身の気持ちを切り替える意味をもつことになったのでした。

　えりかが生まれる前の数年間，私は当時の特殊教育の分野で仕事をしていました。障碍のある子どもたちへの指導・支援や，親御さんと語りあい，家族の方々とつきあえる自分なりのスタイルを少しずつ見いだせ，自分でも何とかやっていけそうだと思えるようになっていた頃でした。
　しかし，そんな私に，えりかの誕生は，障碍があるかもしれないわが娘を目の前にして，「普通」ではない現実を否定し，受け止めることもできず，何をどうしていいのかもわからず，ただ茫然と立ち尽くし，たじろいでしまうあまりにも弱い自分自身を感じさせました。それまで何人もの子どもたちやその家族の方々と出会い，話し，行動を共にし，障碍が「理解できた」と思い，励ましていた自分が，また，そんな親子とのやりとりを文字にして書き留めていた文章が，ひどく薄っぺらなものに思えていきました。まったくわかっていなかったのです。特殊教育の仕事での障碍の理解でもってわが娘を理解しようとしても通用しないのは，障碍のある子を育てる親になって初めてわかる親の思いが，このときわかったからでした。

世の中のことはどんなことでも、すべて経験しない限り実感としてはわからないとはいうものの、その最たるものとして、障碍のあるわが子の存在自体を否定してしまいかねないという重い思いを、しかも、わりと平然と抱いてしまう自分自身がいることがわかったとき、私の驚きは相当のものでした。そして、その思いを抱きながらもえりかを前にして関わらざるをえないという状況は、親が子に対して全肯定しないなかでの関わりが継続していくのですから、時間の経過とともに親子の絆が次第に結ばれていくどころかその反対で、なかなか結びつけられず、むしろ断ち切られていくものであったと、今にして思えます。それまでの私は、そのようなことを戒めるよう親御さんに語っていました。「そのような思いは対面する子どもに見透かされてしまうから、抱かないようにしよう」、「そのような思いからは何も始まらないのだから、その事実を真摯に受け止め……」と。このときの私を思うとき、これらのいずれのことばも、中身のない形だけの空虚な響きとなって聞こえていました。

　また同時に、私は、親の願いや思いが、子どもの反応の希薄さやこちらの思いにそぐわない子どもの姿によって裏切られることで、子育てへの意欲が減退していくことを如実に感じました。障碍のあるなしに関係なく、子どもの成長を期待する親の思いや子どもと関わることでの親の楽しみは、子育てにおいて大きな意味をもつものだと思います。しかし、それが障碍という急激な意欲減退剤により稀薄になり、感情のない、単なる機械的な子育てになってしまう可能性があることも実感しました。私が以前、親御さんや家族に向かい、子どもとのつきあい方や子どもたちの暮らしについて話しあっていたなかで、子育てがうまくなく、あまりよく思わなかった親御さんの姿に自分自身が重なり、いとも簡単にそんな姿に陥っていることに苦笑し、人の弱さや滑稽さを見た思いがしたのでした。

　私たち夫婦はNICUに通いながら、えりかの状態に一喜一憂する時期がしばらく続きました。箱のなかで生かされているえりかを見ながら、そのちょっとした身体や様子の変化を見逃さない目が養われ、部屋の壁に掛けてある、飲

んだミルクの量や体重の増減などが書かれているホワイトボードを気にする目が育っていきました。しかしながら、その段階では、えりかの姿をしっかり見ようとしながら、実は、えりかに付随する多くの数値を見ていたにすぎず、その数値に一喜一憂していた時期だったと言えるのかもしれません。ただ一つ言えることは、ガラス越しでしか会えない親子がつくり出す関係だったにせよ、時間の経過が、親子であるという思いをつのらせていったことは事実だったように思います。

　それに伴い、少しでも早く親子水入らずの生活をしたいと思うようになり、退院を今か今かと待ちわびるようになってきました。ですから、主治医から「退院をしてもいい」と言われたときには、それだけですべての問題が好転し解消したと思えるほどのうれしさでした。

2．小児科への入院

　NICUからの退院の後、待っていたのは小児科への入院でした。親子水入らずの生活は、またしてもお預けとなりました。医師からは「家庭での生活の一歩前の試行的生活で、医療に見守られながら、この病室で、周りの大人がえりかとのやりとりに慣れるための入院である」という説明を受けました。しかし、「それはそうかもしれないけれども、もういいじゃないですか。退院させてください。家に帰らせてください」と思う私にとってみれば、実に歯がゆいものに聞こえました。医師からの説明は、医師にとっては正解ではあるだろうけれど、家族にとっては、少しずれたものに映ってしまうのでした。

　病院では、呼吸がしやすいように、タオルを巻いてつくった枕を首の下にいれ、顎を少し突き出すようにしたほうがいいことや、痰が切れるようにうつぶせや横向きでいたほうがいいことを教わりました。妻は、なかなか飲めないミルクを飲ませる姿勢のコツもわかってきました。

　入院をしながらいろいろな検査が実施され、様々な客観的情報が出てきました。そこでの数値や画像により、リスクの有無が一つひとつわかっていきます。

そんなときに発せられた主治医の「耳の聞こえが悪いかもしれないから検査をします」のひと言は，えりかに対する私の父親としての覚悟を決定づけるものとなりました。

　これまでに私は，えりかをガラス越しにしか見ることのできない長い時期がありました。えりかの体調によっては，幾重の消毒殺菌をしても，その傍にすら寄ることもできず，直接抱きかかえることもできない状態のときもありました。わが子なのに何もしてやれない無念さや，親子一緒での暮らしを待ちわびながら，なかなか実現できないもどかしさを感じていた矢先のひと言でした。さらに，それまで，やれ呼吸がむずかしい，やれおっぱいが飲みにくいなどとたくさんの"できにくい"ことを知らされた後のこのひと言は，「このうえに，さらに聞こえも問題にするのか」という，どこにも投げつけることのできない怒りも込めた「もうどうにでもしてくれ。そんな娘と俺は生きていく」という一種の開き直りに導いてくれたような気がしました。"できにくい"ことがさらに増えていく現状にあって，むしろ増えていけばいくほどに，かえってえりかへの気持ちや覚悟が固まっていったというのが実際のところでした。

　えりかが入院している間，妻は日に何度も冷凍した母乳を病院に運んでは授乳できるようにと，病院近くの松江の実家で過ごしていました。
　上の娘は，妹が生まれたのに母親がなかなか帰ってこない現実だけはわかるものの，その状況はわからないままでした。しかし，大好きな母親と一緒に暮らせない寂しさはあったのでしょうが，そのような雰囲気は微塵も見せず，幼子特有の甲高い声で喋ってくれるのが，私たち大人の心配からくる淀んだ気持ちを拡散させ，家中を明るくしてくれていました。
　わが家で待つ祖父母は，いつになったらえりかが元気になって一緒に暮らせるようになり，今のような生活が終わるのだろうかと，一日も早い退院を待ち望んでいる毎日でした。しかし，父親としての覚悟を抱きつつあった私と，たまに見舞うくらいで，えりかとまだ長い時間一緒にいたことのない祖父母とでは，随分，えりかの受け止めが違っていました。

妻とえりかはまだいませんが，みんなが集まり夕食を囲むと，自然にえりかの話題が始まります。

❖エピソード12：日頃親孝行してないから，いけないことが起こる?!

(生後1か月)

　「えりちゃん，どんな様子だった？」と，この日も，祖母のことばから会話が始まりました。一日一日と時間は経っても，そんなに状況が違ってくるわけはありません。「今日もそれほど変わらないかなぁ。ミルクも少しずつだけど飲んでるみたいだし」と答えると，今度は祖父が「そうだわなぁ。そんなに変わらんわなぁ」と，同じことばを繰り返します。そのことばには，少しでもいい状況に変化してほしいという思いと，それ程簡単にはいかないだろうという思いが同居しています。この状態がいつまで続くのか，元気になって帰ってくるのか，付き添っている妻の方の健康は大丈夫か……など，先の見えない状態だけに，生活も単調となり，交わすことばにもメリハリはありません。
　こんなときの話の続きは，「なんでこんなことになったんだろうなぁ」という結論の出ない原因探しになることが多くありました。この話題には答えが見つからないわけですから，次に返すことばも見つかりません。そう思いながら私が黙っていると，「日頃親孝行してないから，やっぱりいけないことが起こるっていうことかいなぁ」と，祖母が一層やるせなさそうに言い始めました。このことばを聞いた途端，私が我慢のできる一線を越えてしまいました。「今のことばはどういうこと?!　いけないことって，えりかに障碍があるかもしれないってこと?!　しかもその原因の親孝行してないっていうのは自分に対してのこと?!　自分がわるいってこと?!」と，語気を高めながら言い返していました。

〈今から思えば……〉
　先の見通しがつきにくいときには，何かちょっとしたことにでも理由をつけ

て，わかったような気分になって何とか自分を収めようとしたいものです。それは理解できるし，親孝行は大事なことで，孝行をしていくことが回り回っていいことにつながるという教えも理解できます。しかし，それが，根も葉もないことの理由としてつなげられ，しかも，親孝行していないのは，話し手自身ではなく他者であるという言い方に，怒りを抑えようがありませんでした。自分のことを親孝行だと思っている人でさえ，完全な孝行の姿を知らないわけですから，周りから「孝行でない」と言われれば，「そうかもしれない」と思えてしまうはずです。下手な占いみたいに，だれにも当たるようなことを理由にしてわかったようなことを言うのは聞きたくもありません。孝行ができていないから障碍があるかもしれない子どもを授かることになり，しかも，その発想に底流している障碍は「いけないもの」という理解の仕方は，到底，私には受け入れることができませんでした。

　そんなつまらない原因なんか考えていないで，もっとこれからのことを考えた方がずっといいのにと思えたのは，開き直りにせよ，えりかへの気持ちを固めつつある状況にあった私と，まだえりかと関わっていない祖父母とのえりかの受け止めの違いからだったのでしょう。

　実際，この後も，祖母は妻がこの場にいないことも手伝って，いかに孝行が大切であるかを言い続けます。ついに妻までも，孝行者ではなくなっていっています。そうなってくれば，過去のあれこれの出来事を思い出し言い争いになり，雪だるま式に家族の嫌な部分が膨らんでしまうように思えていきます。

　今から思えば，えりかとの関わりも少なく，私からの数少ない情報でしか孫の状況を想像することしかできない祖父母にとってのイライラが，先の発言となったきっかけだったかもしれません。しかし，やはり私はあのような理由に気持ちを収めることはできませんし，そんなところに収めてほしくないとも思っていました。同時に，「普通でない」ことが，こんなにも容易に家族全体を苛立たせ，醜くしていくものなんだと感じていました。また，自分と異なる考えや理解に出会うと，瞬時のうちに，相手を否定してしまっている私は，開き直りにせよ，えりかを育てていこうという気持ちが固まりつつあったと言いながら，それでもやはり，えりかの状況が願う方向になかなか進まないことにイ

ライラしていた証でした。実のところ，まだえりかを受け止め，受け入れていく途中であり，父親としての覚悟に至っていないことを露呈しているようなものでした。

第 3 章
家での暮らしと家族

あやし，あやされ
——えりか1歳のとき，おねえちゃんと

当時の私は障碍を頭で理解していたに過ぎず，本当は受け入れていないのに，あたかも十分に受け入れているかのような自己矛盾の頃で，私自身が現実を受け入れるのにかなり無理をしていたところに，さらに家族の障碍観の変容を求めて関わることは，伸びきったゴム紐をさらに引っ張るような危なっかしいもののように思われ，精いっぱいながらも辛いものでした。

(第3章　本文より)

第3章　家での暮らしと家族

１．家族勢揃いでの暮らしのスタート

　えりかが退院した後は，私たち夫婦も祖父母の住む家に同居することにし，家族みんなで暮らすことにしていました。えりかは，誕生後ひと月の入院を経て，晴れて退院。のはずですが，退院の日，「この冬を乗り越えられるかわからない。何かあったらすぐに連絡するように。自宅に近い病院への紹介もしておくから」という主治医のことばが，えりかを迎えにきた私たち夫婦に突き刺さりました。心晴れない退院ながら，それでも，これから始まる家族6人勢揃いのわが家での暮らしを想像すると，ほっとする一瞬でもありました。

　えりかの退院を，家族みんなが待ち望んでいました。えりかが布団の上に横になると，すぐにお昼ご飯となりました。わが家での最初の食事は冷凍庫で冷やしておいた母乳を解凍したもので，それを哺乳瓶で飲むことにしました。

❖エピソード13：この子はちゃんと育つかいなぁ

（生後1か月，退院の日　晩秋）

　妻は，このひと月の入院生活で哺乳の準備はすっかり慣れたもので，手際よく準備し，早速哺乳に取りかかるのですが，それからが時間がかかりました。そんな風景を初めてみる祖母に，妻が，「これくらいの量を，時間をかけて飲むんですけど，途中で痰がからむと飲まなくなるので，それに気をつけながら……」とか，「もしも痰がからむと，一度飲むのを止めて，こんなふうに軽く背中を叩いて……」と言いながら実際に叩いてみせたりして，長い授乳時間が終わりました。それを見ていた祖母は，「なんだか怖いねぇ。こんなんで，この子はちゃんと育つかいなぁ」と心配そうに，えりかの顔を覗き込みました。「時間をかけてゆっくりとすれば，大丈夫ですから」と答える妻に，そうとは思えず心配そうに応じる祖母の表情が気になりました。

43

〈今から思えば……〉

　祖母が感じた，やっと退院してわが家に帰ってきたうれしさは，授乳の様子を初めてマジマジと見ることで消え去り，不安な気持ちを増大させていました。こんなミルクの量でちゃんと育つのかと心配するのは，無理もありません。しかも，ミルクの量も飲ませ方も，祖母にとってみれば，これまで経験して知っていたものとは随分違っていました。そのうえ，痰がからんだときの対処も加わるのですから，「この子はちゃんと育つのか」のことばの裏には，「この子をちゃんと育てられるのか」という自分の孫育てに対する不安があることが，祖母の表情から見てとれました。妻の産休明けから，昼間は1人でこの子を育てなければならないことがわかっているだけに，初めて見る授乳の様子は衝撃的だったに違いありません。

　えりかの退院後，昼間，家にいるのは，えりかと妻，上の娘，祖母の4人です。子どもは1人しか増えていないのに，忙しさは二乗倍されたかのようでした。1日の暮らしのなかで，かなりの時間を占めるようになったのは食事場面でした。ミルクを「ゴクッ，ゴクッ」と心地よい音を響かせながら飲むことはなく，わずかな量を1時間以上も時間をかけて飲むのですが，痰がつまりやすいことから，少し飲んでは（正確には，少し口に含んでは）咳き込むことを繰り返し，その都度，背中を軽く叩き，痰を切りながらの授乳でした。これが3時間おきですから，ほかのことは何もできない毎日でした。一緒に暮らすのが初めての祖母にしてみれば，ミルクを飲ませようとしても，もしものことがあったら怖いという気持ちが先にたち，余計にうまくいかなかったようでした。
　しかし，妻の産休が間もなく終わり，仕事に復帰する時期が近づくと，そんなことを言っていられない状況が目の前にあることもあって，何とかしたいと孫育てに懸命になってくれていました。乳児の頃の子育ては障碍のあるなしにかかわらず忙しく，精神的肉体的な疲れを感じるものなのでしょうが，あまり世話をしない私でさえ，娘の寝顔を眺めながら「今日も1日，無事に終わったか」と一息つくほどでしたから，子育て最前線の妻や家族のそれはたいへんな

ものでした。

　妻の産休が明けると，2人の子育て役の大部分が祖母になり，さらに孫育てが忙しくなりました。2人分の食事に2人分のおむつ。もうそれだけでたいへん。1日の時間の経過が早く，自分で自由になる時間などどこにもないという生活がより濃くなっていきました。若いときに男勝りに働いていた祖母でしたが，いつも離れることのない孫たちを育てる責任感と，えりかへの関わりはこれでいいんだろうかという迷いや，歳を重ねて思うように身体が動かない自分への苛立ちとで，かなり精神的に不安定に過ごすことになっていました。そのうえに，障碍のあるえりかを受け止めていくことも加わりました。

2．家族間でのやりとり

　毎朝，私たち夫婦と祖父が仕事に出かけると，孫2人と祖母が家に残りました。仕事をしている私は，家で過ごしている3人のことを思い出すことはあっても，いつも気にしているわけにはいきません。しかし，外の世界と接触の少ない祖母にしてみれば，いつも孫2人との世界であるうえに，授乳時や睡眠時にのどに痰を詰まらせないように気を遣いながら，えりかの世話をしなければならないだけに，いつの時間も気を紛らわすこともできない状況でした。ですから，みんなが仕事から帰ってくると，待っていたかのように今日あったことについていろいろと話し始め，そのなかでも，昼間1人でえりかと関わる難しさや，うまくいかないことについて話してくれていました。

　その一方で，えりかとの暮らしが始まり，わが家に変化がでてきたことは，特に，私と祖母との言い争いが多くなったことでした。障碍のある子どもを育てる家庭ではどこでもみられるのでしょうが，障碍の原因を探し，自分以外のもののせいにしてしまおうとすることから始まる言いあいが続いていました。互いにやりとりしながら言いあうというより，一方通行の意見の言いあいという雰囲気で，一歩間違えば，罵りあいになるやりとりは，いくらやっても結論

に辿り着きません。しかも，けっして互いにいい気持ちで終わることがないにもかかわらず，何回も，何日も繰り返していました。だれも進んでしたくはない話題だと思いながら，だれかが口火を切ってしまうのです。そうなると，また始まるのでした。

　何度も何度も，何日も何日も続きました。まさにそれは，凄絶な言いあいでもありました。

❖エピソード14：親の言うことを聞かないから，こんなことになる

（生後1か月半）

　夕食の間中，えりかの今日の孫育て奮闘についての祖母の話を聞いていた私でしたが，いつもの話だということもあり，仕事についての考え事をしていて，気のない反応をしていたからでしょうか，急に祖母が表情を変えて言い始めました。「だいたい，そんなふうに親の言うことを聞かないから，こんなことになる」と。また始まったと聞き流すこともできたのでしょうが，聞き捨てならないことと思い，つい「また，そんなこと言う。因果応報みたいに，そんなに単純なことでまとめないでくれ」と言い返していました。「こんなことになるって，えりかに障碍があるっていうこと?! まるで，障碍があるって，いけないことのように聞こえるけど！」とさらに言うと，「常々，親の言うことを聞かない」と，さらにこれまでのことを持ち出して話し始めました。「それは，親の言うことを聞かないんじゃなくて，（親の考えと異なる）こっちの考えを言っているだけで，お互いの意見が合っていないということでしょ！」と再び言い返すと，もうあとは感情にもつれながら交わることのない平行線の言いあいが続きました。

　そんな2人がいる部屋の片隅で，えりかは眠っていました。その顔は「もう少し，いい親子関係になったら」とでも言っているようでした。

第3章　家での暮らしと家族

〈今から思えば……〉

　えりかが退院して家族が揃って暮らす毎日でしたが，えりかの様子は日を追って変わるわけでもなく，ミルクの飲みや呼吸が急に改善することはないだろうと思っている私は，仕事の考え事をしているときにも，うまくいかないえりか一色の孫育て話を聞かされることに少々閉口していました。祖母にとってみれば，一日中，家のなかで過ごし，えりかの世話に苦労し，いつも気持ちが落ち着かないままで小さな苛々がつのっていたのでしょう。自分の話を聞いてもらえる唯一の時間帯が夕食時だったのですが，家の外の空気を吸っている私とは，食卓に向かうときの気持ちに違いがありました。祖母に対しては，毎日えりかの世話をしてくれることをありがたいと思っていましたが，障碍のあるえりかの存在を，因果応報的に，ある意味単純にまとめてしまうことには抵抗がありました。ここだけは譲れないとの思いで言い返すのですが，それがかえって祖母には「また，私の言うことを聞かない」と映っていたことでしょう。と同時に，祖母にとってみれば，自分は孫育てでこんなに忙しいのに，「家族は自分の言うことをやってくれない」と，自分の思うように周りが動いてくれない苛立ちもあったように思いました。えりかの眠る顔を見ると，「祖母の言うことを黙って聞けばよかった。それが祖母への感謝の気持ちのお返しなのに」と思いながら，なかなかできない私でもありました。

　親の言うことを聞かないことと，子どもが自分の考えや意見を主張すること。これは，親子が生きていくなかにある様々な場面で見られる一つの姿なのでしょうが，お互いの主張をお互いにバランスよく受け止めないと，双方の解釈や言い分は随分と異なってくるものだと今さらながら思えました。

　退院してから，えりかの身体の状況に変化はありませんでした。病気にもならず変化がないことは，ある意味とてもいいことなのですが，昼間，家で過ごす祖母にとってみれば，首がすわり，身体が少しずつしっかりしてくることで，関わりが少し楽になったとはいえ，世話のたいへんさは少しも変わりませんでした。

❖ エピソード15：親なら，日本中まわって，いい医者のところに連れて行ってもいいでしょ！

(生後4か月，冬)

　いつものように夕食をとりながら，今日のえりかの様子や世話についての祖母の話が一段落すると，また言いあいが始まりました。
　「えりちゃんみてると思うけど，もっと何かいい方法があるんじゃない？いつまでも変わらないし……」と言う祖母に，私が「病院にも定期的に通ってるし，そこでチェックしてもらってるから大丈夫だよ」と言うと，「大丈夫じゃないでしょ。えりちゃん，こんな状態なのに。親なら，日本中まわって，いい医者のところに連れて行ってもいいでしょ！」。まるで，私たちが親ではないような言い方に腹が立った私は，「ちゃんとやってるよ。お世話になってる先生方も，医師に，リハに，心理や教育の専門家と様々。一番いいと思っていることをえりちゃんにやっていこうと考えてるよ。そりゃあ，都会に行けばもっといろいろな方法を教えてくれるかもしれないけど，障碍っていうのは，病気と違うんで，そう簡単に改善しないし，治るとか治らないとか，そういうものじゃないんだよ。これでいい。今でいい。今やっていることをやっていくことしかないんじゃないか」と，語気を荒立てていました。

〈今から思えば……〉
　私たち夫婦のもつネットワークを最大限に活用して，いい子育てをしていると思っている私と，時間は経過しても，あまり変化のないえりかの姿に，今のままでいいのかと心配する祖母。それぞれの思いの違いは，ちょっとした話しことばがきっかけとなって言い争いになりました。それぞれの思いの違いを確認していく作業が，いざこざという負の様相をとおしてしかなされていかないのは，それぞれが自分が思っているように事が進まない現実に対する心の逆目からきているように思えました。自分が思っているように周りが動かない。ここから生じるストレスは，だれもの心に小さな傷を残し続けていきました。そ

第3章　家での暮らしと家族

れがえりかの誕生によって生じているということになれば，まだまだ，えりかの存在を受け止めきれていない状態であったと言わざるをえません。

　私たち夫婦には，仕事柄，障碍のある人やその家族の人たちとのつきあいがあったり，障碍に関する仕事がらみの話題があったりと，障碍に対するいわば精神的な免疫のようなものがありました。また，えりかの誕生前から誕生後も，入院生活といえどもえりかの傍で一緒に過ごし，何かにつけて話しあうことが多くありました。しかし，祖父母にとっては，私たち夫婦からその都度，入院中の様子について話を聞かされ，ときどき病院に行っては面会していた程度でしたので，えりかとの暮らし以前の問題として，障碍があること自体を自分自身に受け止めていくという点でのひっかかりがあるのは当然のことでした。

　私はといえば，仕事として障碍のある子どもたちと出会い，関わりながら形づくってきた障碍観で，家族となったえりかを捉えようとしていた時期で，家族の一員となった障碍のある子がいる暮らしの視点から障碍を捉えていこうということがなかったように思います。祖母は，えりかとの暮らしのなかで感じたことについて私にわかってもらおうと，ただ単に「私の話を聞いて」と思っているのに対し，私が気にとめていたのは「えりかや障碍に対する祖母の考え方，捉え方」であり，この時点ですでにズレが生じていました。ですから，私は障碍やえりかを否定的に考えるような発言があれば，すぐに相手の話を聞くこともなく遮断していたように思います。この段階で，私の思いや考えのなかに，より現実的な相手の「暮らし」の視点があれば，日中，孫育てに奮闘する祖母の気持ちを，もう少しわかろうとしていたのではないかと思うのです。えりかが家族であり，えりかを家族の一員に迎えることを，暮らしをとおして体感しようとしていなかったのは私のほうで，祖母にとってみれば，障碍のある子どもと関わるという初めての実体験が暮らしそのものであり，私との一連のやりとりは，そこからのことばだったのだと思えてきます。

　また，家族とのやりとりを振り返ると，当時の私は障碍を頭で理解していたに過ぎず，本当は受け入れていないのに，あたかも十分に受け入れているかのような自己矛盾の頃で，私自身が現実を受け入れるのにかなり無理をしていたところに，さらに家族の障碍観の変容を求めて関わることは，伸びきったゴム

紐をさらに引っ張るような危なっかしいもののように思われ，精一杯ながらも辛いものでした。祖父母が障碍を否定的に捉えるのはわからなくはないにせよ，そのことばに私自身が同調してしまうことは，障碍のあるえりかの存在をも否定することになるという気持ちが働き，えりかを守るという信念から，とにかく，えりかや障碍に対する否定的な考えや話に対しては耳をかさず，自分自身にも言い聞かせるかのように意地でも反抗し，その部分では一歩も引かないたじろがない姿を見せ続けていました。また，障碍のある子どもを育てている親の会の方々とのこれまでの関わりで，障碍のある子どもが生まれた原因探しは家族の間でいくらやっても不毛な議論であることを学んでいた私は，この点についてもまったく耳をかさない頑なな態度をとり続けていました。今から考えると，あそこまで意地を張らなくてもと思えるのですが，当時の私は，ちょっとした心の揺らぎが自分自身のそんな気持ちを壊してしまいかねないという怖さもあり，えりかを守る発言を繰り返しながら，同時に自分自身をも必死で守っていました。素直になれず，ちょっとしたことでも気にさわり，しかもムキになる。私は自分しか見えておらず，すぐ近くにいる家族の心を見ようともしないでいる日々であったように思います。その意味で，えりかの受け止めができていない祖母に対しても受け止めることができず，結果的に冷たい態度をとり続けることになってしまったことは，双方にとって，あまりいいことではなかったと思えてなりません。

しかし，こういう議論を何度も繰り返しているうちに，いつのまにかこれまでのような話題を家族が話さなくなってきていることに気がつきました。それは，気持ちのなかにある障碍のある子を育てることの不安や不満といった重苦しい気分が消えたからというよりも，「そんなことを話しても，あまり現状をよくしていくことにはならないなぁ」と思えたり，「結局は言いあいになってしまうからやめておこう」と自分を抑えたりしたことで，口にしなくなったということなのかもしれません。それはまた，家族のみんながこんな言いあいはあまり意味のないことだと，たくさんの時間を費やしてやっと気づき始めてき

たことのように思えました。

❖エピソード16：でも，これが世の中の一面でもあると思ってね

(生後5か月，早春)

　仕事の関係で帰りが遅い祖父が，その日は割と早く帰ってきて，「今日はヘンな話を耳にした」と話し始めました。
　「今日，ある人が言ってたんだけど，世の中にはというか，人生にはというか，運気の流れみたいなものがあって，調子がいいときは万事調子いいように動くんだけど，調子がわるくなりはじめると次々といろいろなことが起きてくるって言うんだよね。そんな調子の流れの波には小さいものと大きいものがあって，1日単位の小さい波だと，例えば車を運転していて，毎日同じ道を走っているのに，赤信号によく引っかかってなかなか進めない日もあるし，スムースに通れるときもあって，赤信号に出会う日は調子がよくない日の流れらしいんだよ。それと同じようにって話された例として，障碍のある人に街で出会うだけでも調子がよくなくて，いけない流れになるんだって。世の中の人って，こんなことを考えている人がいるんだと思って，びっくりしたよ」。
　それを受けて，妻が少し怒ったような口調で，「そりゃあ，差別発言だ。そんな話の続きには，障碍のある人がいる家庭は，そこでいう大きな波が押し寄せて，ずっと調子がわるいってことを言われそう。そんなことを言う人の方が，すでに調子わるいというか，そんなふうにしか思えない可哀相な人というか……。私にはそう思えるな」と答えると，祖父は，「そうそう。ヘンな話。でも，これが世の中の一面でもあると思ってね」と少し感慨深げにお酒を一杯口にするのでした。

〈今から思えば……〉

　祖父は仕事で忙しいこともあって，なかなかえりかと一緒に過ごす時間もなく，あったとしても，何をしていいのか，どんなふうに関わっていいのかもわ

からないような状況のなかで，それでもえりかのことを心配してくれていました。いつも気持ちのどこかにえりかのことがあったのでしょう。帰宅するとすぐに，今日聞いたヘンなことを話し始めていました。祖父はえりかが生まれてからずっと事の成り行きを見定めているかのように，静かに，慌てず，私たちのことを見守ってくれていました。そんなこともあり，障碍があるかもしれない孫のことや障碍自体について，どのように感じているのかもあまり口にしないでいましたが，障碍や障碍のある人に対して，まだまだ偏見や差別がある世の中にあって，祖父自身，えりかの障碍を受け止めようとしてくれていると思えました。

　障碍のあるえりかの誕生をどのように受け止め，捉えればいいのか。祖母は祖母で，日中，えりかの世話をしながら，いつも心の揺れを感じていたようでした。えりかが生まれてしばらくたってから，わが家の菩提寺を訪ねたようですが，そのときのことをだいぶんたってから話してくれたことがありました。

❖エピソード17：選ばれて授かった

　　　　　　　　　　　　　　　　　　　　　　（生後5か月，春間近）

　「急にお寺にお参りしようと思い立ってね。(障碍のある) えりかがわが家に授かるのは，どうしても何かがあってと思っていて。だって，どこの家にも障碍のある子はいないでしょ。そこがわからない限り，どうしても私の気持ちが収まらないような気がしてね。それで，えりかが生まれてから随分と時間がたってたんだけど，「そうだ，お寺にお参りして，方丈さんと話してみよう」と思ったんよ。ちょっと勇気がいったけど。もう90歳くらいになっておられて，人生の大先輩でもある方丈さんが，何とおっしゃるか聴きたくてね。
　お寺にお参りしたら，お参りするという連絡を入れていなかったんだけど，方丈さんがおられてね。これは何かのご縁があったと，えりかのことを話し始めたんよ。方丈さんは「ふぅん，ふぅん」と言われる程度で，黙って私の話を

聴いてくださってね。それから，こんなふうにおっしゃったんよ。「まさか，そのようなお孫さんの誕生を，先祖の祟りと思ってここに来られたのではありますまいな。そんなことはまったくない。むしろ，そのようなお孫さんは，生まれてくる家を選んでこの世に登場されたのではないか。この家なら，きっと私を立派に育ててくれると。立派という意味はいろいろあろうけどな。そのようなお孫さんは玄関において，来る人，来る人に会わせてあげなさい。きっと，来る人も家族も，そのお孫さんは幸せにしてくれるはず。それも立派に育てるということ。でも本当は，こちら側が立派に育てられているということなんだけどな」と。

このことばを聞いたとき，それまでの不安みたいなものが消えていったような気がしてね。暗闇に一光を得たような晴れ晴れとした気持ちになったんよ。身が軽くなったというか。「どうして授かったか」ではなくて「選ばれて授かった」と考えれば，何も理由なんていらないし。お寺にお参りするには，石段を登っていくでしょ。その石段を歩く足取りが，行きと帰りとではまったく違うと自分でもわかったくらい。さすが方丈さん，いい教えをいただいたわ。お参りして本当によかったわ」。

〈今から思えば……〉

障碍のある子を授かる理由を探し求めようと，自分ではなく他者のせいにしたり，生き様のせいにしたり，先祖のせいにしたりと猛烈な犯人探しをする一方で，そんなことを考えてしまう自分自身もまた認めたくなく，迷い続けることを経て初めて，家族のだれもが，人知れず，えりかの存在を自分のなかに位置づける落としどころを探しているように思えました。人に相談をもちかけるのは，まったくの混乱状態のときや本当に困っている状態のときにはできないもの。だとすれば，菩提寺に出向き，相談してみようと思えたということは，この頃祖母は自分のなかの整理が少しつきかけていたのかもしれません。

そこで話された尊敬する方丈さんの含蓄のある説法を受け，祖母のモヤモヤした気持ちの大部分が一気に晴れていきました。とはいえ，気持ちに立ちこめていたもやが消えるまで，なおしばらく時間を必要としていたのは，お寺にお

参りしたその日のうちに出来事を話してくれたのではなく，それからだいぶんたってからであったことが物語っていました。

　こうして家族みんなが集まる夕食時の話題が変わってきました。えりかの今日1日の出来事についての話は変わらずあるものの，家族それぞれが1日の暮らしであった出来事を自分の気持ちや感想と一緒に話すようになってきました。ある出来事や話題に対して，みんなが気持ちを言いあい聴きあうというのは居心地のいい時間でした。そのなかには，そもそも人が生きることって何だとか，豊かに生きるってどういうことなんだろうというような，重く少々厄介な話題もありましたが，これまでの「障碍の原因は何だ，どこにある？」というのと同じくらい答えの出ない話題ながら，まったく中身が異なるだけに，話していて随分と前向きな気持ちになれました。

　「えりかはできないことが多いままに成長していくかもしれない。でも，できないことだらけだとしても，豊かに生きることってできないのか」，「人は歳を重ねていってできないことが多くなると，そもそも豊かに生きられないのか。ならば，お年寄りはみんな，豊かに生きていないことになるはず」，「豊かさを測るには，できるかできないか，というような能力指標でなく，もっと違った物差しがあるんじゃないか」，「たとえば，自分の趣味をもっていることや，楽しみがあることとか，仲間がいるとか。家族が健康でいるとか」，「それならば，えりちゃんにも今からつくっていけるはず」。

　回数は少なくなったとはいえ，今も続いているこの種の話しあいは，家族の一人ひとりが，これまでの自分の育ちのなかで培ってきた価値観を，自分で検討し直してみるという作業でもあり，自分の人生の価値を見つけ出す道なのだろうとも思っています。「こんな話ができるのも，えりちゃんのおかげだねぇ」ということばが，心に多少のわだかまりを残しながらも出るようになってきたのは，えりかと一緒に住むようになってから何か月も経った頃のことでした。深刻な話しあいの後の，うれしい変化でした。

　もっとも，この種の話しあいは，現実から逃避しようとする一つの現れなの

かもしれません。しかし，そんなことはどうでもいいのです。現実から離れることも大事なひと時であり，素直になった自分を振り返り，そこからまたスタートしていくことはもっと大事なことなのかもしれないと，凄絶な話しあい（言いあい）を経験して考えるところです。

3．初めての春

　この冬は生きて越せないかもしれないと言われていたえりかは，風邪をこじらせたくらいで，初めての春を迎えました。

　えりかの食事は，まだまだ誤嚥による咳き込みはあるものの，食べさせる要領がしだいにつかめ，祖母も少し自信がでてきました。えりかが生まれた10月の誕生以降，お正月や豆まき，ひな祭りといった季節の節目ごとにある出来事を，家族そろって一つひとつできることがありがたく思え，思わず手を合わせている自分がいました。「今まで，手を合わせることはなかったなぁ」と新たな自分を見つけた思いでした。

　この頃，同じように気づいたのは，妻の朝の柏手の音。妻は毎朝，神仏にお供え物をして健康と安全をお祈りするのが日課ですが，台所にある火の神にも同じようにお祈りをしてくれています。その日課は，結婚してからすぐに始まっていましたが，初めは小さな柏手の音だったと思うのですが，この頃になって，その音が家中に響くかのように大きくなっていました。この家に嫁いで3年余り。わが家にとって大事な存在となり，わが家に位置づいてきたことを，その音が家中に伝えてくれているようでした。たしかに，妻としても母としても嫁としても，頼りになる存在になっていました。

　松江の家の近くには松江城があり，天守閣をバックに満開となるソメイヨシノはとてもきれいで，訪れる人たちを癒していました。私は城山にまだ雪がある頃から，無事に春を迎えることができたら家族4人で花見に行き，健康であることを満喫しようと密かに決めていました。それは，退院時に医師から告げ

られたことは当たらなかったというお祝いでもありました。

❖ エピソード18：城山の桜の木の下で

（生後6か月，春本番）

　医師が告げた可能性の1つは見事に消去され，親子4人で松江城山の満開の桜の木の下を通ることができました。もうそれだけで私たち夫婦は晴れやかになり，えりかの誕生から今日までの健康上のトラブルや，家族同士のいがみあいのあった暮らしがまるで嘘であるかのような爽やかな気持ちになりました。また，そのような時間を経過したことによって，外の空気を思い切り吸い込めるような気分にしてくれていたことにも気づきました。妻の腕に抱かれるえりかは，淡い春の陽を浴びながら，私たちの気持ちが伝わっているかのように，平和そうな欠伸をひとつしました。小さく開いた口元を見ながら，私はこれから先，今日の春の陽射しのようにポカポカとした気持ちになるような，いいことばかりが訪れてくることを祈っていました。

　そうはいっても，行き交う親子連れをながめながら，ここで出会う幸せそうな人たちも，言うに言われぬ様々なことを抱えながら生きているんだろうなと思う，少し冷静な自分がいることも確かでした。

〈今から思えば……〉

　退院時に医師が告げた「冬が越えられないかもしれない」ということばが，事あるごとに，いつも頭をもたげていました。ですから，松江城山の満開の桜を家族揃って観ることは私にとっての命題であり，えりかの1歳の誕生日の前に越えなければならない1つのハードルのように思っていました。それが越えられたのです。もうそれだけで，すべての問題がまるで跡形もなく解決したかのように爽やかな気持ちになり，桜色がより一層鮮やかに映りました。

　しかし，私の気持ちのどこかに依然として，子育てに対する不安やわだかまりがあったのでしょう。その証拠に，私は対面する親子連れを，心底幸せそう

に見ることはできないでいました。

　そんな矢先，えりかが入院することになりました。
　風邪をこじらせ肺炎になったり喘息ぎみになったりすると，だれでも呼吸が浅くなるのですが，えりかはもともと呼吸が浅いこともあって，大事をとって入院することが何度かありました。どんな親であれ，子どもが発熱したくらいであっても，自分と代わってやれたらどんなに楽だろうと思うもの。まして入院となると，余計に早く治してやりたいという思いはつのるのですが，どうしようもありません。そのうえ，家族の暮らしのリズムも調子を崩していきます。こんなとき，わが家族は，いいお医者さんのところで，ただじっと黙って時が過ぎていくのを耐えて待つのみだという気持ちになっていました。
　昼間病院に付き添ってくれるのは祖母。個室をお願いして，上の娘も付き添いの仲間入りです。食事は病院で摂るのでつくらなくてもいいとはいえ，慣れない生活で祖母は疲れているのでしょうが，そんなことは何も言わずせっせと動いてくれました。
　夜は妻と私が交代で付き添うことにしました。私は，日頃，あまりかまってやれないえりかに，このときはとばかりにがんばろうと思うものの，日頃の暮らしぶりがそのまま反映し，食事もうまく食べさせられないありさまでした。それでも私は，家から持ってきた絵本を一緒に見たりやさしく話しかけたりしながら，せっかくの娘との２人だけの世界を大事にして過ごそうと考えていました。長い時間，じっくりとえりかの顔を眺めるのは久しぶりのことでした。消灯後，廊下からの灯が漏れる２人だけの部屋で，私はえりかの細い腕をさすりながら，誕生からこれまでのことを思い返し，ひとりごとのように話しかけていました。

❖エピソード19：家族みんなで，家族みんなを守っていこうと思っているから

(生後6か月，春)

　「えりちゃんが産まれたとき，父さんは仕事場にいたので，母さんは1人でがんばってくれてね，この世に生をくれたんよ。産まれたときの大きさが小さいこともあって，なかなか母乳を飲んでくれなくてね。それでも母さんは，1人でせっせと冷凍母乳を大事に抱えて，日に何度も病院に通ってくれたんよ。「一生懸命に生きようとしているえりちゃんを見てると，それだけでこっちもがんばらんといけないなぁ」って言いながら。父さんはなかなかえりちゃんの世話ができんかったけど，母さんは黙って，ようやってくれてた。それが母親っていうものかもしれんけど，ようやってくれている。その甲斐もあるし，病院の先生たちのおかげで少しずつ大きくなってくれてね。退院の日には，NICUの看護師さんたちもわざわざ顔を見にきてくださったんよ。退院といっても，体調も完全で，いろんなことが解消したわけじゃないことはわかってるんだけど，やっぱりうれしくてね。退院することになって初めて，家族が一緒に暮らすってこんなにもうれしいことなんだってわかったよ。退院してからは，おじいさんやおばあさんが心配しながらも，一生懸命に世話をしてくれてるよ。一生懸命はいつものことになっちゃって，それが普通だと思えるくらいになってるんだけどね……。

　ときどき，えりちゃんのそばで，大人たちが大きな声で喧嘩をしてすまんなぁ。みんな聞こえてると思うし，えりちゃんには家族の思いがみんなわかってるような気がしてるけど，今はだれもが踏ん張っているところだと思うんよ。もう少し我慢しててくれるかぁ。近いうちに，大きな声をしなくてもいいようにするからなぁ。えりちゃんの家族，そんなにわるい人たちじゃないし，そんな家族と一緒に，焦らず育てようと思ってるから。家族みんなで，家族みんなを守っていこうと思ってるから。えりちゃんもその一員だから，頼んだで。

　……えりちゃん，どれだけお話ができるようになるかわからないけど，「か

あさん』って言えるようになるといいなぁ。街から田舎にお嫁に来て，新しい家族のなかでよくやってくれている母さんに，えりちゃんが呼ぶ「かあさん」っていう声，聞かせてやりたいねぇ。そうなったら，母さん，ひっくり返るくらい喜ぶぞ〜……」。

〈今から思えば……〉

　えりかの病状はそれほどひどくないように思えましたが，病院で過ごすのが一番安全です。家族が協力して，付き添う時間を決めるのですが，私は泊まりの交代要員でした。えりかは自分で点滴の管を抜くこともなく，大声を出すこともなく，大人用の大きなベッドをほとんど余して眠っていました。今は寝ているからいいものの，目が覚めたら何をしようかと，普段あまり関わってやれない私は，えりかがどんなものが好きなのか皆目見当がつかないことを悔やんでいました。何もすることがない静まりかえった部屋で，これまでのわが家での暮らしを思い，一生懸命に子育てする家族の姿を思い出しながら，えりかに話しかけていました。思わず家族にエールを送っていました。夜の病院は静かです。薄暗くなった病室のベッドに横になり何も言わないえりかでしたが，私のことばはちゃんと伝わっているように思えました。息が浅く苦しいだろうに，点滴の管が邪魔で動きにくいだろうに，何も不平を言わないえりかは，お寺の方丈さんが話されたとおり，周りを幸せにする存在なのかもしれないとふと思い，えりかにもエールを送ったのでした。

4．1歳の誕生日

　医師から「この冬は越えられないかもしれない。覚悟をしておくように」と言われ，生後すぐから多くの人に支えられた育ちが始まっていたえりかは，1歳の誕生日を迎えることができました。上の娘と同じように誕生の祝いをしようと家族で話しあい，祖父は尾頭付きの大きな鯛を奮発してくれました。妻が美味しそうに焼き上げると，祖母が美味しいところを食べやすいように小さく

切り込んでくれました。えりかはパクパクと食べることはできませんが，家族も相伴にあずかり，賑やかな初めての誕生日となりました。

❖エピソード20：他からの力に頼りながらも光り輝き，人に愛でられ，安らぎを与える月のように……

（満1歳，秋）

　元気に誕生を迎えられたと，私たち夫婦の両親と兄弟姉妹，それにえりかの従兄弟たちを招き，ささやかな祝いの宴を開くことにしました。20人ほどの祝いの中央席に，まだまだ小さい身体のえりかが祖父母に挟まれるようにして陣取りました。親戚たちは久しぶりの対面に語らい，従兄弟たちは，部屋の隅に集まり，飲み食いよりも遊びに興じて何やら大騒ぎをしています。

　誕生日を元気に迎えるということは，多くの子どもたちにとって当たり前のことかもしれませんが，その当たり前を享受できることをとてもうれしく思いました。宴に集まってくれた従兄弟たちとケラケラと笑いながら無邪気に遊ぶ2つ歳上の姉と，大人たちに抱かれながらゆったりと時間を過ごすえりかを眺めながら，姉は，自ら光り輝き人々の役に立つ太陽のように，えりかは他からの力に頼りながらも光り輝き，人に愛でられ，安らぎを与える月のように人生をおくってほしいと願っていました。

〈今から思えば……〉

　誕生を祝う賑やかな宴であり，うれしい時間を過ごしているものの，正直に言って，私は楽しい時間とは思えませんでした。春の城山で満開の桜を愛でたときほどの爽快感もありませんでした。春以降，えりかの状態は変化なく横ばいで，それ自体はありがたいことでしたが，これから先，どんな誕生日を迎え，重ねていけるのか想像もつかず，見通しがもてないでいることが，私の気持ちを後ろ向きにしていました。

　そんなとき，従兄弟同士でケラケラと笑いながら遊ぶ上の娘の屈託ないその

笑顔を見て，この娘は太陽のように周りを明るくするんだなぁと思ったのです。ならば，えりかはみんなに愛でられる月じゃないか。太陽と月の2人の子どもに恵まれ，この子たちや家族とせっかく同じ時間を過ごすなら，後ろ向きでなく前向きに考え方をかえていった方がいいと，上の娘が笑って言ってくれているように思えました。そして，いざというときには，この日に集まった親戚の人たちが，相互に最前線で支えあい，力を出しあいながらえりかを支えてくださる存在なんだと漠然と考えていました。

5．療育指導とそれへの疑問

　えりかが生まれた松江の病院から紹介してもらった私の実家近くの総合病院には，月に一度の定期受診のほか，体調の変化があると早めにお世話になるようにし，身体の状況がわるくなる前に対処してもらうように心がけていました。また，その病院では療育指導をしている部署があり，小児科を受診する日にあわせて指導を受けるようにしました。このときの病院までの移動も祖母が手伝ってくれました。そこでは，医師や療育の専門家から子育てについてのアドバイスを受けるのが主な内容ですが，祖母にとっては，その場で何人もの障碍のある子どもたちやその家族に出会うことで，障碍のある子どもは孫だけではないという現実を知る機会になったようでした。

　私はときどき参加する程度でしたが，産休を終えて仕事に復帰していた妻は，姉の子育てや家事といった普段の暮らしから少し離れ，えりかだけに向きあえる時間が増えるという意味で，この療育指導の時間を大切にしていました。療育担当の先生の，子どもの反応を待つ姿や興味をもった玩具の紹介など参考になることがいくつもありました。

　ただ，時折，その場にいて「おやっ」と思うことがありました。

❖ エピソード21：療育に関わる気持ちのズレ

（1歳6か月，春）

　えりかはそれまで積木を使って操作活動を楽しんでいたのに，療育の先生は突然，えりかを大豆がたくさん入ったたらいのなかに移し，嫌がる顔を見ながら「触覚防衛があるから，家でもこんなことをしてみてください」と説明されたのです。療育の先生はえりかの将来を想い，触覚防衛を取り除くことを考えてのことと理解できたのですが，だれでも突然の経験のないものとの接触はこわいものであり，この場でのえりかの嫌がる行動は自然ではないかと思えました。

　またあるとき，「目の見えにくい子は，こんなふうに掌を目の前でかざしてひらひらと揺らす常同行動があるんですよ」と話されたことがありました。先生はこれまた，善意からというか仕事としてというか，目の前の行動について説明されたのでしょうが，常同行動となれば行動が否定的に捉えられてしまいます。しかし，私はこの行動を遊びの1つと捉えていました。

〈今から思えば……〉

　そのときの私としては，できないことをできるようにしていこうというよりも，えりかがどんなことに興味をもち，どんな遊び（やりとり）を喜ぶのかがわかり，今を楽しみ笑顔で過ごす時間を少しでも長くしたいと思っていました。ですから，苦手なことを克服させるという先生の気持ちとのズレが，そのような違和感を感じさせたのだと思います。もしくは，今の時点であえてしなければならないものではなく，いずれ何とかなるだろうといった楽観的な思いで私がいたからかもしれません。あるいはまた，えりかを何とか健康な状態のままに維持するのが忙しくて，それ以外の触覚をつかった遊びなどにエネルギーを向けられない毎日の暮らしにおいては，先生が話される内容に必要性を感じなかったからでした。

　また，えりかが目の前に掌をかざす行為も，関心の広がりが弱いのでそうし

ているのであって，他におもしろいものがあればそちらに向かうのだから，この動きはそこからの広がりが期待されるものという見方で，親としてかなりひいき目に見ていました。

　さらに，このような説明は，こちらが求めた情報ではなく，一般的なことを言われたという感じであり，それがたとえそうだとしても，それでどうなんだ，どうすればいいのかという思いもあり，心にひっかかるものを感じていました。

　けっして療育を非難しているわけではなく，自分の考え方とのズレや，日常の暮らしに生かせないもの，必要感のないものを情報としてもらうことで生じるわだかまりを感じ，親として実に勝手だなぁと思いながらも，ある意味，臨床を仕事としてもつ私自身を省みることにもなりました。今から振り返ってみても，多くの子どもたちが平気で触れて扱うものが，えりかにとってみれば気に障るものや嫌なものであることが多く，それが「体験・経験不足」や「慣れ」の認識で語られたとしても，暮らしのなかではどうしようもなく，無理に体験（経験）したとしても，それによって改善にはつながらず，むしろ余計に負の感情を強めてしまいそうでした。とはいえ，気に障るものや嫌いなものを近づけるなということではなく，どのように関わりをもつかということが大切であり，その際，何をどのように扱うかということ以上に，それは何のためにするのかということを明らかにして取りかかるべきだろうとも考えていました。

6．社会との出会い，社会との接触

　しばらくして，その病院から紹介され，隣接する町で行われていたミニ療育事業にも参加するようになりました。同じ療育ながら，病院での療育とは異なり，町のあちこちから集まってきて集団で行われることから，より多くの障碍のある子どもたちとの出会いがありました。いつも付き添ってくれていた祖母にとってみれば，障碍のある子どもやその家族の方々との関わりをとおして，障碍といっても，えりかのように動きにくい子どもから走り回って動きすぎる子どもまでいろいろな状態のものがあり，家族にも障碍を悲観的に捉えている

人から結構楽観的に捉えている人まで幅があるのを感じたようでした。病院での療育やミニ療育事業は，えりかが家から外に出ることに慣れるとともに，家族にとっても，えりかと一緒に外に出かけ，人のいる場所に出かけることへの抵抗感を少しずつ軽減させていきました。

　その後，祖母は，えりかは水分補給をすれば外出しても大丈夫ということがわかると，天候を配慮しそれにあわせて着るものを選びながら，日中に家の周りを散歩するようになっていきました。

　この頃の私の楽しみは，仕事から帰り，庭から玄関に入るまでの砂の上に，二本の平行線が描かれているかどうかを確かめることでした。それは乳母車の車輪の跡だったのですが，はじめにそれとわかるまでにはしばらく日数がかかりました。

❖エピソード22：えりかのマイカーは，昔ながらの深底型の乳母車

（1歳8か月，青葉の頃）

　祖母は昔ながらの深底型の乳母車（深底の四角いハンモックに2〜3人の赤ちゃんが乗れそうな堅牢なつくりのもの）を愛用していました。方向を変えやすいように車軸が回転する乳母車もあったのですが，このほうが風が直接えりかの身体に当たらなく日射も防ぎやすいうえに，がっしりしていて自分も歩きやすいと，えりかを散歩に連れて出るのに塩梅がいいのだと話していました。えりかの体調がいいときには，必ず外に連れ出し，田舎の澄んだ空気を吸い，陽の光りを浴びさせてくれました。えりかはゴトゴトと揺れながら動き，気持ちのよいところに連れて行ってくれる乳母車が大好きになったようでした。私は祖母がえりかに何やら語りかけながら，心地よく揺れてゆっくり歩む2人の光景を想像するだけで，とてもうれしくなってくるのでした。

〈今から思えば……〉

　えりかの外出は，体調を整え健康を維持するうえで大切ですが，さらにこの

散歩で私をうれしがらせたのは，途中で必ずのようにどこか近所のお宅によっては立ち話をしたり，ときにはお茶を飲んだりする場所に，えりかがいることでした。このお出かけのおかげで，祖母は意識していないのかもしれませんが，わが家にはこんな子がいるということを自然に近所に知らせていることになるわけです。そして，このことによって，近所にえりかが幼いときからのことを知っている人がたくさんいてくださることになります。もうそれだけで，えりかや私たち家族が，これから生きていくうえで暮らしやすくなることにつながるのだと思えました。

　日課といえば，祖父が仕事から帰ってくると，毎日のように，まずはえりかを高い高いしてから抱っこしてくれました。えりかはそれが面白く，まもなく家族中で一番祖父のところに寄っていくようになりました。「いちばん世話をしているのは私なのに」と，祖母の笑いながらの不満の声も聞こえましたが，えりかが自分から寄っていくのが祖父ですからしかたありません。
　そうなるとよけいに抱っこをしたくなるというもの。ふだんは，孫とどういうふうに接していいかわからない祖父ですが，このときとばかりに毎日繰り返すやりとりに，えりかも祖父も満面の笑顔でした。そんな2人のやりとりがあるのは，1日のうちでもこの場面しか思い当たらないのに，2人はどんな場面でもいつもしっくりいっているように思えるから不思議です。
　もう1つの日課は，お客さんが家にやってきてはすぐにお茶事が始まるという田舎の風物詩です。これは，祖父が会社勤めをやめてからさらに増えていくのですが，このときもまた，えりかとお客さんたちが出会う絶好の機会になりました。
　えりかが一番のお気に入りのお客さんは，二軒隣のおじいさんとおばあさんです。そのお宅とわが家は懇意にしているので，毎日行ったり来たりのお茶仲間です。えりかに会うと必ず声をかけてくださって，頬をなでてくれます。えりかはあまり食べられませんが，おいしいお菓子も持ってきてくださいます。えりかの小さな成長を喜んで，とてもかわいがってくださる優しいご夫婦です。

えりかが生まれてからずっとのつきあいですから，もしかしたら，私たち夫婦以上にえりかと会っている時間が長いのかもしれません。私たちにしてみれば，このように行ったり来たりの自然な関わりをとおして，えりかが幼いときからのことを知っている人が近所におられること自体が，とても心強く思えることでした。

　姉が近くの保育所に通うようになると，姉が出かけた後の1日は，祖母にとってはえりかだけをみる時間になり，時折おしゃまなことを言い，笑わしてくれる姉がいないので，笑い声が減った長い時間を過ごすことになりました。祖母は，えりかと2人で暮らす時間をとおし，えりかの現実と直面し，現実を認めていかざるを得ない心の揺れもあったことから，この暮らしに慣れるまでは，思っていた以上につらい時期だったようです。そのうえ，食事やおむつの世話は，腰が痛い祖母にとってはたいへんなことだったにちがいありません。しかし，孫の面倒をみるのは自分の仕事だからとしても，よくみてくれていました。
　ですから，えりかの食べ物の好みはもちろんのこと，ウンチから判断する体調に至るまで，実によくわかるようになり，家族のなかでえりかのことを一番知っていると自負するほどに，目と手をかけてくれました。

7．3歳になって

　このような生活のなかで，えりかは3歳の誕生日を迎えました。えりかはこの頃から，少しずつやりとりが楽しめる反応がでてくるようになってきました。それまでは触ることが苦手で，物を手で握ったり持ちあげたりすることさえしようとしませんでしたが，私とボートこぎごっこをすると私の指を持って軽く握られるようになり，物を手でつかむようになってきました。
　ちょうどその頃，それまで病院で受けていた1対1での療育指導を終了し，小集団での療育にかわるようにと，医師から別の所を紹介されました。私たち夫婦が実際にそこに行って見てみると，5人くらいの人数ながら，療育の時間

のほとんどをみんな一緒に活動する設定がなされた療育内容でした。そのため，私たちは，参加していた他の幼児と発達の状況が異なるのに活動が同じではえりかには合わないと判断し，そこへの療育活動の接続をお断りしました。

えりかが生まれてからこれまで，えりかの育ちをいつも黙って見守っていた祖父が，3歳を過ぎた頃，それまでの育ちを見続けながら疑問に思っていたことを妻に尋ねたことがありました。それは，食卓を囲み，祖父と私たち夫婦と，その傍らにえりかの4人がいたときでした。

❖エピソード23-1：「何でえりかはこうなんだ？」という祖父の問いと妻の受け止め

(3歳，秋)

> 何かの話の続きに，祖父が思い出したかのように「何でえりかはこうなんだ？」と尋ねたのです。もう3歳にもなっているのに喋らないし歩かないえりかの様子を眺めながらのことばでした。それに対し，妻が「(どうしてこうなのか)わからないんですよ」と実に素朴に答えたのですが，そばで聞いていた私は，あまりえりかのことでどうのこうのと話さない祖父のこのことばに少し驚いて，「障碍のある子どもを育てている母親に，それでなくてもいろいろなことを他人から言われたり自分で思ったりしているところに，そういうことを聞くということは，母親を責めてしまうことになるから，答がわからないようなことは聞かないでくれ」と言い返していました。祖父は「ふぅーん」と頷いただけでしたが，後にも先にも，祖父がえりかが障碍をもって生まれてきたことの理由を尋ねたことは，このときだけでした。

生まれてから3年も経過した今，どうして今さらこういうことを聞くんだろうかと，私は妻をかばって言ったつもりでしたが，妻はまったく違った捉えをしていて，次のように話してくれました。

❖ **エピソード23-2：一度も責められたことないから，こちらも反発することもないし……**

（3歳，秋）

　「おじいさんが初めてえりかが障碍をもって生まれてきたことの原因を質問されたとき，私はとても素朴な質問に思えて，すぐに「わからない」って，これまた素朴に答えてたの。3歳を過ぎているのに今のような状況だとすれば，「どうしてなんだろう」と素朴な疑問がわいてくるのは当たり前のことと思って。これまで，家族のなかでこんな話は何度も出てきたと思うけど，おじいさんは黙って聞いていてくださっていて，あまり話されなかったよね。それって，自分の経験に照らしてもよくわからないことだし，私たちが話すのを「そんなもんかなぁ」って聞いておられたと思うんよ。結局は障碍のある子どもが生まれてくる理由なんてわからないままなんだけど，それでもずーっと気にしながら，わからないと思いながらも，心のどこかで「何でかなぁ」と思い続けておられたんじゃないだろうか。それで，今日，ふと思い出したように「何でこうなんだ？」って聞かれたような気がしてね。それは，だれも思うことだと思うんだけど。あなたは私をかばってくれて，おじいさんに「そんなことを言うのは，母親を責めることになる」って言ってくれたけど，私は責められたとは思わなかったんよ。
　おじいさんって，子どもに対する温かさをいつも感じるよね。それは，両親が早くに亡くなられて，いろいろなたくさんの苦労をされてこられての今だから，「子ども」であったかつての自分と照らしあわせながら，周りの「子ども」を温かく見ておられるように思うの。自分の子どもであるあなたに対しても，いつも温かいのと同じように。私に対してもだけど，責めることは一度もないでしょ。前に話してくれたよね，大学受験で失敗したときも，あなたのせいだなんて責められたことなかったって。私がえりかを産んで，障碍があるかもしれないとわかったときからずっとだけど，ただの一度も責められたことはないし。だから，こちらも反発することもないし。とすると，「何でこうなんだ？」

って聞かれても責められているとは感じないから、そのことばどおりの疑問だと受け止めたの。だから、「わかりません」って答えられたの」。

〈今から思えば……〉

 なるほど、そうなんだ。実に納得できた妻の話でした。妻の話を聞きながら、私は、障碍に関する不用意な発言が人間関係をギクシャクしてしまう可能性もあるなどと、一般的に考えられることから類推することを祖父にただ当てはめ、話していただけのことでした。妻が思う祖父像、祖父が思う妻像を考えることなく、またそこからの2人の家族の人間関係を考えることなく、障碍に関わることを話題に出すことは妻を責めることになるのだから、そのようなことを言ってほしくないと単純に考えてしまっていたのだと気づかされました。障碍にこだわっているのは私の方であり、自分を覆っているこんな鎧をとらないと、人の気持ちといった見えないものをもっと見えなくしてしまうと、妻から教わったような気がしました。

 また、妻が似たようなことを私に考えさせてくれる話をしてくれたことがありました。それは、人間って弱いから、その弱さを出しているときにどんな人に出会うかで、救われるかどうかが決まってくるという話でした。

❖エピソード24：普通に生きられますよ

(3歳, 秋)

 「えりかが生まれてしばらくの間は、何とか生きてほしいということだけに一生懸命だったんだけど、少し時間が経過するといろいろなことが心配になってきてね。えりかを授かって産んで育てていることは事実としてわかるし、ちゃんと育てなくてはという思いもあるんだけど、ミルクを飲んだり痰を切ったりも十分にできない状態でこの先どうなるんだろうって、先が見えない不安だらけだったんよ。「人間って弱いなぁ」ってつくづく思ったんだけど、そんな

不安な気持ちのときに，人から聞いてよく当たるという姓名判断を受けに行ったことがあるの。「この子は何年生きられるんですか」という問いに，医療は何も答えてくれないから。生年月日やら名前を告げ同じ質問をその人にしたら，ニコッと笑みをこぼして「普通に生きられますよ」っておっしゃったのよ。それを聞いて，私すごく安心してね。うれしさが込み上げてきたの。そして，「この子は立派に育ちますよ。この子の魂はきっとお母さんより清らかで気高く周りの人も幸せにするから，大事に育ててあげてください」と。このあたりは宗教っぽいといえばそうかもしれないけど，ほんとに私，救われた思いがしたの。同時に，この子を育てる勇気みたいなものもいただいた気がしてね。えりかは初対面なのに，その人にとても懐いて，そばから離れようとしないんだよ。その人も，そのことばも「本物」って思えたんよ。

気持ちがドロドロのときに，わが子を認めてくださった人に出会えたことには感謝する以外にないわ。あのとき，名前がいけないとか，前世がどうのこうのって言われて，結局，えりかのことを認めてくれないことを聞かされていたら，随分と落ち込んでいたと思うんよ」。

〈今から思えば……〉

相手に自分の弱みを出しながら，やっとの思いで何とか話をしたときに，その相手の人が，自分を認めてくれる言動をする場合と，逆に責める反応をする場合とでは，話し手が受ける感覚は雲泥の差となって表れてきます。相手が肯定的に受け止めてくださること。もうそれだけで，話し手は自分自身の気持ちの整理ができたような気がして，気持ちのうえで自然と次のステージに上っていけるものと思われました。

当時の私は，先に述べたように，鎧に覆われた自分でいることで自分を守っているように思っていました。しかし，そのように頑なな態度を変えず，意地を張って自分の考えと異なるものを跳ね返していくことは，自分の弱みを人に見せないことでもありました。弱みを見せることは格好がわるいと思っていたり，弱みを見せることで自分が傷つくのが怖い気持ちが潜んでいたりしていたにちがいありません。

私は，以前，障碍のある子どもを育てておられる親御さんたちの親子合宿に参加したとき，あるお母さんが「弱みを見せていくことが強みになり，それによって新たな自分になっていく」と話されていたことを思い出しながら，そのこと自体はわかっていたつもりだったのに，このときに初めて「なるほど，こういう感覚なんだ」と実感としてわかったような気がし，それまで身につけていた重い鎧をちょっと外してみようかと思えたきっかけとなりました。

第 4 章
保育所での暮らしと「社会」に対する家族の受け止め

おねえちゃんと家の近くの公園で
　——えりかが保育所に通っていた頃

家族だけでなく，他人である保育所の先生方がえりかを見守って
くださり，えりかの成長を力強く後押ししてくださっていること
は，障碍のある子どもを育てる私たち夫婦や家族にとって，やは
り「まあ，それでもいいかぁ」と思わせてくれました。初めての
「社会」である保育所において，私たち家族にとっては初めての
「公の社会」で過ごす他人さんが「今のえりかでいい」と認めて
くださることは，家族の安心にもつながるものでした。

（第4章　本文より）

第4章　保育所での暮らしと「社会」に対する家族の受け止め

1．初めての「社会」としての保育所

　私が住んでいるのは田園風景が広がる人口2万数千人の町です。このところ新興住宅地が造成され町外からの転居者が増えていますが，昔ながらの集落との混在であり，どちらかといえば封建的閉鎖的な土地柄といえます。大きな総合病院は町内になく，療育の場や特別支援学校に通うには近くの市に行かなくてはならず，障碍のある子やその家族にとって必要とされる諸機関は，町外におんぶに抱っこの状況でした。そのためか，障碍のある子どもや人と町で出会うことはまだまだ少ないのが現状でした。

　しかし，町内にある保育所（園）では障碍のある子の保育に着目し，随分前から真摯な取り組みが継続されていました。そこでは，よき指導者を得て障碍児保育が積極的に行われており，何人もの障碍のある子どもたちが自宅近くの保育所（園）でお世話になり，子どもも親御さんも，時に励まされ勇気づけられながら毎日を過ごしていました。そして，えりかも，先達が築いてくれた保育所通所への道を歩んでいくことになりました。

　えりかが3歳の春，姉と同じ保育所に入所できることになりました。保育所入所についてはかねてから考えており，そのタイミングをはかっていましたが，えりかの体調がいい状態が続いていることや周囲への反応も出てきはじめ，集団に入れてみようかと思えたことと，姉と同じ保育所に通うことで，姉に「えりかの姉」であるという自覚を育てたかったこと，それに，日中の孫育てから解放され，祖母の身体が楽になることなどの理由から，この時期の入所を決め，毎日元気で通うことを第一の目標に通所を始めました。

　保育所入所式の日，家族の者たちは，えりかがどんな様子で過ごすのかと少なからず緊張していましたが，えりかは大人たちの気持ちをよそに，いつものマイペースな朝でした。この日用にと妻が準備した一張羅に着替えると，えりかは妻と2人で保育所に出かけて行きました。そして，この日のことを，夕食

を食べながら妻が話してくれました。

❖エピソード25：保育所でどんなふうに過ごすのか，楽しみが増えた気持ち

（3歳5か月，春）

　「えりかと保育所に行ったら，一足先に登所していた上の娘たちの年長組の子どもたちが，会場の出入り口で出迎えてくれてね。といっても偶然だったらしいんだけど。賑やかな歓迎ぶりだったよ。えりかは抱いていることが多いから，入所式で抱いている子は少なくて目立つかなぁなんて思ってたけど，よく考えたら保育所だから，抱かれている子どもも多くて，ちょっと大きめのえりかを抱いていても，そんなに目立たなかったよ。それよりも，泣きわめく子や動き回っている子がいて，私としてはそっちの方が気になって，所長先生の挨拶はところどころしかわからなかったわ。
　式は程なく終わって，それからクラスに向かったんだけど，すでに先生と相談してたように，えりかは年齢より1つ下のクラスになっててね。保育をされている横で，新しく入所する子の保護者にいろいろな説明があったところで，通所1日目が無事に終わったって感じ。
　クラスで説明を受けているときに，えりかを膝に抱いてたんだけど，前にいた子がえりかを不思議そうにじっと眺めててね。「なんか違う」って思ったんじゃないかなぁ。違いがわかるなんて，子どもって偉いもんだわ。その子のお母さんも，ちらっとえりかを見られたんだけど，表情も変えずに普通にしておられてね。そのお母さんも偉い人だなぁと思えたの。その人がえりかを見たときに，眉間に皺を寄せて嫌なものでも見たかのような顔をされたとしても私は平気なんだけど，それでも嫌な気持ちにはなったと思うんよ。入所した初日にそんな親子に出会えてうれしかったわ。
　上の娘も同じ保育所でお世話になっているから，保育所の先生方とはお互いに知っているし，お母さん方のなかにも知っている人はいるし，さっきのお母さんのような方もいるし，えりかについてくださる先生はベテランだしで，少

し，保育所生活への不安が減った感じかなぁ。その反対に，えりかが保育所でどんなふうに過ごすのか，楽しみが増えた気持ち」。

〈今から思えば……〉

　入所式の朝，家族が気にしていたことは，えりかがまったく新しい環境でどんな動きをするのかということ以上に，周りの子どもや親御さんが，どんなまなざしでえりかを見るのかということでした。上の娘のおかげで，先生方のほとんどを知っていたことは，えりかにとっても私たち家族にとっても強みでしたが，集団の場に初めて入れ，朝から夕方までの長い時間を過ごす他の子どもたちが，えりかにどんなふうにかかわってくれるかは想像のつかないところでした。また，療育活動のように，障碍のある子どもたちだけが通ってくる所でもないだけに，やはり，周りの子どもたちや家族の方々がえりかをどのようなまなざしで見るのかが気になるところでした。

　しかし，年長組の子どもたちが屈託なく接してくれたり，同じクラスの子の親御さんが普通に接してくださったりで，気にしていたことの1つがグッと減ったように思えたのは事実でした。直接その場にいた妻はもちろんですが，話を聞いただけの家族も同じように胸をなで下ろしていました。また，えりかの前にいた子やその母親がえりかを見たときに，その2人のまなざしを妻がどのように捉えたかによって，初めての「社会」としての保育所に対して抱く感情が異なってくるはずですが，その瞬間に妻が感じたのは相手の「偉さ」というプラスの側面であり，そのように思えたことで，妻の「この保育所でやっていける。大丈夫」という気持ちを決定づけ，後々の保育所生活を随分と楽にしてくれました。登所初日の妻の手柄でした。しかも，クラスには担任に加えて，上の娘の担任でもあったベテラン先生がえりかを担当してくださることになり，願ったり叶ったりで，まだ通所初日であったにもかかわらず，これからの保育所生活がうまくいきそうに思えたのでした。

　朝の9時から夕方4時半くらいまで，保育所での暮らしが始まりました。えりかは担当してくださる先生との1対1の体制を確保した保育をうけました。

その先生と，毎日のように園庭で遊び，顔も陽にやけたくましく感じられるようになりました。これまでの畳の上での暮らしではなく，砂や水，板の床での暮らしに慣れないこともあり，当初はそのような物に足の裏をくっつけることも嫌がっていたのですが，予想以上にすぐに慣れていきました。
　そうはいっても，保育所を統括されていた主任の先生は複雑な思いだったようで，えりかの受け入れの頃を次のように話してくださいました。

❖エピソード26：私にできることを惜しまずやっていく

（4歳，秋）

　「えりちゃんが入所すること自体，うちの職員たちはだれも反対する者はいなかったんですよ。障碍のある子どもたちを保育所に通わすというのは，制度上というか，保育の時代の流れで，それを受けて，この町の保育所では数年前から障碍児保育が始まっていましてね。ですから，どこの保育所でも障碍のある子どもたちの通所は「普通」になりつつあったことだったんです。障碍の重い子どもさんも保育していた実績もありましたし……。でも私は少し違っていましてね。違うというか，えりちゃんの入所自体はいいんだけど，受け入れる側としての私の気持ちのなかに，「私は何ができるんだろうか」というような，すっきりしないモヤモヤした感じの気持ちがあったんですよ。
　障碍児保育とか統合保育っていわれだした頃，障碍のある子どもさんを担当するのは，どちらかといえば若手の職員でして，私はそれなりに歳をとっていたこともあって，加配として障碍のあるお子さんと1対1で関わった経験がなかったんです。ですから，「障碍のある子どもさんや親御さんと正面から関わって，こんな体験をして，こんな苦労や工夫をして，一緒に喜びあって……」なんていうことがなく，障碍児保育に対する体験に基づく自信みたいなものが今ひとつなかったんです。そりゃあ，障碍のある子がいるクラスの担任としての経験はあるし，子どもはそばにいるし，先生方と一緒に障碍児保育について勉強もしてきたので全然わからないということはなかったんですけど，やっぱ

り体験や経験って大きいですから。

　でも，勉強していくうちに，子ども一人ひとりに応じてどんなふうに関われ ばいいかとか，どんなことに気をつけておかないといけないとかの配慮は個別 に必要なんだけど，障碍児保育といっても，障碍がない子どもたちの保育と基 本は変わらないのではないかと思い始めていた頃でもあったんです。そんな， ある種の迷いみたいなものも，私のなかにありましてね。

　でも，春になると，子どもたちが入所してくることはわかっていて，いつま でもそんなこと言っていられないので，次年度の準備のために職員組織を考え ているときに，あるベテランの先生から「私にえりちゃんを担当させてもらえ ませんか」って言われましてね。ところが，保育所とすれば，その先生が加配 役になると，クラス担任として差配したり保育所の全体を見ながら保育をして もらったりできる，保育を回せる人が1人減ることになるから，少し考えるこ とがでてくるんですよ。こんなことを，親御さんに言ってはいけないかもしれ ませんけど。でもその先生の意志は固くてね。そのとき，思ったんですよ。 「だったら私もその先生を応援しながら保育を組み立てていこう」って。腹決 めができた感じかな。逆に，それくらいやる気のある先生なら，えりちゃんと の関わりが少々難しくても大丈夫だと思えたんですけどね。

　それがきっかけになって，私のわだかまりも溶けていくような感じがして， 「私にできることを惜しまずやっていく」と思うようになったんです。えりち ゃんの入所がきっかけで。

　その後，ご存じのとおりその先生も一生懸命にされてね。えりちゃんは少し ずつ保育所の場や集団にも慣れてきたり，好きな物や場所もできてきたりで ……。でも，えりちゃんがここでの関わりでどんな姿になるのか予想がつくわ けでもないので，私にはいつも「これでいいんだろうか」という思いがありま してね。一つひとつの成長はうれしいけど，満足っていう感じではなくて。ま たそこで，そんなふうに満足できないと思ってしまう自分が，えりちゃんに関 わっていてはいけないんじゃないかと考えたりもして……。でも，そうなった ときには，やっぱり「私にできることを惜しまずやっていく」というところに 還っていったような気がしてるんです」。

〈今から思えば……〉

　えりかがお世話になってだいぶんしてから、入所の頃のことをうかがうことができたのですが、障碍のある子を育てている親や家族も気持ちが揺れながらいるのと同じように、受け入れている保育所側もまた揺れながら毎日を過ごされていたということを、しみじみと感じました。障碍のある子を入所させることに対して、保育所側がきっちりと体制を整え、その子への関わりの内容や配慮事項について理解し、環境が整った状態になってから受け入れるのがいいのかもしれませんが、揺れながら受け入れ、揺れながら保育し、そのなかでよりよいものに改善し、新たな保育を創っていくことも、地域に存在する公立保育所の役割でもあるんだと、改めて気づかされました。ですから、先生方はいつも自分に対し不全感をもつ状況にあり、そのようななかで、それでも前進させていくものは「自分にできることを惜しまずやっていく」という関わる側の想いなのだと感じ、そのような環境で過ごすことのできたえりかは幸せ者だとつくづく思うのでした。

　そして、この「できることを惜しまず行っていく」という先生の精神が、後に述べる「いちごの会」結成の基になった障碍のある子どもを育てる親たちの話しあいの場を設定してくださり、いつもその場に居てくださったことにもつながるのだと痛感しました。

　えりかの保育所生活1年目は、暦年齢よりも下のクラスを生活の場にし、ベテランの先生といつも一緒でした。その先生は、年度当初、私や妻に会うとすぐに「こんなおばあさんが担当ですみません」と笑顔で話されましたが、こちらとすれば、ベテランであるだけに安心して、あまり気兼ねすることもなくいろいろなお願いができたように思います。担当してくださることで、えりかの様子について話しあう機会も多くなってくるのと相まって、家族と先生との親しみ度も上昇していき、いろいろなことを言いあえるようにもなっていきました。

　そんな先生が、えりかとの関わりについて、目を細めて話してくださいまし

た。

❖エピソード27：障碍のある子の保育の基本は，これまでの保育と変わらない

(4歳6か月，保育所生活2年目の春)

「私がお願いして，えりちゃんの担当にさせてもらったんです。この歳になるまで，障碍のある子どもさんの担当になったことがなくてねぇ。どうしても若い先生が担当になることが多いから。でも，やってみたいと思ってたの。主任の先生にお願いしたら「私も先生と同じようなことを思っていたことがあってね。先生がそこまで言うなら，やってみる？ じゃあお願い，担当してください」って言ってくださったんよ。うれしくてね。でも，若くはないから身体が動くかなぁって思ってたけど，えりちゃん，そんなに動かれないし，体重も重くないから，ちょうどよかったんですけどね。

それでね，担当するようになってから，これまではどうしても家のなかで過ごしていることが多かったと聞いていたので，体調を見計らいながら，えりちゃんを抱いて園庭に出ては，外の空気に触れたり風に吹かれたり，動き回る子どもたちの姿や声を見聞きしたり，草や砂の上に座ったり……。そうそう，砂といえば，えりちゃん，砂が嫌いでねぇ。両脇を抱えながら砂の上にそっと降ろそうとするんだけど，裸足のつま先が地面に着いた途端，ぴくって跳ね上げるように動いて，見ているうちに泣き始めてね。それからは，私の腕からは降りようとはされなかったわ。ところが，近くにいた子が「えりちゃんに砂をかけてあげようね」って言うもんだから，膝の上に抱き直して両足をぶらっと投げ出すと，その子はブルドーザーのようにしてかき集めて山にした細かい砂を両手ですくって，足の甲に上からかけてくれたんだわ。やっぱりえりちゃんは泣いているんだけど，それでも優しく「ザー，ザー」なんて言いながら繰り返してね。そんなことが何回かあって何日か経ったときに，砂の上に降りることができてたんだよねぇ。少しずつ少しずつ何度も何度も，ときにはまた友だち

81

に手伝ってもらいながら砂かけを繰り返したんだけど、人は慣れるってことだわね。それまでは畳の上だけの生活だったお嬢さん育ちだったけど、もうちょっと、泥くさい田舎の子にしないとねぇ。後で、それって触覚防衛って言われたんだけど、私は、ただ砂のなかで遊ぶことの面白さみたいなものをえりちゃんに伝えたくて。私がみんなと一緒に砂のなかで遊びたかっただけだったんだけどね。これまでにも、砂や泥が苦手な子もたくさんいて、保育ではそれを好きになってもらうことをしていたんだけど、えりちゃんとの関わりもそれと同じでいいかもって思えたら、これから先も、えりちゃんとの関わりが私にもできそうな気がしてきたんですよ。あれほど砂が嫌だったえりちゃんがいつの間にか抵抗がなくなり、今では陽のあたる外で砂まみれになって遊ぶことが大好きになっているから、不思議なもんだわ。

　体温調節がうまくいかないって聞いていたので、暑くなると、短い時間だけど、日に何度かプールに入るようにしてね。"えりちゃん特権"があって、プール使用の割り振りが違うクラスのときにも特別に入れてもらってたんですよ。顔パスっていうやつ。たらいプールも好きで、キラキラしたものを浮かべるとそれも楽しみで、つまんでじっと見ていたかと思うとポイッて投げたりしてね。寒くなってくると、天候や顔色を見て服の調節をしたり、時には先生方の休憩室にあるこたつに入れてもらったりしてね。できるだけ家庭と同じように過ごせたらいいと思ってたんですよ。保育所中のどこであっても、いい場所を見つけてはそこで過ごすようにしてたら、寒いときには自分でストーブのそばに近寄って行けるようになってね。

　それからね、ここでは、家ではなかなか食べられない工夫したおやつやおかずなどを出してくださってね。えりちゃんはきざみ食だけど、調理の先生が手間暇かけて、食べやすい食材を食べやすい形と味に変えて、おいしい昼食をつくってくださってるんよ。だから、食の広がりも次第にでてきたんじゃないかなぁ。しかも、その調理の先生はいつも食事のときに来てくれて、きざみの具合や食材の柔らかさなんかの食べやすさや味の加減を、食べているときの表情や様子を見ながら考えてくださってね。「食べてくれるのがうれしいから」って、きざむ手間も苦にせずえりちゃんの食が進むように工夫してくださってる

第4章　保育所での暮らしと「社会」に対する家族の受け止め

んですよ。その様子を見ると，私もやりがいがでてくるっていうもんですよ。
　申し訳ないけど，私はえりちゃんについてわからないことだらけからのスタートだったんです。でも，これまでの保育とちっとも変わらないっていうことと，むしろこれまでの私の保育を振り返りながら，私がここで学んでいるっていうのを実感してるんです。これも，えりちゃんや同僚のおかげですね」。

〈今から思えば……〉
　えりかの最初の保育所生活を支えてくださった先生は，健康を第一に，からだ，食，自然，友だち，あそび，運動……のあらゆる分野で配慮してくださいました。ですから，私たち家族はとても安心して，毎朝えりかを保育所に連れて行くことができました。また，そのような関わりは，担当してくださった先生にとってみても，それまでの保育実践を一つひとつ顧みながらの丁寧な保育となったようでした。そして，やがて，障碍のある子の保育もそうでない子の保育も基本的には変わらないことに気づかれたり，周りにいる同僚やえりかを含めた子どもたちに対して，感謝の気持ちを抱ける自分自身でいられることにも感謝されたりと，ご自身の発見にもつながったようでした。
　そして，その先生は，周りにいる子どもたちと同じようなことはできないえりかですが，えりかにとって初めての「社会」としての保育所を，居心地よく大好きな場所にしてくださいました。朝，保育所に向かう時刻が近づくと泣いてむずがるものの，保育所に向かう祖父の車が動きだすとピタリと泣きやむということがたびたびありました。そんな様子を見て，祖父は「えりかは，楽しい場所を知っている。たいしたもんだ」と言って喜んでくれました。保育所に着けば着いたで，窓越しに陽が差しこむ明るい場所に這っていき，自分の場所と言わんばかりに陣取る毎日でした。また，そんな楽しみの保育所でも，夕方迎えに来てくれる祖母が手を差し出すと，それまで抱かれていた先生の腕から上体を傾け，祖母のほうに乗り移ろうとするのですから，祖母もうれしい限りでした。
　体力がついてほとんど休まずに通えるようになったのは，保育所でのこのような手間を惜しまない細やかな配慮の賜であり，たとえば，子どもが発熱し，

83

風邪をひいた後になってはじめて「昨日は寒かったんじゃないかなぁ」などと先生方が気づかれるような保育所ではなかったおかげでした。

　毎朝保育所に通うということは当たり前のことのように思えますが、そこには子どもの「保育所に行きたい」という思いが膨らんでいるかどうかを見逃すわけにはいきません。えりかが保育所に通うことが大好きだと思えることは、保育所の場や人の雰囲気がとても心地よいものだったにちがいありません。えりかにとって喜んで通いたい保育所であったことは、その保育を創っているすべての職員の方々のおかげでした。入所式の日、妻が前にいた親子のまなざしを受けて感じたときの思いはその後も継続し、先生方への感謝の思いも加わり、保育所は家族にとっても楽しみな場所で、かつ、家族みんなをいい気持ちにしてくれるところとなりました。

2．この頃の家での暮らし

　保育所生活の2年目に入っても1年目の雰囲気は引き継がれ、えりかはさらにやりとりを楽しめるようになってきました。それは、えりかの反応がよくなってきていることもですが、それ以上に、えりかの周りの大人たちが何をすれば楽しめるのかがわかってきたからだと思いました。

　私が仰向けに横になりテレビを見ていると、えりかはいつも私のお腹の上に上がり、人の温もりを感じています。そして、次には、その体勢から、ギットンバットンとボート漕ぎをしてくれるのを待っています。

　お風呂では、浴槽に1人でいるときには立っているのですが、だれかが湯船に座りあたたまっていると、人の足を椅子替わりにしてちょこんと座ってきます。

　手を握ることを覚え、抱いていてもこちらの肩や身体に手をまわし、危険を感じるとグッと力強く私の服を握り締め、落ちないようにつかまることもできるようになりました。それをいいことに、「ぐるぐる回し」や「飛行機」といった運動遊びも増えていきました。

姉の髪の毛を触っては，まるでシャンプーをしているかのような手真似をするのが好きになりました。姉を探しては，シャンプーをしています。逆に，少し力がついてきた姉はヨタヨタと妹を抱っこしながら大人のように振る舞い，えりかの移動を手伝ってくれています。

おもちゃのなかでのお気に入りは，起きあがり人形です。姉用に買ったものだったので，えりかが生まれたときからずっとそばにあったものです。何か所もへこんでいたり取れかけそうなところはテープで補強してあったりとかなり傷んでいますが，それを見つけると，隣の部屋にあっても急ぎ這いで近づき，手や足で倒しては起きあがってくることを繰り返していました。

電池で動くネコのおもちゃも好きで，近づいてきたネコの鼻先を人差し指でなでることができるように，ネコの進行方向に先回りして待つことを覚えました。

食後しばらくしてから急にむずかったとき，お腹がすいたわけでもなく，おむつでもなく，眠くてぐずるわけでもないと妻が困っていると，近くにいた祖母が「私もすこし喉がかわいたから，お茶を飲ませてみたら」と言うので番茶を飲ませると，おいしそうに飲んで泣きやんだことがありました。それ以来，ことばがないえりかが泣いたら「喉が乾いたと言っている」ことも想起し，妻はお茶を準備するようになりました。また，「私たちがしてほしいときには，えりちゃんにもしてやろう」という祖母の提案により，家族のだれかが外の空気を吸いたくなったらえりかも散歩に連れて行ったり，暑いときには麦茶を飲ませたりアイスクリームを食べさせたり水浴びをさせたりといったことを，より意識して，より多く関わるようになりました。

この頃，えりか以外の家族が凝っていたものの1つは，毎日の暮らしのなかで繰り返されるものを使って，えりかとのやりとりを楽しむ方法を発掘することでした。

たとえば，妻が考えだした朝の起こし方。ただ起こすのではなく，えりかが気に入っているネコのおもちゃをもちながら，ネコ声で起こすというもの。初

めはなにが起こったのかわからなかったえりかでしたが，なんとなく雰囲気がよくニコニコと起きあがったことから，それ以来しばらく続きました。ネコに飽きたと思ったら，ラッコ，パンダへと，起こす動物を替えては継続していました。

祖母が考えだしたのは，いじわる手渡し。私や妻が出勤する前にえりかを抱こうとするときなどにまず祖母が抱いておき，「いやだ，いやだ。手放さないぞ」と言いながら，すぐに抱き取られないように2～3回じらすというもの。えりかは自分の身体が上下する感覚が面白く，ケラケラと笑い顔です。

姉が考えだしたのは，えりかが歯を磨いてもらった後でぬいぐるみを持ってきて，とにかくくすぐることと，危なっかしい抱っこ。

また，保育所との連絡ノートに書かれている事柄をもとに，今日の保育所での暮らしについて振り返り，妻がえりかに語りかけるのは，きまって歯磨きをしながらのひと時でした。

えりかとの関わりを，たとえば就寝前の30分間というように，1日のうちのどこかの時間帯でとろうとしても，それが大事なことはわかっていても，1日1日がすぐに過ぎ流されてしまいがちな日々の暮らしにおいてはなかなかとれないものです。しかし，そのように暮らしの一部にえりかと関わる時間を特設しようとするのではなく，毎日繰り返される，起床，着替え，食事，歯磨き，入浴，就寝といった暮らしのなかの出来事をつかい，そのことを通して家族がえりかに関わることで，結果的にえりかとのやりとりの時間を確保し，えりかを意識し，ひとりぼっちにしないことにつながっていたように思いました。

3．保育所という初めての「社会」とつながって思えてきたこと

ときどき，意識のなかで，現実の暮らしからふうっと身を引いて，第三者的に，まるで空から自分たちの地上での暮らしぶりを眺めているかのように思えることがありました。そこでは，何やらやっている自分の姿はもちろんのこと，家族やまわりの人たち一人ひとりが暮らす様子を見ることができるのですが，

鳥瞰的に眺めたそこでの暮らしは，障碍があろうとなかろうと関係なく，そんなことでだれも何も困っていない世界のように思えてきます。実際の暮らしも本当はそうなのかもしれません。

　家族の者が「今日は，こんなこともできたよ」，「こんな姿だったよ」と，えりかについてうれしそうに話すと，ほかの者はえりかのことを「まあ，それでもいいかぁ」と心のどこかで思えてきます。とはいえ，えりかはことばもなく，歩くこともなく，認知も弱く，これでいいわけがないのかもしれませんが，それでも「これでいい」と思えるから不思議なことです。いろいろなことができなくて困ったと思えることを，一緒に暮らすということで，何ら困らないように思わせてくれていました。

　また，保育所に通い，えりかの興味関心や遊びが広がったことは，私たち家族がえりかと楽しく関わり，楽に関わることを広げていくことになりました。そんなヒントをくださるのが保育所でした。しかも，家族だけでなく，他人である保育所の先生方がえりかを見守ってくださり，えりかの成長を力強く後押ししてくださっていることは，障碍のある子どもを育てる私たち夫婦や家族にとって，やはり「まあ，それでもいいかぁ」と思わせてくれました。初めての「社会」である保育所において，私たち家族にとっては初めての「公の社会」で過ごす他人さんが「今のえりかでいい」と認めてくださることは，家族の安心にもつながるものでした。

　かつて私が特殊教育の仕事をやりはじめた頃，障碍のある子どもを育てておられる親の会のみなさんが，子どもの話をしながら，ものすごく明るくにこやかに，清々しく笑われている姿を見て，どうしてそんなに笑えるものかと不思議な気持ちがしたことがありました。しかし，今となってみれば，家族として障碍のある子と一緒に暮らし，そんな自分たちを認めてくれている「社会」のなかで共に生きていくことがそうさせていたのだと思えてきます。また，共に生きようとする意思によって，困ったと思えていたことをそう思わせない世界につなげてくれるのではないかと思うのです。そして，そのように思わせてくれたのは，保育所という家庭から初めてつながった「社会」での経験と，そこ

で関わってくださる先生方や子どもたちとの暮らしからだったように思います。

　それからもう1つ。私たち家族の場合，そのように思わせてくれた過程のなかに，次に述べる「いちごの会」の存在がありました。

第5章
「社会」に向けた「いちごの会」の行動

―― "生まれてよかった　育ててよかった　住んでよかった町" をめざして

みんなでうどんづくり
　　――えりか5歳の頃，療育活動の風景

まずは一緒にこの場を過ごし，あなたも楽しむ，私も楽しむ。実は，こんな関係のときに初めて，障碍のある子やその家族は安らぎを感じ，また明日からもこの子と一緒に生きていこうという勇気をお互いが抱くような気がしてなりません。
　……共に生きるとは，生きている誰もが生きていく勇気をもらうこと。　　　　　　　　　　　　　　　　　　（第5章　本文より）

第5章 「社会」に向けた「いちごの会」の行動

1．「いちごの会」が生まれるまで

　えりかが通う保育所には，4人の障碍のある子どもたちがいました。わが娘以外にも，障碍のある子が通所しているらしいことは，保育所への送迎をしてくれる祖父母からの話や，保育所行事で見かける姿からわかっていました。しかし，それぞれの家庭と保育士さんとの関わりはあっても，親や家族同士の関わりはありませんでしたし，私もそのような場をつくるという必要性を感じないままに過ごしていました。そんななか，子どもたちが保育所生活に慣れた頃，保育所の主任先生のはからいで，障碍のある子を育てている親たちが集い，日頃の子育てについて話しあう機会をつくってくださいました。このときの集いが私たちの仲間づくりの契機になり現在まで継続していますが，この語りあう機会が，後に精力的に活動を展開する子育て支援グループにまで発展する「いちごの会」になるなんて，そのときはだれも思ってもいませんでした。

　親たちの集まりはその後定期的に保育所で開くことになり，すでに就学している障碍のある子どもたちの親御さんたちにも声をかけ，参加してもらうようにしました。主任先生も「親御さんの話を聞かせてください。私も勉強させてください」と必ず参加され，静かに私たちを見守っていてくださいました。

　何度となく続けられた親同士の集まりは，夜遅くまで会場の灯りが消えることなく，それまでの子育てや療育について，あるいはこれからの就学や就労についてなど，子どもや子育てに関する過去と今，そして将来について，だれもが雄弁に語りあうものでした。そんな集まりは季節が変われど変わることなく繰り返されました。また，この話しあいの場に，私たち夫婦は揃って参加するようにしていましたが，わが家以外も，夫婦揃って出かけているところは多く，障碍のある子を育てている親の集まりにしてみれば，男性の参加者が多いのが特徴でした。会に出て同じ話を聞いても，聞いていた夫婦2人が同じ気持ちや感情をもつとは限りません。ですから，夫婦そろって参加することで，家に帰ってから，その日の話を思い出しながら，それぞれが感じたことや気持ちも含

めてその話の続きができる利点がありました。
　ある日の集まりでは，次のような話題が出されていました。
　「子どもが風邪気味になったので家の近くの医院に連れて行ったら，診る前から隣町の総合病院を紹介された。障碍があることを怖がっておられるみたいで，診てもくれない。風邪をひいたときなどに診てもらえるお医者さんが，この町にいてくれたらいいのに。勝手だけど，順番待ちをしなくてもいいように配慮してくださるとありがたいなぁ。総合病院に行ったら待ち時間が長くて，それでなくても体力がないのにくたびれてしまうし……。付き添う私も大疲れ」。
　「病気もだけど，虫歯もそう。障碍があるためにじっとしていられない子を優しく診てくれて，上手で，しかも早く治療が終わる歯医者さんがいてくれたらいいのに」。
　「あそこの療育は，どうしていつもああなんだろう。子どもを泣かせてばっかり。帰り際に「またおいで」って言われるけれど，子どもは建物を見ただけで嫌がり入ろうとしない。それでもと，むずかる子を引きずるように強引に連れて歩くと，待合いの人から冷ややかな視線を浴びせられる。やっと着いた療育の場ではまた大泣き。その上，療育を嫌がるのは"子どものわがまま"と"母親の甘やかし"で片付けられてしまった。私はいったい，どうすればいいの」。
　「私が通っている療育はいいよ。丁寧だし横柄に威張るお医者さんもいないし。これからも個別で専門的な指導は継続していくよ」。
　「毎月の療育活動は隣町まで行かないといけないし，みんな同じ活動をさせられるので，うちのような肢体不自由の子は動けないから，いつも外から見ているばっかり。親や子どものニーズが反映されて，みんなが集まれる療育の場がこの町にできないかな」。
　「気兼ねなく安心して食事ができるレストランがあればなぁ。回転寿司もいいなぁ。ほかのお客さんのことを気にしちゃって，子どもも大人も食べた気がしないもん」。

「レストランだけじゃなくて，町中どこでも気兼ねなく行きたいよ。相談の場では「家から外に連れて出ましょう。いろいろなことを経験させてあげてください」って簡単に言われるけど，スーパーマーケットへの買い物1つにしても，子どもが商品をつかんで落としたりバタバタしたり大きな声を出したりでたいへんなんだから。それをわかって言ってるのかしら，外出には勇気がいるってことが」。

「ちょっとした用事があるときに，子どもを短時間でも預かってくれる場がほしい。急な用事のときに，いちいち行政の窓口に行ってタイムステイの手続きなんてできないし」。

「急用もだけど，子育ての休養のために，そんな場所があればいい。ちょっと勝手過ぎる？？」

これらの親のことばは，障碍のある子どもを育てる大人側にとって都合のいいことばかりなのかもしれません。しかし，一つひとつのどれをとっても，一緒に過ごしている現実の暮らしのなかからのことであるだけに，聴いているだれもが「そう，そう」と納得できる内容でした。そして，多くのことは障碍のない子どもたちにとっては普段の生活にあるものばかりともいえそうでした。

この日の集いも夜の10時頃に終わって家に帰ると，再び，その日の話を思い出しながら，私たち夫婦は2人で話を始めていました。そして，私は意を決したかのように妻に話しかけていました。

❖エピソード28：みんなが参加したいと思える療育活動をやりたい

（4歳8か月，初夏）

「今日の話のなかで，療育活動の不満があったけど，あれって同感でね。えりかの療育にはそんなに何回も一緒に行っていないけど，それでも不満というか疑問があったんよ。用意された活動を，集まってきた子どもたちが一斉にやらされていることが多かったから。それに，えりかは泣きはしなかったけど，

泣いてもやらされていた子もいたし……。悔しかったりして自分から泣くのはいいとして，泣かされながらやったとしても，身になるとは思えないしね。これまで障碍のある子どもたちの学校での学習の様子を見てきたんだけど，自分からやってみたいと思えるような活動をやらないと，させられ感ばかりが残って，どうしても子どもたちが受け身になってしまっててね。その関わりには，いつも他者や標準との比較という評価が漂っていて，何とかその標準に近づけようとする活動になってるんよ。だから，障碍があるからと，いろいろさせられることで，何かができるようになることだったり，遅れを取り戻すことだったりが大事にされるようでは，その子どもらしさは育たないような気がしててね。そりゃあ，いろいろなことができた方がいいかもしれないけど，障碍があっても，できないことがあったとしても，基本的にはその状況で周りから認められて育つことが，本人にとっても家族にとっても大事なことだと思うんだよね。

　そこでだ。今日の話を聞きながら考えたんだけど，まずは，みんなが参加したくなるような，行ってみたくなるような療育活動をしたいと思ったんよ。まだ内容まではイメージできてないんだけど，これまでの自分の経験や先輩から教えてもらったことを生かしながらやってみたいんよ。学校教育以外の分野でも通用するかどうかも試してみたいしね。

　いつも親の集まりのときに，えりかがお世話になっている主任先生がいてくださってとても安心なんだけど，療育活動をやろうと言い出したときに，先生みたいに手伝ってくださる方がおられるような気がしてね。そんな活動を町中に広げていくことで，えりかもこの町で生きやすくなるんじゃないかと考えるんだけど」。

　一息に話す私の話を聴いていた妻は「そうだねぇ」と相槌のようなことばを返した後，「できるかどうかわからないけど，やってみる？　挑戦！　って感じだね。まずはどんな療育にするのかを考えていかないとね。私も療育活動としてどんなものがあるのか，調べてみる」と応援の気持ちを伝えてくれました。

　このことばを聞きながら，早速明日にでも，今の療育活動がどんなふうに行われているのか，あちこちに問い合わせてみようと思いました。

第5章 「社会」に向けた「いちごの会」の行動

〈今から思えば……〉

　このように私を決心させたのは,その日集まった親たちが日常にあった出来事から感じた素直な気持ちを吐露し,聴きあうなかで,普段の暮らしで困っていることや願いのいくつかが浮き彫りになり,そのなかでも,私を含め集まりに参加していた親たちの不満の多い療育活動を何とかできないものか,自分たちの手で自分たちの思いが反映されるものが何とかできないものかと思ったからでした。そして,少々無謀とも思える私の提案を「挑戦」と捉え,私の気持ちを受け止めて協力してくれようとしている妻の姿を見て,私の思いはより一層かき立てられました。

　また,この町で何かを行っていくと思えたのは,その親たちの集まりに参加し安心して思いのすべてが語りあえることで仲間意識が培われ,やがて自分たちの気持ちのなかに,わが子をこの地域で育て,わが子とこの地域で生きていくという思いが横たわっていることを感じるようになってきたからでした。私自身,「地域」をそれまでとは異なった視点で,つまりわが子を育てる上で大切な意味をもった環境として意識するようになったのは,ここでの語りあいがきっかけでした。そして,親の願いを現実のものにしてこの町で暮らしやすくするために,まず親側から子どもたちを取り巻く地域社会で「普通に暮らしていく」ことを発信していくことが大事であり,子どもにしてやれることを仲間や地域の人たちと共に考え,何かの行動をおこしていくことが必要ではないかと考えるようになっていました。そして,私としては,その発信の1つが,地域に根ざした療育活動を行うということでした。

　親の集まりでは当初,「あそこ(の療育)はいけない」とか「○○の先生は,怒ってばかりで,こっちの気持ちはわかってもらえないし,こっちの本音はなかなか言えない」などと,親自身のことを棚に上げた愚痴や不満の勝手な言い分が多かったように思います。ですが,やがて,自分たちも考えて自分たちの手で何かできることはないかを探し始め,それをやってみようという気持ちに変化していました。また,その頃から,集う親同士の結束を感じるようになっ

てきていました。

　また，この語りあう集いに必ず参加してくださっていた保育所の主任先生は，同じ話題で何度も何度も繰り返し語りあう親たちの傍らに座り続け，私たち親の話をじっと聴いていてくださっていました。今から思えば，この集まりが親たちの行動の第一歩につながるよう，熟していくのを辛抱強くひたすら待っておられたような気がしてなりません。以前，その先生は「私にできることを惜しまずやっていく」と話してくださったことがありました。そのことばどおりのことを，黙って笑顔で実践されているように思いました。私たち親にとってみれば，ただそこにいてくださるだけで力になる存在であり，私たちが活動を行っていくときに，この先生と同じように一緒にやってもらえるような方々がいらっしゃるのではないかと思わせてくださる存在でもありました。

2．「いちごの会」が行うミニ療育活動

●ミニ療育活動を自分たちの手で

　私の決心から間もなくして，海のものとも山のものともつかぬ私の話に，いつも語りあう親たちの賛同が集まり，月に1～2回開催するミニ療育活動を自分たちの町で，自分たちの手で行えないかという話を始めていきました。

　当時，島根県では市町村を実施主体として，障碍のある子どもたちのための地域療育活動総合援助事業を行っていましたが，その事業のなかの1つに小規模療育事業，通称ミニ療育活動がありました。

　それまで私の地域のミニ療育は，隣接する市が他の市や町と共同で運営する方式で実施されており，市内にある障碍児者施設に委託して展開されていました。ですから，療育活動がある日になると，その場に，近隣の市町からも親子が出かけていくというスタイルでした。先にも述べたように，えりかも2歳の頃お世話になり，スタッフや他の家族との出会いによって，障碍のある子どもはわが家だけではなくたくさんいて，大事に育てられている現実を見聞きし，家族の精神的安定や子育てへの意欲を喚起する場になっていました。

第5章 「社会」に向けた「いちごの会」の行動

ただ，集団がやや大きく，その割にはスタッフの数が少なかったこともあり，活動の内容が一斉的なものが多く，障碍の重いえりかは用意された活動メニューをこなすことができなかったこともあり，場違いな所に来ているような感じがしていました。「えりかに適した活動や関わりがないかなぁ」と，今ひとつ乗り切れない気持ちでいると，やがて，集まって来ていた子どもたちや家族と一緒に活動することが減り，活動に参加し動き回る親子を見ている場面が多くなっていきました。そして，ついには，療育の場はわが家だけで座って過ごす時間となっていきました。

また，隣の市にすべてを頼るこの負んぶに抱っこ方式の共同運営では，実施主体が他市でありスタッフも町外の方なので，何年間も事業を継続したとしても，町内にスタッフが育つことはありませんし，その分，町内に住んでいる障碍のある子どもたちのことを知る地域の人たちが増えることもありませんでした。また，療育の場に出かけても，その場には保育所や学校の先生といった日頃お世話になっている身近な人がいないので，療育の場と日常の暮らしの場とのつながりがなく，それぞれが断片的であるという印象がありました。さらに，購入された備品や設備等は，療育活動が行われない普段のときには当然お世話になっている市で活用され，町内で活かされることはありません。つまり，町がいくら事業助成をしても，人や物といった財産が町に蓄積されないというもったいない点がいくつか考えられました。

療育の場だけでなく総合病院や福祉施設，特別支援学校といった諸機関も町外に頼るほかなく，町で障碍のある子どもや人と出会うことはかなり少ない状況でした。ですから，町の人たちの多くは，障碍のある人とどのように接していいのかもわからなかったように思います。そうならば，障碍のある側が町に出て行けばいいということになるのですが，まだまだ封建的閉鎖的な土地柄のため，連れ出す側にはそれなりの勇気が必要であり，容易にはできそうもないことは頷ける部分でもありました。地域の雰囲気によって家から出ないとなると，いよいよ日常の暮らしのなかで障碍のある人たちと出会うことはなくなってしまうという悪循環に陥っていました。

私たちは療育活動に「暮らし」という視点をあてることで，療育の場だけでは終わらない，そこにいる限られた人との関わりだけでは済まない現実が見えてきたのです。療育活動に参加する者にとってその場での活動を有用なものにするだけではなく，療育の場以外である日常生活圏域においても暮らしやすくしたいと考え，療育活動を子どもや家族のための活動であることはもちろんのこと，「地域での暮らし」の視点を加えてできないものかと考え始めました。地域の人をスタッフとして招いたり地域の場を活用したりするなど地域の人的物的社会資源を活かし，地域に根ざした療育はできないものか，どうせするなら町に住む就学している子どもたちや大人の方々も参加できた方がいいなどと，親たちの思いは高まっていきました。障碍のある子が地域で普通に生きるためには，まずは町外の人や場に頼るばかりでなく地域にあるものを利用し，そのことによって私たちが町に姿を現し，そこから障碍のある子もみんなと同じ町の子の1人であることを地域の方々に感じていただきたいと思ったわけです。

　また，子どもは療育の専門家がそれぞれの分野ごとに育てるものではなく，あくまで親が育てるんだということと，家族を含め手助けしてくださる方々に感謝の気持ちを忘れないで接することも，親たちと確認した大切な話しあいの場となりました。

　が，その一方で，話を具体化していけばいくほど，どこでするのか，スタッフはだれにお願いするのか，費用はどうするのか，本当にそんなことが私たちにできるのかといった不安もつのっていきました。

　そこで，「もう，私たち親だけではどうにもならない」と思った私は，「療育事業をぜひわが町で行いたい」ためのお知恵を拝借したい気持ちで，福祉担当の行政の方や保育所や特別支援教育を担当されている学校の先生方など，療育活動の関係者や子どもと関わっておられる方々に集まってもらうことにしました。

第5章 「社会」に向けた「いちごの会」の行動

❖エピソード29-1：親御さんたちの思いがはっきりしないことには，協力できません

（4歳10か月，夏）

　会場の小学校には，教員，保育士，社会福祉協議会職員，保健師，福祉行政担当者など，声をかけた数名の方々が集まってくださいました。親たちと一緒になって車座に座ると，障碍のある子を育てる親たちが集まり話しあいを始めていることや，そのなかで課題として出てきた，この町で「地域」や「暮らし」をテーマにした療育活動ができないものかという思いに至っていることなどを説明していきました。また，療育活動を行いたいが，会場やスタッフ，経費の確保など様々な課題があり，その実現が難しいことを不安のままでお話し意見を求めました。すると，やはり，どこで，だれが，何を，どうやってするのかという課題が大きかったためか，参加された方々は一様に「そんなに大きなことを考えているのか。そんなことができるのか」というような表情で，意見を求められても何をどんなふうに言っていいのかわからないというような雰囲気でした。

　やがて，1人の学校の先生から次のようなことばが返ってきました。「親御さんたちが考えておられることは素敵なことだと思いますが，先ほど言われたような課題があることもわかりました。今のままでも他の町と一緒にされていることだし，そんなに解決できないような課題があるなら，今すぐにはできないんじゃないでしょうか。親御さんたちが経費を負担してでも行いたいと言われるくらいはっきりした思いがあるなら別ですが，はっきりしないことには協力できません」と。話されるそのことばは，実にはっきりしていました。

　その話を受けて，私は「経費は必要なので，可能な限り親たちで何とかしたいとも考えていますし，行政などからの助成が受けられるようお願いしていきます。ただ，どちらかと言えば，子どもたちと一緒に活動してくださるスタッフの確保がより大きい課題だと思っています。スタッフの方々に，それ相当の謝金を支払うことは難しいと思われますので」と答えながら，この先生は，活

動費を調達したとしても手伝ってくださる気持ちはないのだろうと，断る理由を考えておられたような気がして，寂しい思いがしました。
　その後も，療育活動をやってみようという前向きな意見はでることなく，まして，実施するための会場やスタッフ，経費の確保につながる，より具体的な打つ手についての情報を得ることもなく会合は終了しました。帰る車のなかで私は「これが現実なんだ」と思い，「このままでは療育活動を始めるのは随分と先になりそうだ。えりかが小さいうちにできるのかなぁ。大きくなるまでに何とかしないと」と，活動を始めたいという思いが空回りし，少し焦っている自分がいました。

　それからしばらくの間，療育活動を自分たちの手でするなんて親のわがままなのかと，少し気持ちを引いてしまいかけていました。集まったあの日から何日か経った頃，そんな私に，あの会合にも参加していた保育所の先生が次のように話してくださいました。

> ❖エピソード29-2：手弁当でもいいじゃないですか。
> 　　　　　　　　それが子どもたちのためになるのならやろうじゃないですか！
>
> 　　　　　　　　　　　　　　　　　　　　　　　（4歳11か月，晩夏）
>
> 「この前の集まりはお疲れ様でしたねぇ。親御さんたちが，あそこまで考えて何かをやろうと思われていたとは初めて知りました。先日の話しあいでは，「やってみようじゃないか」という意見があまりなかったですけど，たぶん，それは，療育活動をやることになったときのイメージがつかめず，何とも言えなかったと思うんですよ。だけど，子どもたちにとって必要なことはよくわかったし，もしかしたら，私たちの仕事にとっても，この町にとっても必要なものになるかもしれないという気持ちはしてるんです。
> 　あのとき，あの場所ではまだ考えがまとまってなくて言えなかったんですけ

ど，あれから私なりに考えたことがあったんですよ。それは，障碍児保育を始めるときにも，私たち保育士は人員を増やすことなくできるところからやった経験があって，そうすることでそれまでの保育が変わっていったことも体験してるんです。今では障碍児保育はどの園でも当たり前にやられてますけどね。でも，今の保育でいいということはいつになってもないわけで，その意味で若い先生たちに，保育を変えていくことを体験してもらうためにも，私たちも参加して行う地域に根づいた療育活動をやっていくことは大事だと思ったんです。お金がないなら手弁当でもいいじゃないですか。できることしかできないけれど，それが子どもたちのためになるのならやろうじゃないですか！」

〈今から思えば……〉

　関係者に集まっていただいて開いた会合の席で，「私たちも協力するからやってみませんか」ということばを期待していた私は，これが現実なんだと，甘かった自分の頭をたたかれたような気がしました。よくよく考えたら，親たちの間でいくら「療育活動をしよう！」などと盛り上がっていたとしても，一歩離れて冷静に考えてみれば，初めて内容を聞かされる人たちにとっては実体のつかめない絵空事のようなことだと思われても仕方のないことだったかもしれません。

　しかし，「協力できない」というひと言は，親として療育活動をやってほしいのは当たり前で，できるかどうかの不安があり，実現できる方法を探りたいというときのひと言だっただけに，かなり堪えました。私たち親の立場とすれば，それでは済まされないわけなのですが，いくら親たちが踏ん張っても，他人事で済ませることのできる他者にわかってもらい事業を一から興すことは，相当の覚悟がいるのだと痛感させられました。そんなときの保育所の先生の励ましは，身に染みてありがたく思いました。他人事なのにまるで我が事のように，手弁当でもいいからやろうと言ってくださることに感激し頭の下がる思いでした。

　そして，事業の実施を疑問視する声と応援する声の狭間で，割り切れたことがありました。それは，療育活動をやっぱり行っていこうということと，その

活動は一緒にやりたいと言ってくださる人たちとやっていこうということでした。参加してくださる人を増やす努力は惜しまず行うものの，無理して，やりたくない人にまでやってもらうことはないのだと思うと，随分と気持ちが楽になっていき，再び，活動開始準備のエネルギーが蓄えられていく思いがしました。

●私たちが考えた療育活動——そこで何をねらうのか

　この声に勢いづけられ，この町で行いたい療育活動について話しあいを再開しました。

　そして，親同士の語る会を発展的に解消し，賛同してくださる方々を地域からつのり，地域の方々と一緒に「いちごの会」を組織して，新しいスタイルの療育活動を模索することにしたのでした。

　ミニ療育事業の誕生には医療が大きく関与し，そこからの発想が大いに影響していることで，これまでの療育活動は，いわば医師の診断後から保育・教育のいわゆる「受け皿」に辿り着くまでの医療的療育や医療そのものの補完を目的として行うという色彩が濃かったように思います。その考え方の背景には，障碍を障碍のある子ども自身に帰属するものと捉え，その障碍は改善・克服するものであるとする考え方が横たわっていました。しかし，障碍は，障碍があると言われている人の内に存在するのではなく，周囲他者との関係によって生じてきます。子どもの障碍は，子ども自身で完結しているわけでなく，周囲他者に影響し，共に生きる家族を巻き込み，暮らしにくくするという意味で関係障碍を引き起こしていました。そういう障碍の捉えに立てば，支援の内容は随分と違ってきて，そこには，日常生活圏域で共に暮らす地域の人たちの助けあいも必要になってきます。

　さらに，医療機関を中心とする発達促進の療育の場ではゴールが設定され，それをめざした活動が行われているのでしょうが，私たちが考えた療育活動は，それらのものが明確に設定されないという特徴をもちます。やって来る親子や家族と，自然な形で構えずにその時間を「楽しむ」という接点で一緒に過ごす

ことが，ここでの基本として底流をなしています。しかし，そのような普段の関わりのなかに，障碍のある子どもや家族が，あるいはそこに参加するスタッフが，暮らしやすくなるための大事な鍵が秘められていると思えてなりません。そこには，やはり，障碍の改善というよりは，関係障碍の改善をめざそうとする営みであることが重要なポイントといえそうでした。

　どんな療育活動にしていくのかについて，これまでは，スタッフ側が考えていくのが常でした。しかし，私たちは，利用者の思いを直接的に反映する療育活動であってほしいと願い，障碍のある子どもを育てる親同士，つまりはユーザー側の話しあいをもとに内容の検討を深めていくことにしました。

　療育活動というと，子どもに対し何か訓練めいたものを行うというのが一般的なイメージです。「ミニ療育事業」においても，当初，障碍のある就学前の子どもたちへの発達訓練の場として位置づけられていました。ですから，何らかの発達の遅滞を示す子どもたちに対して，発達促進につながることを意図した活動内容が組まれ，スタッフが構成されていたように思います。

　しかし，私たち親同士の話しあいのなかでは，月に一度の出会いの場で子どもの発達を促進することをねらう活動をしていくことに，率直な意見として疑問の声が出ていました。また，そもそも発達促進を第一義にねらうということは，その前提として，発達を促し何かができるようになって初めて，この世で，この町で暮らすことができるのだという考え方が横たわっているような気がして，何か釈然としないものを感じていました。

　そもそも月にたった一度の療育活動で，子どもたちは発達していくものなのでしょうか。確かにその側面がないとは言い切れませんが，むしろ，そこに参加することによって，障碍のある子がいるのはわが家ばかりではなく結構多いんだということがわかったり，子育てへの何かのヒントが得られたり，子どもの将来のことについて話せたりと大人同士の情報交換ができ，親や家族が連帯を深める子育て支援の場であると考えた方がより適していると思われました。そのような安心できる環境のなかで子育てしていくことこそ，子どもの成長につながると考えるのでした。

また，発達促進の考え方は，換言すれば，今現在の子どもの姿ではいけないと考えるわけで，今を否定し改善し発達させることを良しとする発想ではないかと思えたのです。できないながらも楽しんでやっているうちにできるようになることは，通常の子育てにおいて多く垣間見える出来事です。それを，できるようになることをめざし，できるようになって初めて楽しめると考えるのは，日々の暮らしの充実をめざす私たちの考え方からは遊離したものと思えたのでした。「できる－できない」に執着することなく，「今」という現実を生きていこうとすることが大切なのではないかと思えたのです。

　そうなれば，療育活動を通して「○○ができる」ことを増やすことをねらうよりも，それは結果であると考え，むしろ，地域の方々に一人でも多く参画してもらい一緒に楽しむことが大切ではないかと考えるようになりました。共に活動することで子どもたちへの理解が深まり，親や子どもたちにどんなニーズがあるかを感じてもらえるのではないか。そして，そのような地域の人たちを巻き込んだ活動の積み重ねが，障碍のある子やその家族の日々の暮らしを暮らしやすくし，ひいては親亡き後の子の暮らしにもつながるのではないかと期待したのです。

　このような親のニーズを汲んだ療育活動を行うには，療育の専門家と呼ばれる人たちばかりでスタッフを構成するのではなく，今このときを親子と一緒に過ごそうとする人たちが集まり，共に楽しむ活動を展開していくことが基本となります。そうなれば療育の活動メニューも従来の療育のものとは随分異なってきて，「活動が画一的でなく子どもたちのだれもが参加できる要素があるもの」，「親たちの会話があふれる場面が設定できるもの」，「地域の方々とのふれあいがあるもの」になるのではないかと考えました。

　さらに，療育活動を利用するうえで大切なこととして親同士で話しあったことは，次のような内容でした。

　「障碍のある子を単に障碍のない子に近づけていこうとする発想での療育活動ではない」。

　「しかし，そうはいっても，子どもが障碍のない状態になったらという親の

願いがまったく消えたわけではなく，いつも揺れているということもわかってもらい，改善への努力をしていくことについて最初から否定しない」

「そのためには，病院の療育指導やリハビリテーションといった専門的な個別的療育の場への通所を並行して行い，療育の場の選択肢を減らさないようにしたい」。

「あるがままの姿で，ときには援助を受けながら普通の暮らしができるようにしていくことにつなげるために，活動が地域に広がり派生していくことを念頭におく」。

「子どもがもっている力をできる限り発現させようとする努力を，みんなでしていく。そのためには，子どもへのアプローチや兄弟姉妹の育ちを考慮した家族へのアプローチ，そして子どもや家族を取り巻く環境へのアプローチという観点からも取り組んでいく」。

「同じ町で暮らす者が月に1～2回程度集まる療育活動では，何をねらうのか。その場で子どもの障碍の状況を変えていくというよりも，親同士が悩みを打ち明けあい，支えあっていく場になるようにしていく。同様に，スタッフや兄弟姉妹も悩みを出しあい，だれもが支えあえる雰囲気をつくりたい」。

「そのためにも，参加した者のすべてが楽しめる活動をしていく。障碍があることで諦めていたかもしれない楽しさを取り戻すとともに，普通の暮らしを楽しく過ごすひと時をもつ。そこから，明日へと踏み出す一歩を得ていく」。

また，療育活動に参加することで，子育てを専門家に任せるのではなく，他者の意見を参考にしながらも，子育ての責任は親がもつことを確認しあいました。

●地域で個性的な療育活動をしていくために

そのような話しあいと並行しながら，療育活動が実現できるよう行政の福祉担当課に新年度からの予算化のお願いに通っていました。

最初に療育活動の話を持ちだしたのは，あの小学校での会合のときでしたが，その後，改めて担当課を訪ね，療育活動の必要性やその中身と特に予算面の課

題について話す時間を設けていただき，「しばらく，検討してみる」ことになっていました。行政が話される「検討する」は検討されないのではないかという不安もあり，信用しないわけではないものの，そうならないようにこちらから出向いて検討の状況をお話し願うことにしていました。朝の8時30分。開庁すると同時に担当課の窓口に出かけ，担当者が予定しているであろう今日の仕事が始まる前に，話しかけることを繰り返していました。その際，療育活動に関わる考え方や自分たちの進捗状況もお知らせし，私たちのやる気が萎えていないことも伝えるようにしていました。

午前8時30分。この日も担当課におじゃましていました。私は窓口で努めて笑顔で話しかけていましたが，担当される方は「またやって来た」と言わんばかりの苦しげな笑顔でした。奥の自席で，窓口の方向を向いて座っておられた課長さんは，急に書類を読むような素振りをされ，横を向かれてしまいました。「同じことを言いに何度もやってこられるのは，あまり気持ちのいいことではないんだろうなぁ」と思いながらも，こちらもいい方向での検討をしてもらいたいので，簡単に引き下がれないでいました。

❖エピソード30：私はいいことは行うという信条をもっている人間のつもりですので

(5歳，秋)

いつもは，窓口越しで担当の方と話すことが多いのですが，この日は，私が「お伝えしたいことがある」なんて言うものだから，窓口近くにある別の場所に案内されました。そこはパーテーションで区切られ，応接セットが置かれていて相談もできそうなスペースでした。対応された方が「どうされました？」と少し煩わしそうな様子が見て取れたので，私は「療育活動の内容もかなりイメージできてきたし，『活動を手伝うよ』と話してくださる方もだんだん増えてきていて，とってもありがたいことなんですけど，後は予算だけなんですよ。

第5章 「社会」に向けた「いちごの会」の行動

せっかく『やろう!』と言ってくださっている人がいるのに,いつ始まるかわからない現状では,その人たちのモチベーションを維持することが,会を運営する側の私たちとすれば新たな課題になっていまして……。先の見通しがもてなくて,スタッフの意気が下がるようなことになってしまうと,一度離れかけた気持ちをもち直すのはたいへんだと思うんですよ。ですから,私たちの勝手なお願いとは思いながら,ぜひとも,来年度予算に計上していただきたいんです。あまり時間がかかるようなら,療育活動の実施について,町と議会に対して,正式に陳情や請願をしていくことも考えないといけないと思ってるところなんです」と,話している途中に同席された課長さんの姿を見ても途切れることなく,一息に話していました。

そんな話を担当の方は黙って聞いておられましたが,やがて課長さんが「もう何回もおいでになって,話すことはないくらい話されたでしょう。こちらも十分に聴かせてもらっていて,療育活動の意義はわかっているつもりですから。陳情や請願の話をされてますけど,それはそれでいいとして,私はいいことは行うという信条をもっている人間のつもりですので」と,あまり表情を変えないでひと言言われると,その場所を出て行かれました。

そんな話を聞きながら,私は陳情なんかの話を持ち出して,さらに嫌な思いにさせてしまったのかなと思いながらも,いつまでも待っているわけにいかないしと思い直すのですが,そんなことより,実のところ,課長さんの無表情のお顔から発せられたことばの意味することがつかめなくて,その後ろ姿が見えなくなったあたりを,しばらくの間,きょとんと眺めていました。

〈今から思えば……〉

担当課には「また来たのか」と思われるくらい何度も何度もおじゃまし,親たちや勉強会メンバーの思い,療育活動の構想やそこでの具体的な活動内容などを伝えていきました。療育活動について話しあう人たちの熱気を感じているだけに,何とか行政支援をいただいて活動自体をいいものにしていき,しかも少しでも早くから行いたいと思っていました。役所の窓口では短い時間で退散していたものの,予算をつけてくれと,同じことを何度も言う私には閉口され

ていたことでしょう。そのうえ，議員さんにもお願いしながら事を進めると言うのですから，あまりよくは思われなかったと想像しました。

　それにしても，課長さんがわざわざ協議している場所に入ってこられて話された「十分に聴いた」，「いいことは行う」という2つのことばの意味するものが正反対のように思えて仕方がありませんでした。それは，「聴くだけ聴いた。でもやらない」というものと「療育活動の意義は理解し，いいことだとわかっているから行う」という相反する解釈でした。それで活動はどうなるのか，予算は確保できるのかという方向性もつかめないまま，私はその2つの解釈の間で気持ちを揺らしながら，応接の椅子にぼんやりと座り続けていたのでした。

　その意味がわかるまでに，それから2週間ほどかかりました。担当の方から電話で，今年度の補正予算で事業費を確保するとともに，来年度の予算化も検討していくという連絡が入りました。前回，課長さんにお会いしたときのことばの意味は，「いいことだとわかっているから行う」のほうだったのです。その知らせを伝えられたとき，それはもう感動のあまり声が昂ぶるのが自分でもわかるくらいでした。しかも，来年度からの予算化と思っていましたが，今年度も補正で予算をつけてくださる。「これで，今考えていること以上のことができる」とうれしさが込み上げてくるとともに，課長さんの新規事業に向かう英断に感謝しました。また，当時の療育活動が他市町との共同運営であったことから，そことの調整も必要で，どうなるか先が見えない状況もあり，なかなか私たちに言えなかったことも後からわかりました。

　こうして障碍のある子どもたちの療育活動総合援助事業は町が実施主体者となり，「いちごの会」に事業を委託するという形で始まることになったのでした。

　続いて，残されている課題の解消にむけ，その勢いを増していったのは言うまでもありません。

　療育活動の会場は，子どもたちのサイズに造られていて，厨房があり，子どもたちが慣れてもいるということで，保育所で行うことになり，町の中央に位

置する町立保育所が借用できることになりました。また，療育活動に就学後の子どもたちや兄弟姉妹もみんなで参加できるように，土曜日や日曜日に開催することにしました。

　また，療育活動を実際にするスタッフについては，次のような理由で基本的にはボランティアで募ることにしました。

- これまでの療育活動の多くは，市町村の直営か，特定の施設に委託して実施されていたので，スタッフは仕事（業務）の一環としての参加となる。その場合，どうしてもだれかがすでに決めた活動プログラムに沿って，決められたことをしなければならない立場での参加となりやすい。私たちが考える療育活動には「参加しなければならない」から参加するのではなく，スタッフ自身の気持ちがゆったりし時間が許すときに参加してもらい，そのときにスタッフの得意技を大いに出してもらい，スタッフ自らの発想や工夫が活動にもち込まれる場としたい。
- 参加する家族が増えるとともに，より地域に開かれたものにしていくため，開催日を土日といった休日にしたいことから，仕事の一貫として務めてもらうには無理がある。
- いわゆる療育に関して専門的な知識をもっている方だけでなく，同じ町に住んでいるから，興味関心があるからという理由でも気軽に活動に参加してもらいたい。
- 療育活動に一人でも多くの方々が参加してくださるのはうれしいこと。障碍のある子どもやその家族の参加はもちろんのこと，スタッフとして参加くださる方に対しても同様のことがいえる。しかし，スタッフの人数が多くなればそれだけ謝礼が必要になるが，療育事業にあてられた予算ではどうにも対応ができない。

　スタッフには保護者の代表も参画することにし，活動を一緒に考え行うとともに，親たちが夢を語り，ニーズが反映できるようにしていきました。あとに残った課題は，ボランティアスタッフが集まってくださるかどうかでした。

❖エピソード31：一緒に活動してくださる人が，こんなにもいてくれる

(5歳2か月，初冬)

　私たちはスタッフをお願いし募集するだけではなく，それにあわせて，療育活動に関するこれまでの経緯や療育の考え方，取り組みの具体などについて研修するためのスタッフ会を計画し，スタッフとして参加してくださる方々には，チャリティ活動でなくボランティア活動としての取り組みを期待しました。初めてのスタッフ研修会であり，この日に来てくださる方々で療育活動を始めることになるわけですから，何人の方々が参加してくださるのかがとっても不安でした。「2～3人だったらどうしよう。それでもやるしかないけれど，そうなったら療育活動に参加する子の親たちもみんなスタッフだ」などと意気込んではいたのですが，「でも，それだけでの人数ではできないしなぁ」と，研修会場の薄暗くなった玄関を，そこに現れる人影を探して，祈るような気持ちで何度も何度も見返していました。
　すると，予定していた開始時刻あたりに，一人の若い保育士さんが「仕事が長引いて，遅れましたぁ」と，元気な声を出しながらやって来てくださいました。息を切らしながらのその声から，第一号のスタッフは駐車場からここまで走って来てくださったことがわかりました。そんな勢いある姿を，子どもたちに分けてくださるんだと考えるだけで，喜ぶ子どもたちの笑顔が想像できて，私の心が活気づいていくのを感じました。これまで親たちを中心として話しあっていましたが，これから始まる活動に若さが加わるんだと実感できた瞬間でした。
　その後も，一人また一人と会場に詰めかけてくださるではありませんか。「こんばんは」と挨拶されるその声に返す私の声も，さらに元気がでてきました。次々と駐車場に入ってくる車のライトの光が，この日にやって来てくださる人の数を示します。しかも，その光が私たちの活動を照らしてくださるものに思え，「こんばんは」と連続する声が私たちを助けてくださる声の一つひとつに思え，もう，こんなうれしいことはありませんでした。さっきまであった不安は，もうどこかに吹っ飛んでいて，さらなるやる気と感謝の気持ちで充満

していました。

〈今から思えば……〉
　何もかも手探りで始めようとしている活動であるうえに，スタッフの方々には何も御礼が準備できなく，貴重な時間と知恵と労力を提供していただかなければならないボランティアであるだけに，私は一体何人の方がスタッフ会に来てくださるのか不安でした。ですから，研修会の会場設営をしている頃から，玄関あたりをいつも気にしていました。しかし，スタッフ研修会が始まる時刻に近づくと，そんな不安をかき消すかのように，仕事を終えたばかりの先生方が，一人また一人と，続けてやってきてくださるではありませんか。もう，それは不安の暗雲がサァーッと風で流され散っていくような気持ちで，うれしいということばだけでは表現できないうれしさでした。
　最初の研修会には20名以上の方が集まってくださいましたが，その多くは，やはり，障碍児保育を手弁当で始めた経験をもつ保育士さんたちでした。仕事帰りで疲れもあったのでしょうが，笑顔で会場に入って来られる姿を見ながら先生方の熱い思いを感じるとともに，療育活動を新たに始めるという苦しいときに，こんなにも一緒に活動してくださる人たちがいてくれることに，感謝の気持ちでいっぱいになりました。そこに集まった人たちは，すでにやる気と仲間意識にあふれていました。私は先生方のお顔を拝見しながら，障碍のある子どもたちが暮らしやすくなるような活動を始め，やがては障碍の有無に限らず「生まれてよかった，育ててよかった，住んでよかった」と思える暮らしやすい町をつくっていくと，決意を新たにしていました。

　そのスタッフ会では，小規模（ミニ）である特質を捉えて，「地方で個性的な事業を」していくことをふまえて勉強しあいました。そこでの話しあいの主な柱は次の5点でした。

① 療育活動は，障碍のある子や人と一緒にいることを楽しむ場

　スタッフは障碍のある子や人に何かを教えようとする集団ではなく，まずスタッフ自身が楽しむ集団でありたいのです。障碍のある子どもたちと笑い声が絶えない時間を一緒に過ごすことは，周りを楽しくさせ，障碍のある子やその家族に「今のままでもいいんだ」という安心感と元気を与えてくれます。スタッフといっても，他者の人生を担えるわけでもなく，できることといえばただそばにいて寄り添うくらいなこと。そして，障碍のある子や人と一緒にいることが楽しい場になれば一番いいし，一緒にいて楽しんでくれる人が増えていけば，もうそれは立派なノーマライゼーションです。

　しかし，障碍のある子や人をちやほやしようとすることではありません。ボランティアといえども，単なる親切と考えると大きな誤りであり，厳しくするところは厳しくするという姿勢もときには必要になるのです。

② 療育活動は，親が生きていくのに勇気を与える場

　障碍のある子どもが学齢期を過ぎると，家庭で親が1日中その子とつきあうことになったり，親や家族が抱える時間が多くなったりしがちです。その時点では，親が勇気をもって社会に出ていけるかが大切なポイントになります。そのためには，近所に，あるいは地域に，どれだけその子どもを知っている人がいるのかということも影響してくるのです。

　療育活動を始めることで，家族にとって，力を貸してくださるスタッフが近くに住んでいることがわかるだけでも勇気がわいてくるし，まして，休日に集まってわが子のために何かしてくれることになると，感謝の気持ちが子育てへのエネルギーにつながります。その意味でも，活動を地域に開き，知りあいを増やしていくようにします。

③ 療育活動は，暮らしから離れず暮らしに即した援助をする場

　月に1～2回の集まりなので，療育活動の内容はその場だけで終わるの

ではなく，暮らしに直結するものを盛り込んでいきます。それまで各地で行われていた療育事業のなかで，子どもたちの暮らしを意識したものはほとんどなく，そこから離れたものが多いのは，教えようとする意図が強すぎたからではないでしょうか。たとえば，受付で小遣いが手渡され，スタッフと一緒にスーパーマーケットに買い物に出かけるという活動を組めば，「実際に」，「実物を」，「具体的に」扱う内容であるだけにわかりやすく，生活に反映しやすくなります。このように，子どもたちに多くの「本物」と出会わせていくことが重要です。

　また，たとえば肢体不自由の子どもの暮らしの1コマにおいて必要な，大人も子どもも互いに楽で長時間の保持が可能な食事姿勢のあり方とか，姿勢保持のためのクッションや椅子の工夫といった介護技術，スプーンや食器などの介護用品の使い方も療育の場で学び，日常生活にスライドさせていきます。

④　療育活動への参加者が少ないことを嘆かず，集まった人たちで活動を続ける場

　家族やスタッフにはそれぞれ異なった暮らしがあるのですから，療育活動に来られないときもあります。少ない参加者だからといって，参加している親子やスタッフが嘆く必要はありません。集まった者が集まった者で楽しみ，続けていくことが大切であり，療育活動が続いていること自体が本人や家族の支えになるのです。

⑤　障碍のある子どもや家族が行きたいときに行ける場

　たとえば，療育活動に参加していた親子が，小学校に入学後，新たな生活が落ち着くまでのしばらくの間，参加されないことがあります。あるいは，就学という1つの節目を経過し，安定した学校生活を送っていることから，療育活動に向かう気持ちが薄れてきて，参加されなくなることもあります。そんなときでも，療育活動の案内を送り続け，会と家族との糸を

こちらから切らないことが大切です。「参加する」,「お休みする」は利用者側の判断があったからこそ。親子のニーズも変化しているかもしれません。そんなときは,「あの家族は,もう来られなくなったから」と,こちらからの発信を絶ってしまうのではなく,継続しておくことで,またやって来られることもあるかもしれません。久しぶりに参加されたら,「元気だった？　待ってたよ」と快く迎え受けるこちらの懐の深さが求められてくるのです。

● 初めての療育活動

　初めての療育活動は,お正月を少し過ぎて家々にもいつもの暮らしが戻り,落ち着きがでてきた頃でした。その日は1月といえどもポカポカ陽気で,会場となった保育所の庭で駆け回る子どもたちの姿もありました。陶芸活動では地元の窯から陶工を招き,皿やコップなどの器づくりを楽しみました。またクッキング活動では焼きそばやお好み焼きを,ブレーカーを気にしながら焼き続け,参加した60名の大昼食会となりました。

　えりかは毎日通う保育所だけに,自分の好きな所を知っているようで,まずは陽の光がふんだんに差し込むテラスで太陽の温もりを味わってから,陶芸づくりをやっている部屋に妻に抱かれてやってきました。

❖ エピソード32：ただ一緒に過ごすことを楽しむ

（5歳3か月,新春）

　私が組んだ膝の上にえりかが座ると,ちょうど身体の前にある作業台の高さとマッチして,いかにも陶芸をするかのような格好に見えました。今日は板状の粘土を空き缶に巻き付けて円筒にしたものの底に粘土の板を取り付け,カップをつくる活動でした。えりかはどの作業も自分1人ではできないのですが,声をかけながら一緒に作業を進めていくと,保育所で砂や土や粘土に慣れていたこともあり,嫌がることもなく,ずっと膝の上から離れませんでした。えり

かの目の前で「えりちゃん，こうして土をのばして……」，「今度はここを水でくっつけるで」などと言いながらつくっていくのですが，えりかはどちらかといえば，隣で作っている陶工の使い残しの，いろいろな形の切れ端の粘土をつまんでは目の前にもっていき，それを器用に指で回しながら遊ぶ方が気に入っているようでした。

　それを見つけた陶工が「いい考えがある！」と，作業台の上に大豆ほどの大きさに粘土をまるめたものをいくつか並べて置いてくれました。すると，えりかはそれをつまんでは落とすことを繰り返していたのですが，私がえりかがつまんだ粘土を一緒にカップに押しつけくっつけていくようにすると，立体的な水玉模様のカップができあがりました。「いいじゃない，このカップ」と周りにいたスタッフの大人たちは拍手して喜びましたが，当の本人は我関せずで，つけたばかりの豆水玉を引っ張ってとろうとしている様子を見て，再び周りの大人たちの笑いが巻き起こりました。

　私は子どもや大人たちの笑いのなかでゆったりとした時間を過ごし，さっきまで太陽を浴びていて温かくなったえりかを抱っこしながら，身体の温かさを心の温かさに変え，私の身に染み込ませてもらっているような気持ちになりました。

〈今から思えば……〉

　初めての手づくり療育活動で，私はえりかとどんなふうに過ごそうかと思っていました。障碍の重いえりかにとってみれば，用意していた活動自体を生産的に，能率的に行うことはできそうにないことから，好きなものを見つけて，自分から関わっていくことができたらいいなと思っていました。しかし，この日のえりかの様子を見てみると，最初の陽を浴びるときからずっと，えりかなりに自分のやりたいことを見つけて，積極的に取り組んでいるように思えました。それは，私自身が久しぶりにゆったりとえりかとのひと時を楽しんだという思いがあったからかもしれませんが，参加していた大人たちが，活動の終わりの時刻や作品の出来映えなどにこだわらず，ただ「一緒に過ごすことを楽しんだ」関わりがあったからではないかと思いました。えりか1人では作品は完

成しませんが，完成するまでのやりとりを楽しむことで，参加者がいい時間だと思えてしまう。そこには，できなくても，完成しなくても楽しめるという，より高度な関わりあいが潜んでいるのだと思えたのでした。

●療育活動の広がり

　療育活動は参加する家族の「どんな子どもに育ってほしいか」や「何に困っているか」という問いかけから始まったように思います。ですから，スタッフや活動メニューもそこから考えていきました。

　「人と交わるのが好きな子どもに育ってほしい。楽しい場にしたい」という声が多かったことから，子育てに詳しく子どもたちを楽しませてくれる保育士や，障碍のある子どもたちの対応に慣れている特別支援学校や特別支援学級等を担任する教員をスタッフに募りました。スタッフにとって，いつもと異なる場での療育活動は，親と子の両方とも仲良くなる場になるとともに，日曜日の活動を終えた次の日，つまりは月曜日にもまた会えるわけですから，共有して過ごした日曜日の活動を保育所や学校での活動に関連づけて発展させていくこともでき好評でした。「子どもを片手で抱いたまま，もう片方の手だけで食べ物がすくえて食べられるような食器がほしい」という声に，町の陶芸家がスタッフになり，オーダーメイドの特別注文に応じて器を焼いてくれました。子どもが一人で食べやすくする工夫をしながら，毎日の食を楽しみたいわけです。暮らしから切り離せない食を大事にしたいという思いから，子どもたちが喜ぶおやつや食事をいつも工夫してくれる栄養士や調理師，障碍のある大人の姿を知っている障碍者福祉施設の職員もスタッフの一員でした。

　療育活動が始まり，今ではいろいろな得意技をもつ方々に手伝ってもらっています。困ったときにすぐに駆け込める気さくで見立てのいい小児科医師。腕がいいと評判で子どもをかわいがってくれる歯科医師。リハビリテーションの知識をもち，暮らしの場での具体的な相談にのってくれる作業療法士・理学療法士・言語聴覚士。福祉制度に精通し子どもや家族のために制度を組み立て応用してくれる福祉行政担当者。子どもの誕生から現在までのことを背景も含め

て知っている町の保健師。子どもたちを木の柔らかさに触れさせ，加工し，素敵な作品に仕上げてくれる木工デザイナー。ピアノが弾けて音楽の楽しさを教えてくれる音楽教室指導者。小さな動きから大きな動きまで「身体を動かすこともいいぞ」とやって来ては，その楽しさを教えてくれるスポーツ・インストラクター。ちまきづくりや畑仕事のおもしろさを教えてくれる地域に住むおばあさん。療育の方向を一緒に考えてくださる研究者。そして，障碍のある子どもを育て，どうしてほしいかを一番知っている親たち……。

　これらのスタッフが都合のいいときにやって来て活動に参加するのですが，基本的には同じ活動を継続して行い，やって来る子どもたちがどのように動いていいのかわかりやすくすることを心がけました。と言っても，「○○がしてみたい」，「○○があればいい」，「○○で困っている」という子どもや家族，それにスタッフの意見や感想を参考にして新しい活動メニューを試行していきました。スタッフの得意技は様々ですから，その分活動が広がっていき，参加者はいろいろなことを体験できます。しかも，すべての活動や1つの活動の全部に参加しなくても，自分の気に入った部分ややれそうな部分だけでも参加することができ，そこから，好きなこと，楽しめることが増えていきました。

　少しずつ増えていくスタッフや利用している親たちが集まり，これまでの活動を振り返る懇親慰労会を開くことになりました。そこには，何人かの子どもたちも親御さんと一緒に来ていました。会場は公立の公民館で，食べ物や飲み物を持ち込んで行うものでした。保育所や学校の先生のなかには早く来て，会場準備を手伝ってくださる方や手づくり料理を持ってきてくださる方もおられ，ここでも自分たちで動いてつくるという手づくりの会の雰囲気がありました。別のところでの会合を済まされてから駆けつけてくださる方もおられ，大いに賑わっていました。

❖ エピソード33：そうか，あんなふうにしないと，伝わらないってことか

(5歳，春)

　ちょうどその頃，火災報知器がけたたましい音で鳴り響きました。「火事だ，火事！」と言いながら建物の内外を見て回りましたが，どこにも火は見つかりません。誤作動かと思って部屋に戻ると，一緒に来ていた障碍のある子の一人が，興味半分で報知器のボタンを押してしまったということがわかりました。その子は何が起きたのかわからないような顔をして，ちょこんと座っていました。音は鳴り続けています。田んぼの中に建つ公民館だけに，音は少し離れた家にも響きわたっていました。

　そんな騒々しさのなかで，その子の父親は，子どもに対し，怒らず，一つひとつのことばを丁寧に遣いながら，今あったことをその子にわかりやすく話し，諭していました。

　その様子を「なんでまた，こんなときに，そんなに悠長に話しているのか」というような顔つきで眺めていた大人の横で，同じ様子を見ていたまだ若いスタッフが，「そうか，あんなふうに関わるのか。あんなふうにしないと，伝わらないっていうことか。勉強になるわぁ」と，辺りの騒々しさとはまったく逆のしみじみとした表情で，その風景が心に染み込んだかのようにつぶやきました。

〈今から思えば……〉

　思わぬ事になってしまったという子どもの横で，その子のことをよく知っていて話しかける父親の様子を見て，この若い先生が「諭す」ということに気づかされた瞬間だったのではないかと思いました。間違いだったとはいえ，この騒ぎのなかで，騒ぎのときだからこそ冷静に話して伝え，わからせようとする父親も，その姿を見てことばを届けることの意味を感じた先生も，優しさがあふれている人だと感じました。

　そして，大切なことに気づけたその先生には，療育活動をとおして障碍のあ

第5章 「社会」に向けた「いちごの会」の行動

る子どもと関わりながら, 今ある優しさに磨きをかけてもらいたいし, 療育活動に参加してくださる他のみなさんにも, 障碍のある子に関わることで, だれもがもっている優しさを発現させてほしいと思いました。

　参加する親子やスタッフがさらにスタッフを集め, そのスタッフがまた別の人に声をかけ, 当初20名余りだったスタッフは1人また1人と増え, 現在では160名を超えるまでになりました。今でも, 畑を貸してくださったり球根をくださったりする方やパネルシアターや手品を見せてくださる方, 子どもが好きなたこ焼きや大判焼きを焼こうと, 道具を一式持参して参加してくださる方, 生の弦楽演奏を聴かせてくださるグループなど, 協力者が確実に広がっています。そのほとんどが同じ町に住む人たちですが, 人口3万人程度の町にあって, お手伝いくださる方を探してみると, 快く引き受けてくださる方がたくさんおられることに驚きます。そのスタッフには家族があり町内に知りあいもおられるでしょうから, 家庭や地域のあちらこちらで「いちごの会」のことが話題になり, 関心を寄せてくださる人が町中にさらに増えていけばと願っています。
　療育活動は, 活動をいくつか用意し, スタッフが活動の店を開いておいて親子を待ち受けるという格好で始めています。その店はスタッフの得意技を活かしたもので, 具体的には, 紙すきや木工, 陶芸, 料理, お菓子作り, 身近なものを使っての製作, ボール遊び, 水遊び, あるいは畑仕事に果物や野菜の収穫などですが, できるだけ, 子どもとの遊びの間に他者が介入しやすい砂や粉, 土, 水といった形が変わるものを取り入れようと考えてきました。また, 活動と並行して, 医療や福祉, 教育に関する相談会を定期的に開催し, 一人ひとりに応じた個別の対応も取り入れていくようにしました。

● ある日の療育活動

　療育活動の集合時刻である午前9時半を過ぎると, 会場の保育所に親子がやって来始めます。運転ができないお母さんには, 保育所に隣接した「おもちゃの家」に町が配備してくれた車でお出迎えすることになっています。親子を待

ち受けるスタッフは20名。

❖エピソード34：子どもたち一人ひとりが大事にされ，主人公として見つめられている

（5歳8か月，梅雨の晴れ間）

　この日の活動メニューは牛乳パックでの紙すき。これは少し前から続いている活動です。牛乳パックを煮る，ラミネートを剥がす，細かくちぎる……。親も子もスタッフも，このところやっとつくり方に慣れてき始めていました。えりかは，一緒にやってきた妻とスタッフの1人とチームになり，パックを煮るお手伝いです。とはいえ，その作業はできないえりかですので，スタッフの膝に抱かれながら，大人たちの会話を聞き，大人たちが作業するそばで，じっとガスの炎を見ています。近寄った別のスタッフは「えりちゃん，まるでガスの火の番みたい。頼むよ，しっかり見といてよ」と言いながら，次の作業の準備を始めていきました。ちぎり終え，ミキサーで粉砕する段になると，どこからともなく必ずやってきて手伝う子がいます。ミキサーが回転し，紙が粉砕される様子を，頭をくっつけて見入る子どもたち。彼らにとっての紙すきの楽しみは，すくところよりもどうやらこのときのようでした。

　会場にやってくるとすぐに買い物に出かけようとする子もいました。この子の得意はクッキーづくり。スタッフと近くの店に出かけ，小麦粉，卵，バター……と買い出し準備から手伝ってくれます。何度か繰り返すうちに，材料とつくり方をいつの間にか覚えていました。クッキーのほかに，白くまの絵本を見ながらホットケーキを焼くなど，粉を使ったお菓子づくりが大好きです。少し暑くなったこの日は，参加した人数分のアイスクリームの買い物も頼まれました。人数を何回も数えながら出かけたものの，クッキー材料の買い出しに集中していたのか，アイスを買うこと自体すっかり忘れてしまっていました。

　車椅子を使う子どももクッキーづくりに挑戦していました。生地が手にべたつくのを気にしながら，型抜きをして数字型クッキーをいくつもつくってい

した。

　遊戯室では，地域の方に来ていただき，ちまきづくりの真っ最中でした。前日，山に採りに行った笹を前に，参加者はおばあさんの説明に聞き入っています。笹を巻くのはちょっと難しかったですが，終わる頃にやっと慣れてきました。子どもたちが巻いたちまきは，すぐにバラバラになりそうなものが多かったのですが，それはそれで味わい深いものとなりました。

　このところ，手打ちうどんづくりが流行っていました。小麦粉に塩水を入れ，こねる，こねる。辛抱強くこねるうちに，ちょうどいい硬さになりました。それを買い物袋に入れて，幼い子に踏むように指示する年長の子。一生懸命に踏み続けていました。そこに紙すきの火の番を終えたえりかもやってきて，今度はうどん生地づくりの足押しですが，スタッフの先生に両手をもってもらいながら，生地の入った袋の上に立つものの，体重が軽くて，力強く踏むこともできませんでした。スタッフは，そんなえりかに，えりかの足裏に感じる生地の感触を確かめるように，「やわらかいねぇ」，「よーく踏むんよぉ」などと，ゆっくり，ゆったりと話しかけ，一緒に過ごす時間を共有してくださっていました。そして，いよいよ製麺器の登場。生地のかたまりが一瞬にして麺の状態で出てくるときの，子どもたちの歓声と輝く瞳。この一瞬のためにこね続けたんだよね。

　さっきから，園庭では薪を燃やしてうどんをゆでる準備が始まっていました。小枝や紙を持ってきては火に投げ入れるのが好きな子のおかげで，火が消えることはありません。鍋をかけてうどんをゆでる準備はすでにOK。というか，火の勢いのせいで，お湯が随分と少なくなっていました。

〈今から思えば……〉

　本物を持ち込んだいくつかの活動メニューの店を開き，準備から片付けまでを子どもたちと一緒に行っていきましたが，大人が楽しそうに働くところを子どもたちに見せることでそれへの興味がわき，「やってみたい」という思いになるとすれば，それは大事な療育活動なのです。毎回，同じことを繰り返すことで，物がどこに片付けられているのかがわかったり，使い方やつくり方の順

序がわかったりして，子どもも大人も場がよめるようになっていきます．本物は，すでに構造化されていて全体が見えることから，次にすることがわかりやすいのです．ことばのないえりかのような子どもたちと活動していても，関わるこちら側も活動の先がよめるので事の流れがわかり，やりとりがスムースに行えます．

　焼き上がったクッキーの一部は，家で待つおじいさんやおばあさんへのお土産用に袋詰めされ，そのなかには，何やら文字とも絵ともわからないものが書き添えられたメッセージカードが入っています．クッキーをつくる活動のなかには，こねる，型づくる，焼くことのほかに，食べる，人にあげる，持って帰る，メッセージを書く……といった多くのことが派生してあるのですから，1つひとつの活動をしながら必ずその活用の仕方や使い方を教え，他のことや他の人につなげていくことを心掛けていました．

　牛乳パックを粉砕するミキサーやうどん生地を麺状にする製麺器に駆け寄るわが子を見て，「学校にいるときと全然違う姿だ」と感心した母親がいました．集団においてはほとんどの場合，早い子が目立って，遅い子は引っ込む場所となります．しかし，ここの療育の場は違います．ここでは，子どもたち一人ひとりが大事にされ，主人公として見つめられています．子どもは大事にされるとよく動き，「何かやってる．自分もやりたい！」と自分から参加するようになるのです．参加すれば他者との関わりが生まれ，好きなモノやコト，ヒトができてくるという循環を構成していきました．換言すれば，自分が自分らしく動いていいんだということを学ぶことになるのです．そして，この「私は私」という感覚を前提にして，集団の場が「みんなのなかの私」ということを教える場，つまり他者との折りあいを教える場になっていきました．

　療育の場には，うどん打ちをしたりクッキーを焼いたりと，日頃家庭で扱われるものを題材とした活動をいくつか用意しておきました．その活動に「これはおもしろそうだ」と感じた子どもたちがそれぞれ自分が気に入ったコーナーに向かっていきます．ですから，繁盛する活動店もあれば閑散としている活動店もあるのですが，それで店の善し悪しが決まるわけではありません．子どもが1人でも行きたいと思える店ならば，それで十分なのですから．

スタッフが子どもたちに教えているのは，紙すきにせよ，クッキーづくりにせよ，何にせよ，その活動が「好きになる」ことです。好きになると，子どもに意欲が出てくるのです。大人たちは，つい最初から意欲的な子どもを育てようとするのですが，それはダメで，何かが好きになってそのことを何度も繰り返して取り組む子どもを育てると，その結果として，意欲的な子どもに見えてくるということを再認識させられました。とすれば，大人が楽しんでいることやおもしろそうに働いているところを子どもたちに見せていく療育活動は，子どもが好きになる「何か」が，その大人の活動のなかにあるかもしれないわけですから，とても大事で意義あることと考えるのでした。

　作業をしながら，母親やスタッフたちはいろいろな話題で話し込んでいて，その光景は，まるで井戸端会議のようです。若いスタッフは，母親の話の1つひとつに興味深げに耳を傾けて真剣そのもので聴いています。両親揃ってやってきた家族は，スタッフに，夫婦間での意見の違いを聴いてもらったりしていました。
　そんな療育活動での相談について，ある母親が話してくれたことがありました。

❖エピソード35：井戸端会議風話しあい，これも大事な相談事業

　「私は小学5年になった子どもが，就学する前からこの会に参加させてもらってるんですけど，うちの子がやってきては打ち込める活動があって大喜びなんです。製作したり，運動したりが好きなようで……。学校に入学する前から動きが激しくて，同じ所でじっとしていられないし，どういう訳かわからないですけど，友だちを急に叩いたり押したりして，相手を泣かせてばかりいたんです。そしたら当時の園の先生が「いちごの会」の先生を紹介してくださり，そこでこの活動に参加してみないかと誘われてやってくるようになりました。
　ここに来て驚いたのは，あれほど動き回っていた子が，先生たちと一緒に，

身体を動かしながら活動してるじゃないですか。たまには友だちを叩いたりすることもあるみたいで申し訳ないですが，その回数は断然少ないんです。そのうえ，ちょっと変わった子なんで，変わったふうの作品をつくると，「これはおもしろい！」なんて先生方が褒めてくださるので，この子ったら調子に乗っちゃって。家でも褒められることは少なくて，怒ったり注意したりすることが多いからうれしいみたいで……。

　この子もなんですけど，私も参加するのが楽しみなんですよ。私の楽しみは活動ではなくて，やって来られる親御さんやスタッフの先生たちとのお喋りのほうなんですけどね。就学前に友だちを叩いてばかりのときには，この活動にやってこられる学校の先生や同じような子どもを育てておられる親御さんに，たくさん私の話を聴いてもらって……。あの頃は，園の先生からその日の様子を教えてもらうたびにイライラして，「もう，どうしてなの！」って，今から思うとすごい様相で子どもに大声をあげていた毎日だったと思うの。もう私の方がどうにかなるんじゃないかと思ってたの。でもここに来ると，子どもも好きなことをさせてもらえるし，スタッフの先生は一緒に活動してくださるし，毎月一回，私へのお喋りプレゼントをいただいている気分でした。就学のときに特別支援学級にするかどうか迷ってた時期には，ここに来ると，園の担任の先生や学校や教育委員会関係者の方もおられて，一緒に話ができて，私の気持ちもかたまったし。学校に行くようになっても，私の悩みは尽きないけど，それでもここに来て，話せる人の顔を見つけると，もううちの子とは離れて喋ってばかり。お母さんや先生から，結構きつい指摘を受けることもあるんだけど，素直に聞けるから不思議です。これって，仲間？　友だち？　っていう関係だからかしら」。

〈今から思えば……〉

　たしかに，療育活動の最中，会場のあちらこちらで，親御さんたちとどちらかと言えばベテランスタッフの先生たちが立ち話をしている光景に出会います。そこでの話の内容は，子育てに関する事柄や就学のこと，学校のこと，担任のこと，病院のこと，おいしいお菓子店や気に入った洋服屋さんのこと，どこそ

こに行ったこと，連休の過ごし方など，多岐にわたっていて，スタッフもそんな話に参画して大いに語っていました。障碍のある子どもの暮らしを支えるといっても，何も障碍の部分だけの話題に絞り込む必要もないのですから。そんなふうに自由に話しあえる場を何度も経験しながら，仲間意識が育ったところで，深刻なことも自分から話し出されるものだと思いました。

　活動中，いつでもどこでも話しあいや相談が可能で，話したい人が話したい相手を見つけては始まるのですが，親御さんにとっては，子育てに関する何かのヒントがその場で得られる場合もあれば，課題が大きすぎて他に委ねざるをえない場合もあります。しかし，いずれにせよ，わが子や自分の子育てについて自分のことばで他者に語ること自体が，様々な課題をもちながらも「今」を生きる現実や，障碍のある子がいるという暮らしを受け止めていくうえで，大きな意味をもっていると思いました。また，相談内容は専門の相談員が対応しなくても，親同士で解決できる内容も多く，スタッフにとっても参考になることがありました。それはまるで，かつて，私たちが保育所を会場に夜遅くまで語り続けた頃のことを，語りあうメンバーが替わり，形を変えて行っていると思えるものでした。

　療育活動に家族揃ってやって来られると，家族関係がリアルに映し出されると同時に，家族みんなでの話しあいがその場で可能になります。医療機関や療育センター等での診察室や相談室では，この家族力動はなかなか見られないのではないでしょうか。ここでも療育活動が家族関係づくりの面で意義深く，それへの支援の場としても適していることがうかがえました。

　スタッフは，活動しながら子どもや親のつぶやきをまとめておくのですが，それらがまさにそのときの子どもや家族にとってのニーズであり，今後，一緒に考えていきたい課題であり，あるいは新たな活動の材料そのものでした。

　療育活動をボランティアスタッフで運営していく方法は，これまでのような，障碍のある側はお世話され，スタッフ側はお世話するという感覚を消し去りました。療育活動で出会う者すべてが参加者であり，ある意味，全員が企画者で

もあるのです。待ち受けるスタッフもやってくる子どもたちや家族も，活動を楽しもうと思って集まってきます。他人様に何かいいことをやってあげようなどというスタッフ側の気負いや雰囲気はありません。まずは一緒にこの場を過ごし，あなたも楽しむ，私も楽しむ。実は，こんな関係のときに初めて，障碍のある子やその家族は安らぎを感じ，また明日からもこの子と一緒に生きていこうという勇気をお互いが抱くような気がしてなりません。

　この運営方式では，スタッフの確保にしても活動の展開にしても，組織だった動きはできないので人と人との「つながり」だけが頼りです。それゆえ，会の事務局側は常に崖っぷちの危ういなかで緊張感をもちながらの運営になるのですが，人とのネットワークや活動がじわじわっと広がっていくことを良しとし，むしろ，そのような広がりをすることで，障碍の理解を地域にすそ野広く推進していこうと考えていきました。

　また，この療育活動のなかに新しい連携のあり方があることに気づきました。それは，一緒に過ごすことで生じる各機関や家族との連携です。スタッフには子どもを担任している保育士や学校の教員もいれば，幼いときのことを知っている保健師や保育士のほか，特別支援学校の教員や病院のリハビリテーション担当者などがいます。それぞれが集まってきた家族と共に同じ場で活動し一緒に過ごしながら会話し，子どもの様子や家族の悩みなどの現状を感じてもらっています。この「一緒に過ごす」ことによって，子どもを取り巻く大人たちが互いに仲良くなり，「こんな方法もある」，「こんな制度が使える」，「保育園（学校）ではこうする」，「家ではこうしたい」といった具体的な情報交換が，その場で居ながらにしてできていました。さらには，療育活動をきっかけに，その後改めて，連携しながら具体的にどんなことをしていくのかについて話しあう場を設けることに発展することもありました。親にとって何と言ってもありがたいのは，子どもを中心において，関わりある人たちがそれぞれに子どもや自分たちと向きあい，話し込んでくださる「連携」であり，そこからもたらされる「1人ではない」，「他者とつながっている」という実感がもてることでした。

3．「おもちゃ図書館」の開設

　ところで，療育活動が軌道に乗るようになると，その活動の要素をもったまま毎日のように集える場がほしくなってきました。これは，療育活動が多くの善意とボランティアスタッフの参加により予想以上の展開を見ることができ，そこでの親御さんたちの声をヒントに，さらに新しいものへと展開させていく力が生まれてきたことにありました。

　そこで，新たに「おもちゃ図書館事業」に注目しました。おもちゃ図書館とは，障碍等のある子どもたちにおもちゃの貸し出しを行うほか，障碍等のある幼児が集い，おもちゃを使って遊びながら，運動や感覚の発達を高めようとする趣旨の事業でした。そこに，私たちは月例の療育活動の雰囲気を持ち込み，母親らが気兼ねなくお喋りでき，子育ての情報交換ができるようにと考えました。

　さらに，障碍のある子どもたちの文化活動の拠点となるように，音楽や絵画といった芸術や，運動，学習の活動メニューを取り入れたり，ダイナミックな遊びを取り入れたりする場にならないか，あるいは，この頃あまり設置されていなかった障碍のある子のための学童保育の要素を付加させたり，ボランティア養成の実践の場として提供したりできないかと検討していきました。

　その当時，おもちゃ図書館は県内にほんの数えるほどしか設置されていませんでした。そんな状況のなか，わが町に開設しようというのですから，町当局にとって，新規の予算は必要になるし本来以上の役割を付加したその事業は様子がつかめないし，迷惑な話だったのかもしれません。実際，行政の担当の方に計画書を持参して説明した際，次第に困惑顔に変わってくるのが見て取れました。

　とはいえ，療育活動を始めようとしていたときと同様，簡単に引き下がるわけにはいきません。障碍のある子とその家族への支援システムを構築する上でおもちゃ図書館が果たす役割の重要性を文書に起こしたりして，何度も担当課

を訪ねました。

　その甲斐あって，担当課では趣旨を理解し必要性を認めてくださり，予算取りの手配を進めてくださいました。開設をお願いしていた私たちは，新年度予算で計上してくださるよう希望していましたが，「そんなにいいものなら早く設置を」という担当課長さんの判断で，その年度に補正予算を組んでくださり，年度中途から実現することができました。私たちの住む町の行政は，療育活動を始めるときもそうでしたが，「いいものなら行う」というとてもシンプルな発想で整備を進めてくださるところでした。もっとも，それができる財政等の条件がよかった時代でもあったのでしょうけれど。

　私たちの要望の甲斐あってと書きましたが，実は，その間，並行して，ミニ療育事業のスタッフである保育所長さんもいつも近くにいて応援してくださり，担当課に行かれるたびにこの事業について話してくださっていました。また，同じ課内の保健師さんや福祉係の担当の方も推進に一役かってくださり声をあげてくださっていたことが，あとからの話でわかりました。

　さらに，私たちがおもちゃ図書館構想について話を詰めていき，それを行う場所を探していたときも，保育所長さんは「療育活動で慣れている保育所を使ってみたら」と提案くださり，後々，そのことばどおりに計画は進み，保育所舎から廊下続きの職員休憩室の一室を提供してくださることになったのです。自分たちの休憩場所がおもちゃ図書館の活動によって狭くなっても，「これからの保育所は子育て支援の観点が必要になるのだから，協力しあってできることはどんどん進めていきましょう。それに，障碍のある子どもたちがいるからこそ，深みのあるいい保育ができるので」と話してくださいました。そして，職員を前に，この事業の必要性や保育所に通う子どもたちにとっての有用性について丁寧に説明され，全職員の了解が得られたのでした。そのおかげで，「おもちゃ図書館」を利用する親子は，保育所での保育に合流したり行事に参加したりでき，子どもの体調や状況に合わせたレパートリーある活動が可能となっていきました。

　このような経緯でできた「おもちゃ図書館」でしたので，保育所とは子ども

たちやスタッフが相互に乗り入れしながら，双方の子どもたちにとって使いやすく，役立つ施設になっています。そして，「おもちゃの家」と改称した現在も，この良好な関係は続いています。

● 「おもちゃ図書館」から「おもちゃの家」へ

やがて「おもちゃ図書館」事業は「おもちゃの家」事業（県単独事業）へと衣替えし，さらには，県の補助事業ではなくなり補助金が打ち切られることになりました。そうなれば事業の維持自体が困難になり，たちどころに集える場もなくなり以前の状態に逆戻りです。そんな私たちの声を受け止め，事業の継続のために奔走し，別の補助金を見つけ出し，それを利用した事業推進につなげてくれたのは，熱意ある町の保健師さんでした。さらに，「おもちゃの家」をほかの保健・福祉事業とリンクさせ，障碍のある子どもとその家族への地域支援システムの展開につなげようという構想を立ち上げたのも，その保健師さんとの企画でした。

その保健師さんが，その頃のことを次のように話してくださいました。

❖エピソード36：直接見てるでしょ，直接感じてるでしょ

（8歳，秋）

「そりゃもう，あのときは必死でしたよ。予算がなくなって「おもちゃの家」はできなくなるかと思うと，何とかしなくちゃって。笑顔で，でもときには悩みながら通ってこられる親御さんの顔を，私，直接見てるでしょ。その親子の様子も見て知ってるし。その子の表情が「おもちゃの家」に通いながら豊かになっていったことも，その親御さんが元気になって帰られる後ろ姿も，目の当たりに見て知ってるでしょ。だから，何としても「おもちゃの家」は残したいと思ったのよ。"お金の切れ目が，縁の切れ目"なんていう行政はしたくないし。町の単独で事業をすればいいのかもしれないけど，それほど簡単にはできそうもないから，国や県からの補助事業はないかと，あれこれ情報を得てたん

よ。

　そしたら，あったんだわぁ。ぴったりの事業が。しかも，「おもちゃの家」ばかりではなくて，いちごの会がやっておられる療育活動や相談活動などとつなげて，地域療育活動としてシステム化していく事業だったんですけどね。

　事業計画が認められて事業ができることになったとき，必死だった分だけ，私も安心してしまって。親御さんも安心されたと思うけど，私の安堵感は，相当のものだったんですよ。でも，こんな気持ちになれたのは，やっぱり，親子の笑顔を直接見ていたからだと思うんです。それに，苦しいときに助けあう保育所やおもちゃの家の先生方，いちごの会のスタッフの方々の姿を見て，連携ある支援を感じていたからだと思うんですよ。私もね，幸せに仕事をさせてもらってます，皆さんのおかげで」。

〈今から思えば……〉

　思いが熱意をつくり，熱意が行動に移り，行動が結果を生むということを，地でやっているように見える保健師さんですが，その思いの根が親子の笑顔にあったことを，このとき初めて知り，保健師さんの人柄を垣間見た思いがしました。人は，体験したときに感じるものがあって，その感じた分だけ，次への行動に移せるんだということも思わせてくれました。

　また，直接見て感じられたことを大事にして動いてくださったことがわかり，「直接」関わることの大切さとすごさを感じずにはおれませんでしたし，住民の方を見て「直接」を大事にする行政であったからこそ，いちごの会の諸活動が進展するんだとも思えました。

　またしても皆さんのおかげで，1つの親子支援が維持できることになりました。私も，幸せに活動をさせてもらっていると，改めて思いました。

　「おもちゃの家」事業が継続していくことはもちろんのことですが，その場を利用する側にとっては，どんな方がスタッフにいるかがたいへん重要な問題です。保育士や教員，看護師の資格のある方々を探し，閉館にならないようつ

なげている時期もありましたが，私たちの考え方をわかってくださり，人間味あふれるスタッフに恵まれ，その年齢構成やキャラクターのおかげもあり，親子にとってとても居心地のよい快適な場をつくってくださいました。

　さらに，町当局は国の補助を受けて，子育て支援の拠点の1つとしての「新おもちゃの家」を，それまで利用していた保育所に隣接して新築することになりました。それまで，保育所の職員休憩室の一角をお借りしていたのですが，利用者が増えていくなかにあって，だんだんと手狭になってきていました。そのようなときの「新おもちゃの家」新築は，ハードに係るすべての問題の抜本的な解決策でした。

　新築された「新おもちゃの家」の玄関には，いちごの会をいつも支援してくださっている木工デザイナーによって，素敵な看板が設置されました。また，愛称は「ほっとすてっぷ」となり，おもちゃの家にやって来れば，子どもも親もほっと安心して憩え，親同士も気軽に交流でき，子どもや親もまた成長していくための1つひとつのステップを確認していける場になるようにと，そんな温かい思いを込めたものでした。

　建物が完成した頃，仕事帰りに保育所に立ち寄ってみると，そこには福祉担当課長さんもおられ，2人して駐車場から「新おもちゃの家」を眺めながら話しあったことがありました。私は建物が完成するまでのことを思い出して，課長さんにしみじみと話していました。

❖エピソード37：よくぞ，ここまで

(10歳，早春)

　「「新しいおもちゃの家を建てよう」って課長さんから言われたとき，あまりにも唐突だったので，はじめは何のことかわからなかったんですよ。「あんたたちが，狭い，狭いっていつも言ってたでしょ。私も見に行ったけど，確かに狭かった。利用する人が増えてるっていうことは，そこはいいことをしている

ってことだから，私とすればそれに何とか応えたいと思って……。国からの補助もあったので，この際，障碍児保育の拠点施設にできないかと考えてね」と笑顔で話されるのを聞いて，やっとその意味がわかったんです。何と，新築。それはもう，夢のような話でした。

しかも，建設することが決まってからは，設計段階から「いちごの会」にも声をかけてくださって，親たちや設計士さん，保育所の先生，行政の担当の方と一緒にみんなでつくるという感じでしたね。だから，私たち親は素人ながら，参画する以上は後から文句は言えませんから，いろんなところから情報をとりながら本気でやりましたよ。バリアフリーはもちろんのこと，車椅子で利用できるように玄関やトイレの寸法を調べて広げてもらったり，車寄せを備えたり。家庭的な雰囲気が出せて利用する親子が落ち着けるようにと，畳の部屋や家庭用のシステムキッチンを取り入れてもらったり。ドアやトイレにもこだわりましたよね。そうそう，どこまで自動ドアを備えるかも議論し，多くを自動にすることは，日常の暮らしと乖離していて，自分で開け閉めをすることも大事なことだからと，結局は入り口の一枚だけにしましたよね。そんな話しあいをしながら，設計士さんにも行政の方にも，「障碍」っていうものをわかってもらっていったような気もしてるんです。何度も，何度も話しあいましたねぇ。ですから，建物ができあがる前から，すでに愛着を感じてまして……。

新築してもらったのだから，あとは中身ですよね。以前より格段にスペースが広がって，親子でつくった作品を片付けなくてもそのまま置いておくこともできるし，トランポリンのような大型遊具やプラレールみたいに広がっていく玩具でも遊べるようになるし。ピアノがあるから音楽にあわせて身体を動かす遊びもできるし，陶芸や木工の活動をするときにもゆったりと空間を使ってできそうです。キッチンがあるから子どもたちと一緒に調理して，そんな経験を家庭にもち帰ってもらうこともできるし，隣の駐車場を使えば，昼間の車がないときには水遊びが心おきなくできるかもしれません。少し開放的な気持ちで相談を受けたり話しあったりと，まだまだ，いろんなことができそうです。これまで以上に，ここを利用する親子が保育所の建物や園庭を使ったり，反対に保育所の幼児がここを利用したりして，交流もできそうだし。特別支援学級で

学んでいる子どもたちが放課後にやって来て、宿題をやったり活動したりの場所にも利用できるかもしれませんねぇ。食事もつくれるから、何組かの親子と一緒に合宿を計画して、活動したり語ったりもできそうだし……。やれそうなことを考えるだけで、わくわくしてくるじゃないですか。この建物が1つあることで、この町の子育て支援の中身も随分と変わってくると思うんですよ。

　今、この建物を眺めながら、よくぞ、ここまできたもんだと、つくづく思ってるんです。「いちごの会」のような任意の団体に、よくぞここまで任せていただいていると、町の行政にとても感謝しています」。

〈今から思えば……〉
　新しい「おもちゃの家」の建物を眺めながら、建築が決まってからその日までのことが、次々と思い出されてきました。また、これまでの「いちごの会」の歴史のなかで、町の行政の課長さんと肩を並べて同じ建物を眺めるなんてことはなく、そのような光景を想像したこともなかったのですが、子育て支援という1つの重要事項に対して同じ方向で取り組んでいける関係でいられることは実にありがたいことだと、つくづく思いました。
　おもちゃの家は、障碍や病気等があるために保育所や幼稚園といった集団の場で過ごすことが難しい子どもとその家族が利用する場であり、療育活動を行う土日ではなく、平日に出かけることのできる貴重な場でもありました。毎月行う療育活動ほど大きな集団でもなく、馴染みのある数組の親子が集うだけに、愛称どおり親も子もほっとでき、親御さんたちは子どもの様子を見ながら子育てや悩みについて話しあえ、子どもたちは自分の好きなもので、好きなことを、好きな人と遊べる空間でした。また、スタッフから子育てや遊びなどについてアドバイスをもらえるという、療育とサロンを兼ね備えた施設でした。
　そんな機能をもつ施設が大きくなって新築されることは、利用する親子にとっても、スタッフにとってもうれしいことでした。親同士の語りあいがゆったりとできます。安心して子育て相談ができ、就学へのステップとなるような場にもできます。活動のバリエーションが増やせます。陶芸や木工の活動で親子がものづくりを楽しむことができ、作品としても残せます。それらの活動に地

域の方々を講師として招けば，地域での障碍理解活動にもなります。勉強会の会場としても使えます。……と，思いはどんどん膨らんでいきました。

「新おもちゃの家」を眺めながら，人が集って活動しているだけの，組織としては強い基盤をもたない「いちごの会」がよくぞここまでやってこれたと，一緒にやってきた仲間を称えるとともに，これまでお世話になってきた実に多くの方々の支えがあったからこそと深く思えたときでした。そして，「いちごの会」が一住民でもなく行政でもなく，その中間に位置するような組織だからこそ，両方のニーズをうまく取り込みながら運営できていて，それが大きな強みになっていると思えました。

子育て支援のヒントは常にユーザー側にあり，そこからの発信を受けて，できるところをできる部分からやってみようとしてきたことが「いちごの会」の取り組みだったように思います。行政からではなく住民からの発想で，しかし行政とは協働し，住民の力を合わせての取り組みは，私たち自身を受け身にすることなく能動的に主体的に活動でき，結局は，官民一体のような実践ができていました。その象徴が「新おもちゃの家」なんだと，改めて眺め直していました。

その後，「おもちゃの家」は町の単独事業となり，「いちごの会」がその運営を継続して委託されていましたが，市町の合併を経て，現在は市立保育所併設施設として市の直営となり，就学前の保育・教育に係る研修を実施するなどの機能をより充実させ，子育て支援の大事な拠点となっています。

たくさんの方々の協力を得て運営できている「おもちゃの家」は，親の思いとそれに応えようとする数々の思いとの合致によって実を結んだ，とても稀な子育て支援の場なのだろうと思っています。それまでの「いちごの会」が行っていた療育活動の実績の裏付けがあったからとはいうものの，「おもちゃの家」や保育所の先生方，行政の担当スタッフや保健師さんなど，だれ一人欠いていても，あるいはどこかのセクションが一部でも拒めば実現もできず事業継続もできなかったであろうと痛感するのでした。

第5章 「社会」に向けた「いちごの会」の行動

● 「おもちゃの家」での暮らし

　「おもちゃの家」が開館するのは週3日（現在は週4日の開館。週1日はスタッフ研修や事例検討，相談を実施）。おもちゃを通しての遊びのほかに，食べる，触れる，つくる，動く，触れあう，相談するといった活動をしながら，療育活動と同様，参加者のだれもが活動を楽しみながら子育てを語っています。ときには遠足や水遊びをして，屋外の空気と陽の光をいっぱいに浴び，家族だけではできにくい戸外での活動にも出かけています。そのほか，月に4回程度，地域の方々が講師となって行われる，陶芸，木工，手づくりおやつ，調理，フラワーアレンジメント，音楽，運動，絵本の読みきかせなどの活動も楽しみなひと時です。

　ところで，障碍のある子どもたちは，30年くらい前から始められた障碍児保育によって，希望すれば町の保育所（園）に通うことができていました。しかし，それでも頻回に発作が起きてしまう子どもたちは保育の場に入ることはできません。が，そこにも「おもちゃの家」の役割はあるのでした。そんな利用者の1人だった健介くん（仮名）の母親が語ってくれました。

❖エピソード38：こんなにいいところが，近くにあったんだ

　「ここに来るまでは，この子との外出は病院通いがほとんどで，たまに私の実家へ行く程度だったんです。病院のリハの先生からこの会のことを紹介されて，初めてここに来たときのことは今でも忘れません。保育所の一角にあることは聞いていたんですが，保育所の部屋よりはうんとこじんまりしていて，普通の家の居間のようにくつろげる雰囲気があって，いい感じのところだなというのが第一印象でした。健介は，たいてい初めての場所では緊張して反り返ったりすることが多かったんですが，私がすっかり安心しきってしまっていたせいか，いつになくリラックスしていました。来ていたほかの子どもさんの声や姿を視線で追いかけたり，スタッフの先生の声かけに笑顔を見せてくれたり……。親子共々，すっかりその場にとけ込んでしまいました。「こんないい

ところが，近くにあったんだ。保育所には当分行けそうにないけど，ここなら体調さえよければまた来ることができる！」と，まるで自分1人が世間から取り残されているようなこれまでの暮らしぶりを振り返っていたんです。

　日中は，子どもと2人きりで，痙攣発作や喘息発作にびくびくするばかりの毎日で，あとは三世代大家族の家事に追われっぱなし。友だちと会ってお茶を飲んだり，ウインドウ・ショッピングをしたりなんて夢のまた夢って諦めていながらも，何となくイライラして……。でも，健介は私のかわいい子，私ががんばって育てなくてはいけないのに逃げだそうとしたりしと，自己嫌悪に陥ったり……。でも，「おもちゃの家」にいると，そんな気持ちはどこかへ消え去り，いつになく声をたてて笑っている自分にハッとしました。

　帰宅後，夫に「おもちゃの家」での健介の様子を話すと，「健介より，お前の方がうれしそうだな。まっ，よかった。元気なときは行くといいな」とか，「そんなにいいところなら，今後は自分も行ってみようかな」とか言ってくれて……。

　ときどき私の腰痛がひどくなって行けないこともあるけど，私にとっては，大袈裟かもしれないけれど，生きる力を与えてくれる大切な場のような気がしているんです」。

〈今から思えば……〉

　こんなふうに，少しはにかんだように語ってくれた母親の目には光るものがありました。

　通常の子育てにおいても，昼間，子どもと2人きりで家で過ごすことで，子育てへの不安がつのります。「どうすればいいんだろう」，「このままでいいんだろうか」，「この子育てで失敗したらおしまい。失敗したら私のせい」などといった子育てへの不安な思いばかりが先立ち，悶々とした時間を過ごしてしまいます。障碍のある子の子育てでは，なおさら話しあえる人はいません。ああでもない，こうでもないという子育ての迷いと悩みが，煩わしさに変化していくことも容易に想像できました。

　そんなとき，「おもちゃの家」で雑談できることって，なんて素敵なことで

しょう。朝からゆっくりコーヒーを飲みながら，リラックスして話す。聞く。笑う。それまでの暮らしで忘れかけていた当たり前のことがこの場で蘇ってきます。「そうだ，私って，最近笑ったことなかった」と気づき，縦皺を横皺に一変させる場でもあるのです。

「私，この町に嫁いできて，やっと友だちができた」と喜び，子連れでそれぞれの家へ行き来し始めた母親たちもいます。実家に行っても，子どもを抱くことすら怖がられ，かえって気をつかって疲れてしまうという母親もいます。いつも子どもと密着していて息をつく暇もない毎日にあって，「おもちゃの家」ではほっと一息できるのです。子どもといると，どこに行ってもいつも周りの人に気兼ねしたり遠慮したりしていたことに気づかされ，でも，ここではその必要がなく，ゆったりとした気持ちで過ごせるのです。また，朝から夕方までの長時間の保育ではなく，親や家族の都合に合わせて利用できる気楽さもありました。

食べるのが難しい子どもが，ここに来るとたくさん食べ，みんなから褒めてもらえました。雰囲気がいつもと違って食欲が出るのでしょうが，一緒にいる母親もゆっくりと落ち着いて時間を過ごしているからかもしれません。子育ての経験があるスタッフの話を聞いて参考にしたり，保育所の子どもたちと交流して集団の雰囲気も味わったりできます。交流しているおかげで，スーパーマーケットで買い物していたら，幼い子どもが「あっ，〇〇ちゃん！」とか，「〇〇ちゃんのお母さんだ」と言って声をかけてくれます。たわいないそれだけのことがうれしくてたまらないのです。

いろいろな親御さんの思いが錯綜するなか，「おもちゃの家」がもつ雰囲気が親子の現実を和らげ，社会との接点をつくり，家庭の次に安心して過ごせる場にしていくのでした。

「おもちゃの家」ができた頃，えりかはそこに隣接する保育所に通っていたので，いつもそこを利用しているわけではありませんでした。ですから，「おもちゃの家」での活動を楽しみ，そのよさを味わうことも少なかったのですが，

そんなえりかが「おもちゃの家」を利用するようになるのは，後の章で述べるように保育所を修了し就学した後からでした。えりかと直接には関係ないところで始めた「おもちゃの家」事業でしたが，結局は回り回って，えりかの重要な場所になるとは，この事業を開始した頃にはまったく考えもしないことでした。

4．「総合相談会」と「地域子育て支援会議」の開催

　障碍のある子を育てるうえで，親と子に居場所があり，家族以外で話せる相手がいることはとても大きな財産となりました。しかし，場や人の存在は，より暮らしやすくなっていくための入口にさしかかったところでしかないのかもしれません。歩み始めたその道には，近い将来訪れるであろう就学や就労など，今後解決していかなければならない多くの事柄が横たわっています。そこで，子どもたちの療育に関する社会資源が十分にあるとは言えないこの地域においては，関係する諸機関が連携して支援することが重要であると考え，そのための事業として「医療・保健・福祉・教育総合相談会」と「地域子育て支援会議」を企画，開催することにしました。

　「総合相談会」は，子育てに関して気になることについて，1つの会場で，希望するいろいろな分野の方々と相談できるというもので，相談員には，小児科医師，発達心理学者，保健師，保育士，教員，臨床心理士，保健・福祉・教育行政担当者等が参加くださいました。

　また，子育てするのに縦割りでの行政や点在する専門機関ごとの支援では十分でなく，それらがトータルなものになることで，より暮らしやすくなるのではないかと感じていました。そこで，子どもの日常生活圏域で出会う人たちや関係する諸機関が連携した支援になるよう，コーディネート機能をもたせた「地域子育て支援会議」を発足させました。この会議に集まる人たちの知恵を結集し機関同士と諸制度の絡みをつくり，つながりを強固にした支援が親子に享受されていくことをねらいました。会議には支援を求める親御さん（家族）

の参画を原則とし，療育活動親の会の代表，研究者，小児科医師，保育士，おもちゃの家スタッフ，特別支援学校・小学校教員，児童相談所職員，県保健所・町健康福祉課担当者，県・町教育委員会学校教育担当者のほか，必要に応じて他の関係機関からも招くことにしました。

　これまで親御さんたちは，子どものためになることが少しでもできないかという思いから，自ら関連するあちらこちらの機関を訪問し，それぞれの窓口で同じ内容の発言を繰り返しながら実情を訴えなければなりませんでした。しかし，この会議に参加することによって，各機関が協働した支援をパッケージにし，その情報を一度に得ることができることから，具体的な支援の全体をイメージすることができました。また，親御さんの肉声を会議メンバーが一堂で聴いているため，各担当者はいわゆる窓口のたらい回しはできず，「私だったら……」，「私の担当課でできることは……」と，「私」という一人称をもち出して自分のこととして考え課題に対する真摯な受け止めをしてくださり，誠意ある態度と真剣な協議を引き出すものとなりました。

　私自身，それまでその種の会合に参加した経験がありますが，そこでは，大事な子どもたちを，固有名詞をもった「○○さん」ではなく「ケース」と呼び，専門家と称する人たちが子どもやその保護者を三人称的に対象化し，ある意味他人事として協議するという印象をもっていました。ですから，そこで得られた結論は実際の現場で合致せず適応しないのですが，その次の会合では「家族の理解と協力が得られず，できませんでした」と，家族側（支援を受けるとされる側）の問題として報告されることで終わっていたことが多かったように思います。私が身をおく教育の分野でも「連携」の重要性が確認されていますが，その中身は，自分たち（諸機関側）のための連携レベルに終始し，連携の意味や役割を考えることなく，互いにつながりをもつことが連携であるかのように考え，子どもやその家族を巻き込んだ支援のレベルにまで及んでいないのが現状ではないかと思います。そのため，子どもたちや家族の実情から乖離した連携でしかないことを多く見聞しました。

　しかし，この支援会議では，家族が同席し，自らのことばで実情を話すこと

ができる機会であり，参加者全員が家族の生の声や姿を前にして単純に軽々なことは言えず，また後には引けない雰囲気に包まれ，いい意味での緊張感が漂うものでした。また，この支援会議の主催者が障碍のある子どもを多方面から支援しようとする側，いわば障碍児(者)側に立つ者であることが明白であったことから，家族の願いや訴えをまっとうすることから逃げてもらっては困るという会議の雰囲気をつくり出していたのかもしれません。課題に対して「できるようにするには，どうすればいいのか」という発想で意見交換し，「できない」場合もその理由が丁寧に述べられました。

以降，会議メンバーは，それぞれの立場で「自分は何ができるのか」といった意志をもって参加してくださるようになり，それによって初めて相手の立場を相互に尊重しながらも言うべきことはきちんと言うというような協働のある高次の連携ができてきました。そこには，障碍のある子どもたちやその家族を前にした一専門家の顔ではなく，同じ地域に住む人間として支援する思いに溢れる一人ひとりの真顔があると言えば言い過ぎでしょうか。

5．いちごの会事業を総動員した子育て支援

次に紹介する観月ちゃん（仮名）は，障碍が重複しており日常的に医療的ケアが必要であったことから，いちごの会が企画する療育活動，おもちゃの家，総合相談会，子育て支援会議とたくさんの事業を活用して支援した子どもの1人でした。長らく利用された「おもちゃの家」から就学に向かうとき，母親からいただいたお手紙です。

> ❖エピソード39：育てていただいたのは，子ども以上に私であったと思います
>
> 「この度，私たち母子は「おもちゃの家」を巣立つときを迎えました。
> 私たちが「おもちゃの家」を利用させていただくようになったのは，観月が

2歳半ばの頃からですので，4年半の長きにわたります。普通なら保育所や幼稚園に入園することで，この場所からは別れていくのですが，観月はそれがならず，就学までをこちらで過ごさせていただきました。ただ，最後の1年は，一時預かりという形ではありましたが，保育所で同じ年長の子どもたちと共に過ごす時間も与えていただくことができました。その上，先日の保育所修了式には，観月にも「おもちゃの家修了証書」をいただくという思いもかけなかった喜びを与えていただき，感謝の気持ちでいっぱいです。

ところで，こちらを利用させていただくようになった当時の私は，病身で身体も不自由な娘を何とか少しでもよい方向へ……という気持ちから，必死の思いで毎日を過ごしておりました。それが，いろいろな状況に慣れてきたためか，いつの頃からか，観月の「できない部分」「親の私から見て困る部分」にばかり私の意識が向くようになり，苦しい日々が続きました。それも，私だけがつらいと感じ，観月がどれほど傷つき，つらい思いをしていたかなど，考える余裕もありませんでした。

そのような状況のなかでも，こちらを利用させていただいている間は，私も観月もホッとするひと時をもてていたからこそ，ここまでやってこられたと思っています。

また途中から，水曜日のお楽しみ活動メニューが始まったこともどれだけよかったか……。地域のボランティアの皆さんが，お忙しい時間を私たちのためにさいていただけることに，とても感謝しております。毎回その日が来るのを，観月もですが，それ以上に私の方が心待ちにしていました。当日，子どもが熱でも出して参加できなくなったらどうしようか，とまで考えてしまうのは，私1人ではなかったと思います。

この企画はもちろん子どものためにあったと思いますが，私は勝手に母親のためのものと理解していました。というのも，障碍のある子どもを育てている母親には，程度の違いこそあれ，病院への通院や日々の世話で，自分の好きなことをする時間はほとんどないことが多いと思うんです。それを，子どもと一緒に，また，子どもを安心してお任せできる環境のなかで熱中できる時間が，どれだけ私の心の安らぎになることか……。それがまた，その後の子育てにフ

ィードバックされていきました。

　また,「医療・保健・福祉・教育総合相談会」では,病気のトラブルを抱えていた観月に,どんなことを支援する必要があるのかについて,たくさんの分野の先生方が一緒に考えていただき,とても安心したことを覚えています。また,それまでの長い間,私たち家族があちこちの機関を回りながら,観月が受けることのできる支援について個別に検討してもらっていましたが,「子育て支援会議」では観月を支えていただいていた関係機関の方々が一堂に会して,先の総合相談会での話しあいをふまえながら,どんなことができるのかの具体について検討してくださり,観月の全体をみながら,それぞれの機関での支援を考えていただけるようになったと実感しています。支援が上手い具合に重なりあうようコーディネートしていただき,随分と暮らしやすくなりました。ありがとうございました。

　最後になりましたが,「おもちゃの家」のスタッフの先生方やいちごの会の皆さんには,ことばでは言い表せないほどにお世話になりました。この4年間,先生方に育てていただいたのは,観月以上に私であったと思います。指導者の立場におなりなのに,それを少しも感じさせず,押しつけでなく,ときには私と並んで,またときには後ろから支え続けてくださいました。常に未熟な私を受け止めていただけたことが,どれだけ私の心の支えになりましたことか……。感謝の気持ちがあふれ出るのを抑えることができません。

　どうか今後とも,私たちの後に続く子どもたちと母親たちの心に灯りを灯し,道しるべとなりますよう,日々ご活躍いただきますようお願い申し上げます。

　　　　　　　　　　　　　　　　　　　　　　　　観月　母」

〈今から思えば……〉

　この手紙を読みながら,感動のあまり涙がこぼれ落ちたのを忘れることができません。それまでの観月ちゃん親子との関わりが次々と思い出されてきて,それらは4年半の間に起きていた出来事だったのかと,とても凝縮した時間であったと思われました。

　また,親のニーズやユーザー側の視点を大事にして取り組んできたいちごの

会ですが、私たちはその主旨どおりに、療育活動やおもちゃの家事業をはじめ、様々な相談会や研修会など、いくつもの事業を縦横に重ねあわせながら活用し、観月ちゃんの子育て・子育ち支援を考えてきていました。それだけに、本人や家族の方々の喜びをこのお手紙から推察することができ、裏返せば、いちごの会の事業に対し、総合的に見て高い評価が得られたものと思えました。「いちごの会」や「おもちゃの家」のスタッフもまた、観月ちゃんの成長や家族との関わりをうれしく思うとともに、このような支援のあり方でいいのだと勇気づけられた思いでした。

そして、今度は、私たちから観月ちゃん親子にエールを送り続けながら、また何かあったら、いや何もなくても「おもちゃの家」にやってきてほしいと強く思わせるのでした。

6．地域で共に生きるために

「いちごの会」は、地域で普通に生きていきたいという親たちの素朴な思いから、小さな歩みを続けてきました。障碍のある子どもたちやその家族への支援を行うことを主眼に始めた事業は、今やその対象を支援が必要と思われる気になる子どもたちやその家族にまで広げるとともに、その利用者のニーズに応じながら少しずつ事業内容も変化させ、次の図のような活動を展開するに至っています。これまでの活動を振り返ると、その思いを地域に発信していったのをきっかけに、有形無形な数々の財産が生まれてきたことに驚かされます。そして、「いちごの会」の取り組みこそノーマライゼーションの理念と一致し、共に生きようとする地域社会を築こうとしていたのではないかと思えてきます。共に生きるとは、生きているだれもが生きていく勇気をもらうこと。これが「いちごの会」を支えてきた考え方であり、私や私の家族が皆さんからいただいたものだったのでした。

その意味においても、今後さらに、子育て支援という観点から、新たなニーズに応じた活動を実践していこうと考えています。それは、障碍のある子に関

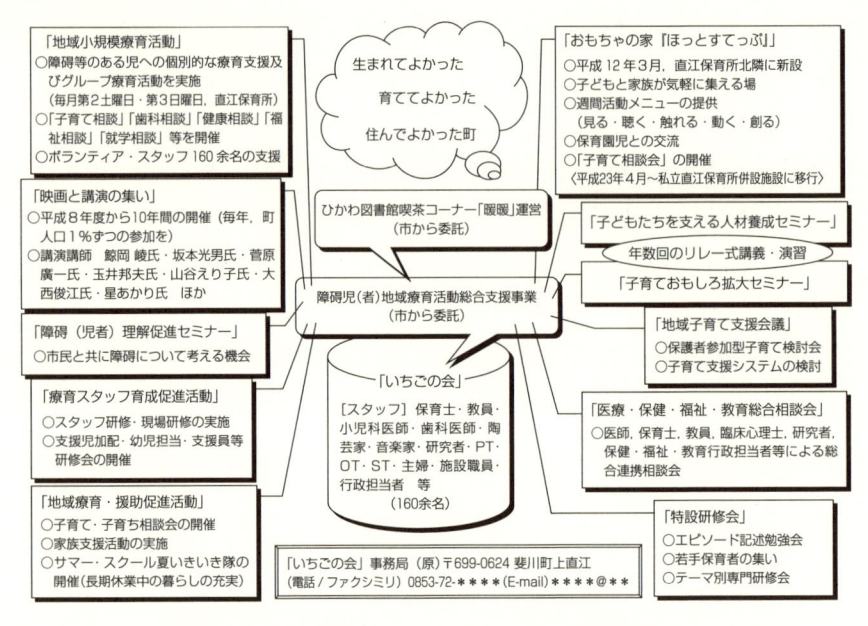

図1 子育て支援グループ「いちごの会」関連事業一覧

```
「地域小規模療育活動」
○障碍等のある児への個別的な療育支援及びグループ療育活動を実施
　（毎月第2土曜日・第3日曜日、直江保育所）
○「子育て相談」「歯科相談」「健康相談」「福祉相談」「就学相談」等を開催
○ボランティア・スタッフ160余名の支援

「映画と講演の集い」
○平成8年度から10年間の開催（毎年、町人口1％ずつの参加を）
○講演講師　鯨岡　峻氏・坂本光男氏・菅原廣一氏・玉井邦夫氏・山谷えり子氏・大西俊江氏・星あかり氏　ほか

「障碍（児者）理解促進セミナー」
○市民と共に障碍について考える機会

「療育スタッフ育成促進活動」
○スタッフ研修・現場研修の実施
○支援児加配・幼児担当・支援員等研修会の開催

「地域療育・援助促進活動」
○子育て・子育ち相談会の開催
○家族支援活動の実施
○サマー・スクール夏いきいき隊の開催（長期休業中の暮らしの充実）
```

生まれてよかった
育ててよかった
住んでよかった町

ひかわ図書館喫茶コーナー「暖暖」運営
（市から委託）

障碍児(者)地域療育活動総合支援事業
（市から委託）

「いちごの会」
[スタッフ] 保育士・教員・小児科医師・歯科医師・陶芸家・音楽家・研究者・PT・OT・ST・主婦・施設職員・行政担当者　等
（160余名）

「いちごの会」事務局　（原）〒699-0624 斐川町上直江
（電話／ファクシミリ）0853-72-＊＊＊＊（E-mail）＊＊＊＊＠＊＊

「おもちゃの家「ほっとすてっぷ」」
○平成12年3月、直江保育所北隣に新設
○子どもと家族が気軽に集える場
○週間活動メニューの提供
　（見る・聴く・触れる・動く・創る）
○保育園児との交流
○「子育て相談会」の開催
〈平成23年4月～私立直江保育所併設施設に移行〉

「子どもたちを支える人材養成セミナー」
　年数回のリレー式講義・演習

「子育ておもしろ拡大セミナー」

「地域子育て支援会議」
○保護者参加型子育て検討会
○子育て支援システムの検討

「医療・保健・福祉・教育総合相談会」
○医師、保育士、教員、臨床心理士、研究者、保健・福祉・教育行政担当者等による総合連携相談会

「特設研修会」
○エピソード記述勉強会
○若手保育者の集い
○テーマ別専門研修会

連する閉じた活動ばかりではなく，部分的には，地域に住むすべての子どもたちに開放された活動へと進展していこうというものです。

　そのように考えることで，今も，たとえば「おもちゃの家」には，障碍のある子どもたちやその家族が集うだけでなく，保育所（園）や学校という集団に入りにくい子どもたちが一時的にやって来たり，少し落ち着かなくなった子どもが落ち着くまでそこにいて，また戻っていったりというような場にも利用されるようになってきました。また，「総合相談会」には障碍とは直接関係ないと思われるような相談内容も多く寄せられるようになりました。

　障碍のある子どもたちを想定した事業に，思わぬ子どもたちが加わってくることで，こちら側の懐の深さも問われてきます。ノーマライゼーションを進めるためには，一般社会に対する一方向ではなく互いの歩み寄りと高めあいが必要なのであり，そのような場の設定が，活動自体をよりおもしろいものに発展させてくれるものと思っています（図1参照）。

第5章 「社会」に向けた「いちごの会」の行動

　これまでの活動によって，町で買い物などをしているときに声をかけてくださる方が多くなりました。その分，町を歩きやすくなったとも感じます。それは，わが子のことを知っている人が町にいることの強みの現れなのでしょう。

　今日もまた「何か自分たちでできることがあれば言ってください。できることしかできませんが，わたしたちも楽しんでやってますので」という声が聞こえてきます。まるで自分のことのように活動に参加してくださる地域の方の姿があります。

　そして，このような地域において，多くの方々に支えられながら，「学校」というある意味守られたエリアから一歩を踏み出し，卒業後の場となる次のステージを考えたとき，やがて，私たち親は，施設づくりという新たな取り組みに邁進していくことになるのでした。

　「いちごの会」という名称は，町の特産が「苺」であったことにも由来しますが，発足からの年月が経過し，子どもたちが成長していくなか，生まれてから死ぬまでの一生涯，つまりは一期にわたる活動を考える集団でありたいという思いからでもありました。そして，そのような壮大な営みには，やはり，地域で普通に暮らしたいという思いと，それに呼応する智恵と行動を集めていくことが大切であると気づかされます。

　これからも一期一会に感謝し，「いちごの会」で出会った多くの方々に感謝し，気張らず自然体で前を向いて歩んでいこうと思っています。

第 6 章
学校教育との出会い

訪問教育担当の先生方と
——えりか小学部 5 年生 1 学期の始業式

誰もね，人は使命をもって生まれてくると思うんですよ。みんなに役割がある。障碍が重いかもしれないけど，その存在で大人たちをやる気にさせ，学校づくりに貢献してくれた。

(第6章　本文より)

第6章 学校教育との出会い

1．就学にむけて

●当時の就学指導

　私はえりかが保育所に通うようになった翌年に人事異動となり，祖父母が暮らす自宅に戻り，そこから車で10分くらいのところにある小学校に勤務することになりました。ちょうど，その年度から「通級による指導」が制度化されたのですが，私は転勤した学校で通級指導教室担当者となり，再び，障碍のある子どもたちやその親御さんとの関わりをもつことになりました。

　その小学校は，地域の特別支援教育のセンター校として位置づけられていて，通級指導教室のほか，知的障碍，自閉症・情緒障碍，肢体不自由，難聴の特別支援学級が設置されており，加えて県独自の特殊教育専任教員（当時）も配置されていました。また，障碍のある子どもを育てる親御さんで組織する親の会の事務局も置かれており，親御さんが頻繁に出入りする学校でもありました。そのような学校環境であったことから，子どもへの指導・支援を行う本来の業務，つまりは授業のほかに，教育相談や就学相談，子育て相談といった相談業務や，地域の関係する諸機関や行政との連絡・調整を図る連携業務なども行っていました。

　私もそれらの業務に参画し，地域の方々と話をする機会が増えたのですが，そのなかで，就学に関するトラブルが思いの外あり，トラブルまではいかないにしても，親御さんのなかには，教育委員会との思いの行き違いやズレを抱えたまま，わが子を学校に通わせているということも多くあることがわかってきました。また，そのような就学に対する負の思いは就学後も引きずり，毎日通う学校の教職員とも気持ちのズレが生じている場合もあることもわかってきました。

　出産時のトラブルから，知的発達の遅れと下肢に少し麻痺がある愛ちゃん（仮名）は，ことばはないものの，表情やしぐさから自分がやりたいことや言

いたいことを伝えることができました。排泄の予告があり失敗することは少ないのですが，その処理には介助を必要としていました。また，顔や頭にはいつもかきむしった痕が残っていました。毎日通っていた保育所には，愛ちゃんを担当する保育士が加配され，集団のなかで個別的な対応がとれる態勢で保育が続けられていました。

　愛ちゃんの就学後，親御さんは就学に際しての不満や不安を次のように話してくださいました。

❖エピソード40：もういい加減，疲れてしまって。もうどうでもよくなった

　「うちの子の就学に関しては，当初から地元小学校の特別支援学級に入級することを希望していたんです。でも，町の教育委員会は障碍の程度から判断すると隣町にある特別支援学校への就学が適当であるという考えでした。考えが異なるので，何度か話しあいの機会をもったんです。私たち夫婦は地域の学校に通うことで，これまで保育所で一緒だった子どもたちとも離れずに過ごすことができて，将来，わが子はこの町で過ごすことになるでしょうけど，もし学校が違ってしまうと，うちの子に対する周囲の子どもたちの意識が薄らいでいってしまって，結局理解してもらえないままに，この町で住むようになる気がしてたんです。でも教育委員会は，障碍の程度から考えて，複数の子どもたちに１名が担任する特別支援学級の態勢では十分な教育が望めないので，個別対応での学習が可能である特別支援学校が望ましいという主張でして，何度話しあっても理解してもらえず，両者の主張は平行線の状態のままでした。だいぶんがんばりましたけど，結局は理解してもらえませんでした。もういい加減，疲れてしまって。子どもには申し訳ないですけど，気持ちのどこかで「もうどうでもよくなった」と思うようになってしまって。それで，就学に関する話しあいは物別れのまま終了して，特別支援学校に通うことが決まったんです。

　何とも後味のわるいというか，残念というか。特別支援学校がいけないというのではなくて，私たちが主張したことに対して，代替案も含めて考えてもら

えなかったことが残念でしたね。それに，話しながらだんだんわかってきたんですけど，教育委員会の方々はうちの子どものことや特別支援学校のことをよくわかっておられなかったんですよ。うちの子に直接会ってもおられないし，教育委員会がもっている情報は，私たちが特別支援学校に訪問して得ていたものよりも少ないようで，学校をよく知らないのにその学校を勧めていたんですから。障碍のない子は登校までの準備に時間がかからず，しかも近くの学校に通えるのに，障碍がある子は毎朝登校の準備に時間がかかり，しかも車で40～50分をかけて遠くの学校に通うんですから，それだけでも何か違うような気がして。それが毎日のことですから。これも仕方のないことのように思われていたし，特別支援学校に通うことで，町や町の教育委員会との関わりがなくなっていくように思われて，町から離れることで最後には子どもの存在が忘れ去られてしまう。それが親にとっての一番の不安だったんです」。

〈今から思えば……〉

　「どうでもよくなった」結果の就学先に，子も親も，毎朝張り切って登校するのだろうかと想像すれば，そうとは到底思えません。また，親御さんが抱く「（町から，地域から）子どもの存在が忘れ去られる」不安や，ときにふっとわき起こる「町に見捨てられた」という思いを，気持ちのなかで誤魔化しながら，就学する春を迎えられていたのではないかと思うと，私は何とも言えずむなしい気持ちになりました。就学後，その親御さんは，朝早く起きて食事や学校の準備をし，お子さんを車に乗せて一緒に登校されているのですが，気持ちのどこかには「こんなはずじゃなかった」という思いをもち続けながらの毎日の繰り返しのようでした。

　障碍のある子どもにとって就学は重要な1つの節目であり，しかも，就学先を決めていくことはとても難しい作業であることから，わが子を就学させる親御さんや家族にとってはもちろんのこと，就学先の決定に関わる教育委員会や就学指導委員会にとっても，あるいは，就学前に過ごしていた保育所や子どもを受け入れる学校にとっても，考え悩む繰り返しであることが想像できます。愛ちゃんの親御さんが話されたことのなかには，その子の成長という視点で就

学を考えるという部分があまりなかったことは気になりましたが，就学先の選択肢のうちの1つを選ぶことは他の選択肢を捨てることであり（もっとも捨てた選択肢を選び直すことはできますが），しかも，就学先として適していたかどうかは，実際に就学してみなければわからないわけですから，就学先の決定には相当のエネルギーを費やす必要を感じました。

当時，就学業務に携わっていた私としても，関わった子どもがどこの就学先に落ち着こうとも，就学した後，その子がうまく学校生活を過ごしているかどうか，いつも気になっていました。また，子どもにとって大事な学校時代を，このようなスタートを切らせてしまう就学のあり方を考えていく必要があると思わずにはおれませんでした。

しかも，このとき，私には就学をあと2年後にひかえた娘がいました。就学や就学相談に携わりながら，私は，他人事ではない気持ちで親御さんや諸機関の方々からのお話を聞き，教育委員会が話される「適正な就学」とはどういうことをいうのか，その就学のあり方について，自分事としても随分と思案するきっかけになる話でした。

●えりかの就学にむけて

私の住む町の教育委員会が示す障碍のある子どもの就学に向けての手続きに則り，えりかもその手続きが始まりました。それは，保育所年長組になった年の初夏のある日，えりかが通所している保育所に，就学指導委員会の専門調査員を委嘱された教員が訪問され，えりかの行動観察を行い，保育所の先生方からの情報を得るというものでした。

保育所の年長組になった頃から，家族で，就学についての話題を食卓にあげ，話しあう時間をとるようにしていました。祖父母は「私たちには，よくわからないから」と，実際には，私たち夫婦で話すことが多かったように思いますが，それでも時折，就学の話題をあえてもち出し，家族みんなで話すようにしていました。

私が関わってきた就学相談で，最も気になっていたのは，「自分の大切なわ

が子の就学先を，その実情（現状）を知らない人たちの間で決められてしまう」ということでした。具体的には居住する町の教育委員会の就学担当や就学指導委員会の委員を指していたのですが，親御さんたちが「わが子に一度も会ったこともないのに，その人たちが集まって書面だけで就学先を決められてしまった」，「私たち家族とも一度も会わず，私たちの意向を聞かれることもないまま就学先を決められ，決定した結果だけが文書で送られてきた」，「勧める就学先に，勧める本人は一度も行ったことがなかった」，「勧める就学先について話された内容が随分と古いもので，実際とはズレていた」などと話された内容は，現在はもうないのでしょうが，当時は確かに現実としてありました。このような親御さんの声が当時の就学指導のすべてではないとはいえ，親御さんたちがそのように受け止めていたことは事実としてあるわけなので，これから就学に向かうわが家にとっては，これらのことも頭のどこかに置きながら就学先を決めていく必要があるなと，大いに参考になるものでした。

　そこで，私たち夫婦は，そのような格好で就学先が決まってしまうかもしれない前に，私たちから行動し，これまでえりかを見ていてくださっていて，よくご存じの方々に就学に関して相談し，意見や考えをいただきながら，親である自分たちの考えをしっかりもつことにしました。幸いにも，自分たちが住んでいる地域で教育や医療に携わる私たち夫婦にとっては，相談できる人が身近におられ，また，先に述べた「いちごの会」の仲間やスタッフの方々のおかげで，自分たちなりに情報収集や意見交換の機会を得ることができました。

　就学相談を担当されていた先輩先生から「就学するかしないかは別にして，できるだけ学校や学級を見学した方がいい」と教わり，就学先の1つと考えられる学校に見学に行ったときのことでした。

❖ **エピソード41：騒がしい朝だなぁ**

(5歳6か月，春)

　学校見学をするのに，授業の時間帯におじゃまするのが多いのですが，私は仕事柄，何度か授業を参観したことがあったので，それ以外の時間の先生と子どもたちのやりとりの様子が見たくて，朝一番からおじゃまし，登校してから教室でどんなふうに過ごし，授業につながるのかを見学させてもらうことにしました。

　朝の会が始まりました。

　担任の先生が4人の子どもたちの健康観察をし終えると，今日の予定の説明が始まりました。すると，そのうちの1人の先生が「あれ〜，何か聞こえる。何か聞こえてきた」と言って耳に手を当て，耳をすますような格好をすると，その教室に，海パンの上に短いスカートを身につけ，派手な色の服を着て，頭にも被り物をし，自分で歌い，回転し踊りながら男の先生が登場してきました。これをパフォーマンスというのでしょうか。私がその様子を一体何が起こったのかと呆気にとられて見ている横で，私と同じように「何だ，これは？」というような顔つきでポカンとみている子どもや，我関せずと下を向いて何やらしている子どもの姿がありました。ただ，対照的に，その教室にいる先生たちは，派手なコスチュームで踊りながら登場してきた先生を拍手で迎え，歓声をあげながら大いに笑いに興じていたり，楽しそうに「ほら，見てみて」と興味なさそうな子どもの頭を両手で挟んで，踊る先生の方に向けようとしたりしていました。

　そんな様子を眺めながら，私の見学に付き添ってくださった説明役の先生が，次のようにおっしゃいました。「この子たちは，これくらいのことをしないと，興味がわかなくて，注目してくれないんですよ」と。私は，この風景を見，その説明を聞き，こんな騒がしい朝が毎日続くとすれば，わが娘はここには通わせたくないなぁと素直に思いました。

〈今から思えば……〉

　子どもたちの興味をひき，注目させ，その上で，今日の予定などを伝えたいと思うのはいいとしても，忘年会の出し物でもあるまいし，朝から，この騒ぎようはないだろうと思ったのが私の感想でした。朝はもう少し静かに，ゆったりとした時間を過ごし，そのなかで，今日の予定や楽しみを伝えることはできないのでしょうか。そこまでのパフォーマンスをしたこの日の朝の会でも，座って見聞きする子どもたちに，今日の予定を確認するという課題が伝わっていたかどうかも疑問に思えました。表現はよくないですが，この光景に私は，学校での学習（課題や教材の提示）がお祭り化しているのと，楽しい時間をつくることが大切だとしても楽しいのは大人のほうで，その内容や子どもたちへの関わりについての教員の吟味が不足しており，教員の自己満足に過ぎないのではないかと思えたほどでした。そのうえ，学校見学に来ている私に説明する役なので，校内でそれなりの役をされている先生なのでしょうけれど，その先生の自信をもった発言に，さらに私はげんなりしてしまいました。

　わが娘は，保育所での暮らしのように静かな朝からスタートさせたいと思っていました。しかし，この朝の会のような刺激的な方法で子どもたちを覚醒させ，注目したり注意が継続したりする子どももいるのかもしれませんが，わが娘にはちょっと合わないという印象でした。また，見学した場面には，子どもに関わる教員側に「何かをさせていく」という強い雰囲気があり，その結果，子どもたちをかえって受け身にしていないのかと思えることがありました。どちらにしても，私の教育臨床のスタイルとも異なっていました。

●えりかにとっての「適正な」就学とは

　えりかの就学について考えるうちに，素朴な疑問がわいてきました。それは，そもそも就学先を決めるのが一連の就学指導でなくて，むしろ就学先でどんなことを，どんなふうにするのかを考えることから始めるべきで，その具体は就学先の学校が責任をもって行うとしても，何のために，何をねらって学校教育に身を委ねるかを，親としても考える必要があるのではないか，ということで

した。障碍の程度の重いえりかは，法令に則れば特別支援学校への就学該当なのでしょうが，だからといって，それだけで就学先を決めるのではなく，もう少し掘り下げて，えりかの現状を顧みながら，えりかにとっての学校教育の意義を考えてみようと思ったのでした。

えりかは保育所入所から数日後に入院となり，家庭生活から集団生活への移行は予想以上に本人に負担なのかと思い知らされました。しかし，その後は，家庭でも保育所でも，体調維持を第一に考え注意を払いながら過ごすことで，まだまだ配慮は必要なものの，徐々に体調は良くなってきていると思われました。保育所では，苦手だった砂の感触にも慣れ，砂の上に寝そべったり，水遊びが好きになったりと，本人の好きなことができてきました。食事も刻んでもらいながら，喜んで食べるようになりました。また，保育所では加配の先生を継続して配置してくださり，1対1の関係を確保しつつ他者との関わりができたおかげで，人や物への興味を育ててくださり，行動範囲も広がり，興味・関心の対象が拡大し，弱々しかったえりかも，随分とやんちゃを発揮するようになってきていました。これらのことは，保育所でのゆったりとしながらも豊かな関わりのある毎日の暮らしの積み重ねの結果であると思えました。とはいえ，コミュニケーションや生活動作を豊かにし，排泄等の生活習慣を確立していくことなどの課題もありましたが，親とすれば，今後も，さらに人とのやりとりを含めたコミュニケーションのレパートリーが広がり，その関わりを楽しめるような機会が増えていくことを期待していました。

このように考えてくると，えりかにとってこれまでの保育所での暮らしがいかにいいものであったと改めて思われ，その思いは私の気持ちの大部分を占めるようになってきました。そして，えりかの成長につながる最も「適正な」就学について純粋に考えたとき，たとえ6歳という年齢によって就学の時期になったとはいえ，えりかの周りの人や場所の環境をすっかり変化させることが最善の利益ではなく，むしろ，環境をできる限り変えないで現在の保育所での暮らしを維持・継続させ，少しずつ学校の場へとソフトランディングしていくことではないかと思うようになりました。

妻に相談すると全面的に賛成してくれましたが、就学した後に、どうやってそのような環境を整えるか、つまり、どうやって就学後も今の環境を維持させるのかについて考えるものの、妙案がなかなか浮かんでこないまま、しばらく時間が過ぎていきました。

●訪問教育の検討

そんなとき、当時の特殊教育諸学校小学部・中学部学習指導要領の総則にある教育課程編成の特例に出会いました。そのなかには「訪問教育に関する教育課程の特例」が「心身の障害のため通学して教育を受けることが困難な児童又は生徒に対し、教員を派遣して教育を行う場合 云々」と記されていました。

訪問教育は、一般に、障碍が重複していてその程度が重く、施設に入所していたり病院に入院したりしていて、学校に通学することが困難な状態にある子どもたちが教育を受けるために用意され、学校の教員が家庭や医療機関、児童福祉施設などに出かけて教育を行うという制度です。島根県における訪問教育は、そのような障碍の状態であるがゆえに週に３回以内行うことができ、１回当たり３時間を上限とするよう決められていました。それ以上の回数や時間が可能な子どもたちは、教員が訪問して行うのではなく、通学して学べるものと考えられていました。訪問教育では、限られた時間のなかで、健康の保持・増進と安全に関することや感覚・運動に関すること、コミュニケーションに関すること、情緒や社会性に関することなどを、主に自立活動をとおして養おうというもので、訪問にあわせて子どもが学校に出かけるスクーリングも実施し、訪問生同士や通学生と交流したり、みんなで校外学習に出かけたりするなどの集団での活動を、子どもの健康状態等に応じて行うこともありそうだとわかってきました。

この訪問教育を活用することで、私たちが期待することが可能になるのではないかと考えました。もっとも、訪問教育を行う学校は、子どもの障碍の種類とともに訪問先の地理的関係も考慮されることになるので、えりかが所属するのは、先日学校訪問し、あの朝の風景を見た学校になりそうでした。しかし、

やはり私の気持ちのどこかに，あの賑やかしい学校の雰囲気を良しとすることに納得できていないこともあり，またその学校に通学するのではなく，訪問教育を願う気持ちがあることも否めませんでした。

　私たちが考えたえりかの就学は，次のようなものでした。
- 特別支援学校に就学して，週3回，1回当たり3時間の訪問教育をお願いする
- 教育を受ける場は，家庭も含めながら，最大限，これまで通所していた保育所やそこに隣接する「おもちゃの家」を活用し，環境の変化をできる限り抑える
- スクーリングを活用し，通学生との関わりを図る
- 自宅近くにある小学校の特別支援学級で学ぶ子どもたちとの交流を図る
- 居住する町にある学校の特別支援学級で学ぶ子どもたちが集まって行う合同学習の場にも参加させてもらい，交流を図る
- また，これ以外の時間帯は，これまでどおり保育所や「おもちゃの家」で過ごす

●訪問教育への道

　訪問教育は，障碍や体調の状況から，家庭や施設，病院での生活を余儀なくされた子どもたちへの教育でしたので，それをえりかに適用してもらい，しかも，家庭に訪問しての教育というよりも，保育所という児童福祉施設を活用しようというものですから，これまでの訪問教育の概念（実践）では見られない形態であるがゆえに，乗り越えなくてはならない様々な課題があろうと想像できました。しかし，今のえりかの成長を考えるとき，この教育対応が最も適正な就学であると考えたのですから，親として簡単に引き下がるわけにはいきません。また，えりかの成長をずっと見守っていただいていた心理の専門家や医師にも相談すると，それらが今考えられる最善の方法であろうと，私の背中を押してくださいました。あとは，実際をイメージした体制づくりを，就学先が決まるまでにある程度形づくっておかないと，春の就学が決まってからでは間

第6章　学校教育との出会い

に合わないと考え，その実現のために必要ないくつかの課題を1つずつ解消していくよう動き始めました。親としてできることを精一杯やってみようと思ったのでした。

　まず，保育所入所以来3年の間，えりかを見続けてくださっていた保育所の主任の先生に相談に行き，考えを説明すると，次のように話してくださいました。

❖エピソード42：もうしばらく，ここでの暮らしを継続させてあげましょうや

（5歳10か月，初秋）

　「私もね，今のえりちゃんの成長を見てると，担任の熱意もだけど，それ以上に周りの子どもたちとの関わりの力が大きいことを痛感してましてね。だから，もう少し，今のような生活が継続できるといいなぁって思ってたんですよ。
　入所当初は全面介助で意思表示もないから，えりちゃんとの関わりに戸惑ったり悩んだりしながらの対応が長らく続いてたんです。でもゆっくりだけど，環境に適応していってたしかな成長を感じるようになって，年長組からは同年齢のクラスに入ったんですよね。当初は，同年齢のクラスでの生活はどうかなぁと思ってたんですよ，発達の状況が違うものだから。でもこれが良くてね。仲間にかわいがられ，自主的な手助けや刺激を受けて，今では保育所の暮らしがえりちゃんにとって楽しいところで，行きたいところになっていったと思うんですよ。だって，朝の登所時間頃になると，家の人に「早く行きたい」って泣いて気持ちを訴えるようになってますもんね。そりゃあ，基本的な生活習慣の確立もまだだし，立つことはできても歩行はできないし，ことばもまだないかもしれないけど，3年という時間をかけて，保育所での生活リズムを確立していったっていうことでしょ。今では，保育所のなかで，気に入った場所や物や人を求めて高足ハイハイで移動し，周りの子どもたちや大人たちからの関わりを受けながら暮らしてるもんね。食事については，給食の先生のおかげで味

も形状もいい具合にしてくださるし，今は，自分でスプーンをもって口に運ぶという習慣づけを始めているところだから，もう少し，続けてやってみたいしね。自分の嫌なことや嫌な物への意思表示が以前にも増してはっきりしてきたし，喃語みたいな言葉で，気持ちのいいときや悪いときがよくつかめるようなってきたし。

えりちゃんを見てると，子どもや大人を含めて，今この地域のなかで本当にいい関係で暮らしていて，これからも保育所を介してさらに広げ，濃くしていけるんじゃないかと思ってるんですよ。だから，やっぱり，今のゆったりした暮らしの環境が一変するのは，えりちゃんの生活リズムを大きく後退させてしまうかもしれないし，せっかくの成長を後退させるか，足踏みさせてしまうんじゃないかと思うんですよね。

いいじゃないですか，やってみましょうや。そんな方法があるなら，私たちも協力するから，もうしばらく，ここでの暮らしを継続させてあげましょうや。うちの職員には，私から話をするけど，私たち保育者もえりちゃんの成長を願ってるから，「いけない」っていう人はいないと思いますよ。それと，ここを借りるなら，保育所を管轄する役場の担当課長さんが知らないわけにはいかないので，うちの職員との話が済んだら，まずは私から課長さんにも話しておくので，本当にそういう話になりそうなときになったら，直接，課長さんにお願いに行ってもらえますか」。

〈今から思えば……〉

なんとありがたいことか。保育所の先生のことばに，私は大きな勇気をいただきました。それにしても，えりかの担任でもなく主任の立場であるのに，えりかの様子を実によく知っておられ，そのうえでえりかが周りの子どもたちや大人たちと最もよく関わりがもてるために，どうすることが一番大切なのかについて，いつも近くで考えていてくださったことがひしひしと感じられました。また，遅々とした歩みのえりかを辛抱強く，かつ工夫しながら関わってくださったことの積み重ねで今のえりかの姿になっていることに，感謝の気持ちでいっぱいになりました。さらに，親の話をじっくり聴いたうえで，いいと思った

らすぐに行動に移してくださる姿勢に感動しました。この先生なら，私たちの思いを職員の皆さんや課長さんにきちんと届けてくださり，きっとよい返事がいただけるものと大いに確信する思いでした。

　この勢いをもって，次は町の教育委員会に出かけ，同じようなお願いをしました。町では就学指導委員会での資料を作成しているということでしたが，教育委員会が私たちに求めるよりも先に，保護者の考えや現在所属している保育所の意見書，教育や医療の専門の立場からの意見書といった資料を揃えて提出しました。このことは，「いちごの会」や私が関わった就学指導に係る親御さんの，「保護者の意見も聴かれず，子どもを直接知らない人たちだけで審議されるよりも，長年見てくださっている専門家の方々の意見をもとに審議してもらったほうがいい」という経験談を受けての行動でした。また，就学先を決定するということは，本人や保護者の思いや願いがあるわけで，その聴取を，単に就学先決定のための一連の流れのうちの１つとして事務処理的に進められては困るという，親としての実にシンプルな考えからでした。就学先決定のための一連の事務手続きは，教育委員会の納得のためにあるものではなく，あくまで，本人やその家族が納得するためにあるのですから。

　就学指導委員会では，委員から，特別支援学校への就学はいいとしても，訪問教育では教育の機会が少ないから通学の方がいいのではないかという意見もあったようですが，結論としては，私たちが考えているものとなり，附帯事項のなかに訪問教育が明記されました。

　年が明けた１月下旬，県教育委員会から就学先の学校指定通知が郵送されてきました。私はその通知を受け取ると，早速，今度就学する学校に出かけました。就学した子どもを訪問教育という教育形態にするかどうかは，最終的には在籍校の校長先生が判断することになります。その判断の前に，どうしても校長先生にお会いして，親としての気持ちを伝えておきたかったのでした。私は，やや緊張して校長室で待っていたのですが，初めてお目にかかった校長先生はとても気さくで，かつ落ち着きのある方でした。校長先生は瞬き１つされず，

えりかの誕生から今に至るまでの多くの方々の支えについて，また，そのおかげをいただいての成長した姿や，学校教育に対する期待や教育形態についての話をじっくりと聞いてくださいました。そして，「自分にとっては初めてのやり方なので，この先どのような課題が生じてくるかはわからないものの，それらはやりながら考えていくことにして，障碍のある子どもが生活圏域で暮らすことは将来的にもとても重要なことなので，そのために，まずは地域の社会資源を十分に活用しながら行う訪問教育制度の新たな教育実践としてやってみよう」と話してくださり，その方向で校内協議をし調整をしていくと約束してくださいました。

2．訪問教育

　こうして，えりかの学校生活が始まりました。1週間のうち3日間は午前中の訪問教育を受け，その日の午後と訪問教育のない日は，私たちがお願いした保育士さんが「おもちゃの家」や保育所でえりかと過ごしてくださることになりました。えりかにとって，気に入っていた場所や人，物といった環境の変化をできる限り抑えた就学への移行となりました。保育所を利用することについては，就学先の学校から町当局に依頼してくださり，訪問教育が行われていない時間帯のえりかの安全管理については，「万一の場合の責任は一切保護者にある」旨の書面を所管課に対し保護者名で提出することで了解していただきました。また，訪問教育の時間帯以外を担当してくださる保育士さんをだれにお願いするかは主任の先生と相談し，えりかのことを一番よくわかってくださっていて，えりかも大好きな先生が引き受けてくださることになりました。

　えりかにとって何が一番いい就学スタイルかについて考え，それが現実のものとなったのは，教育委員会や就学先の学校はもちろんのこと，訪問教育の場として利用する保育所や「おもちゃの家」の職員の方々，そこを管轄する町当局等々，実に多くの皆さんのおかげでした。いちごの会の療育活動を始めたときとまったく同じく，だれか1人でも「それはダメだ。無理だ」と言われてい

たら，このようなことはできないことでした。えりかの就学という1人の子どもの1つの節目に対し，関係してくださった皆さんのだれもが，ギリギリのところで判断し了解してくださった結果でした。

● **訪問教育を実施するうえでの波紋と収拾**

　大人たちの気持ちに応えるかのように，えりかは，実にスムースに就学のステージに乗っていきました。しかし，私が考えていた以上にご苦労をかけたのは，えりかを支えてくださる先生方でした。

　そのなかでも一番のやりにくさを感じておられたのは，訪問教育担当の先生のように思えましたが，訪問教育をやり始めた頃のことを，随分たってから話してくださったことがありました。

❖ **エピソード43：いつもと何か勝手が違う**

(小学部1年，夏)

　「私はこれまで訪問教育を何年か経験していて，子どもさんのお宅や入院中の病院の一室をお借りしてやってたんですけど，えりちゃんみたいに，ほかの子どもたちがたくさんいる保育所や「おもちゃの家」での活動は，これまでやったことがなく，それまでとは，まったく勝手が違ってて，最初のうちは正直やりにくかったんです。

　たとえば，えりちゃんのことを知っている人は担当する自分たちではなくて，それまで3年間もつきあった経験のある周りにいる保育所の先生たちでしょ。だから，えりちゃんのことについては，その先生方の方がよくご存じだから，聞けばそれでよかったんです。これまでだったら，とりあえず何か楽しめそうな活動をしながら，子どもさんの興味関心のあるものや好きなこと，気に入っている場所などを一緒に探していって，さらにその活動を膨らましながら勉強していくことが多かったんですけど。でも，えりちゃんの場合はそうではなくて，保育所の先生に聞きながら進めればよかった。それだと，いろんな情報が

早くにわかって、すぐに学習に取り入れられそうだと思えるんですが、私は自校の職員以外と一緒に活動したことがないものだから、最初のうちは保育所の先生とどんなふうに関わっていいのかもわからず、先生方とのやりとりもないままに活動を進めていました。ですから、周りには子どもたちや先生方がおられるのに、集団のなかにいながら自分だけが別世界にいるような感覚になって、居心地の悪さみたいなものがありました。

　それに、これまでだと、訪問教育を担当する教員が対象のお子さんと関わりながら、その子の興味関心事を見つけ出していき、それを介在させて２者関係をつくっていくんですけど、えりちゃんの場合は、私ではない先生との関係でつくられていた「えりちゃんが好きな○○」という興味関心事に私の方から入っていき、その先生ではない私自身をその活動のなかに取り込みながら関係を再構築していく必要があって、それが難しかったです。

　えりちゃんよりも、訪問教育を担当する私たちの方が新生活に慣れてなくて。そうそう、しばらくして、えりちゃんが帯状の紙がゆらゆらと揺れるのを見るのが好きだとわかって、紙でできた長い帯を幅広に横に並べて、それに陽の反射を受けてキラキラと光るセロファンを貼り付けた「保育所の滝」をつくったことがあったんですよ。それを保育室のベランダに取り付けると、えりちゃんが眺めたり引っ張ったりちぎったりして活動が広がっていって、なかなかおもしろい教材だと思ったんです。でも、やがて保育所の子どもたちも近寄ってきて遊び始めたら、えりちゃん以上に激しい子どもたちだから、すぐに壊れてしまって。あの当時は、そんな様子を見て「せっかく、えりちゃんのためにつくってきたのに！」と思って、やりにくさばっかり感じていて、「この子たちと一緒に遊べばもっとおもしろくなるかも」とは思えないでいたんですよね。今にしてみれば、もったいないことをしていたと思うんですが、それも、私が多くの子どもたちのなかで訪問教育の活動をしたことがなかったからだったんでしょうねぇ。

　保育所の道具や紙を１枚借りるのにも一つひとつ聞かないといけないので、まるで転勤したての学校で、どこに何があるかもわからず、それをどうして使っていいのかもわからない緊張感溢れる時期がずっと続いていた感じでしたね。

しかも，周りの先生方からは「今度はどんなことをされるんだろう」というまなざしで，いつも見られているような気がして，試されているというような感覚もあったんです。本当は，そんなこともなかったんでしょうけど，やっぱり，緊張してたんでしょうねぇ」。

〈今から思えば……〉

　保育所で訪問教育を行うということは，担当する先生方にとってみれば，いつもと勝手が違い，自分たちに関心を寄せる保育所の先生方がたくさんいるところでの活動となって，随分と緊張されていたのだろうと思いました。まるでアウェーでの試合という感じでしょうか。この頃の訪問教育の先生方は，依然として借り物の衣装を着て，借りたステージ上で踊っているような，どこかしっくりとこない気持ちだったようでした。ですから，どことなく動きがぎこちなく，ストレスがたまっていたに違いありません。

　やがて，えりかというよりも，訪問教育の先生方が新生活に慣れられた頃，えりかをイメージした手づくり教材をもち込んだり，キーボードや楽器をもち込んだりの活動が始まるのですが，そのときもまだ「えりかのため」であって，周りの子どもたちが寄ってくることを敬遠されていたようでした。これも，いつもと違い，自校以外の集団のなかで行う連携・協働のある活動を経験したことが少なかったからだったのでしょう。

　同じようなことは保育所の先生側も感じておられ，訪問教育の先生に「ひと言言ってもらえれば，どこの場所を使われてもいいし，必要な道具なども使ってください」と話されていたものの，遠慮しておられないかとか，足りないものはないかなどと，気にしてくださっていたようでした。また，活動の邪魔をしてはいけないという思いから，えりかの活動中，これまでのように話しかけてもいいのかとか，周りの子どもたちはどこまで関わってもいいのかと，快適な距離感の探りあいがしばらく続いていたようでした。

　そんな大人たちの思いはよそに，えりかは，それまでと変わらず，毎日保育所や「おもちゃの家」へ行くのが楽しみな朝を迎えていました。

● 就学に関わる実情

　えりかが就学した年に私も異動し，県教育委員会で教育行政に携わることになりました。しかも，担当は特別支援教育の指導セクションだったので，特別支援学校や特別支援学級，通級指導教室に出かけ，授業を見せてもらいながら，先生方とよりよい授業づくりや指導・支援のあり方，学級経営や保護者支援等について協議し指導助言をする立場でした。また，様々な事業等の業務も担当していましたが，そのなかに，就学指導や訪問教育がありました。

　就学指導の担当となり，市町村教育委員会の就学担当の方々と会う機会が多くなりました。その機会を通じて，就学に関わって親御さんが抱く様々な負の思いを直に聞いて知っている私は，就学は市町村教育委員会が責任をもって行う業務であることを話し，確認していきました。また，就学事務は子どもの健やかな成長に向けてたいへん大きな検討事項であることや，その大切な節目をいかに通過するかによって，親御さんや家族が子どもの理解や受け止めをさらに深めることになり，子育てへの勇気をわきおこさせることになるなどと説明してきました。しかし，学校現場での経験のない事務担当の方々を前にして，なかなかその意味は実感として伝わりにくいものでした。

　私は教育行政に携わることになって初めて，市町村教育委員会の就学担当の方は，教育に精通している方ばかりではなく，むしろ，担当するまではまったく異なる別の部署で勤務されていた方が多いことがわかりました。ですから，人生の機微につきあう就学に係る内容は伝わりにくくなかなか理解しにくいことであったに違いなく，その結果として，親御さんとの気持ちのズレが生じていくことにならざるを得なかった場合もあったのではと想像できました。えりかの就学についても，私たち親や家族がしっかりと考え，自ら発信していかないと，待っているだけではうまく回らなかったのではないかと思える体験をしていただけに，その思いをさらにつのらせるのでした。

　就学先について，保護者には「地域でみんなと一緒に育てたい」という思いをベースに，みんなと同じように地域の学校に通わせたいとか，遠くの特別支援学校に通うのではなく，たとえ対象とする障碍種が違っていても近くの特別

支援学校に通わせたいなどの気持ちがあるように思います（現在は，盲・聾・養護学校制度から特別支援学校制度に移行しているため，複数の障碍種に対応する学校づくりが可能となっていますが，当時は，重複障碍を除き，１つの学校は１つの障碍種を対象としていました。ですから，現行制度は，より保護者の願いに寄ったものに変更されたと考えることができます）。どれももっともなことなのですが，一方で，教育環境が整っていればというのが前提であり，ただ単に近くの学校に通えればそれでよいという考え方には疑問も生じます。環境を整えるために，どの町にも特別支援学校を設置することは早々にできることではありませんし，通常の学校に子どもたちの状況に適した十分な施設・設備や人的配置を行うことも現状では容易ではありません。

　就学に係る保護者と教育委員会の関係の齟齬は，就学についての理念と実情とのズレから生じているとも思えるのですが，保護者の「私たちの考えを聴いてもらえなかった」とか「一緒に考えてもらえなかった」，「わが子をよく知らない人たちだけで，決められてしまった」というような不満や不安から生じている場合も多いように思いました。その関係の不通から，保護者側には教育委員会や就学指導委員会は嫌なところというイメージが生まれ，教育委員会側にはあの保護者は身勝手というイメージが生まれてしまうことにもつながりかねません。ときには，大人たちの協議の間に立ち，一番考えなくてはならないはずの子どもの存在が忘れ去られている場合があったりもします。そのような関係からでは，保護者がこれまで社会生活をしてきたなかで，わが子に障碍があるがゆえに味わってきた様々な苦い経験は教育委員会に伝わらず，教育委員会や就学指導委員会がその子どもの育ちを一生懸命に考えていることも保護者に伝わらないことになってしまいます。そこで私は，担当していた市町村教育委員会の就学指導担当者を対象とする研修内容を変更し，就学に係る事務手続きのほかに，就学相談の考え方やその実際について演習したり模擬就学指導委員会を開いて審議の具体のポイントをイメージしてもらったりと工夫していきました。

　そのような私の動きを知ってか知らずか，私と同郷で福祉分野を担当されて

いる県職員の方から、「公私混同に気をつけて」と忠告を受けたこともありましたが、私にはそのような意識もありませんでした。ただ、その話を聞いたとき、「今の時代、まだまだ障碍のある子どもやその親御さんを取り巻く環境は十分でないので、むしろ公私混同する勢いで、親の思いを感じ受け止めた取り組みをするくらいでないと、県民の一人である障碍のある方々やその親御さんにとって須要なものにならないのではないか」と感じ、それが行政サービスではないかと思えたほどでした。その意味で、半分が教育行政、半分が障碍のある子を育てる親である私は、常に、1つの身体のなかで両方の立ち位置を行き来しながら、施策や事業を企画・運営していたのでした。

就学指導や就学相談についていろいろ考えていた頃、市町村教育委員会の方と就学について話しあう機会がありました。

❖エピソード44：親が先生だからそんなことができる

(小学部1年，秋)

就学指導について、担当の方と話しあえる機会はそう多くないことから、質問されていた就学に関する事務手続きなどについて話し終えると、私は就学の大事さについて話し始めていました。「就学するという機会を捉えて、親御さんはもちろんのこと、今お世話になっている保育所・幼稚園や今度お世話になるかもしれない学校も含めて話しあいの場をもってもらって、親御さんも家族の意見を踏まえながら、きちんと自分たちの考えを話してもらって、関係する大人がみんなで子どもの成長につなぐことをしていきましょう」などと、熱っぽく語っていました。

就学担当の方も「なるほど、そうだ。そういうふうに考えて進めていくのか」と身体を前のめりにして話を聴いてくださっていましたが、納得しながらも、「そんなことが自分にできるのか」という少しの不安をもたれたような表情をされました。その表情を見た私は、「実はうちにも障碍のある子がいて、

第6章　学校教育との出会い

その子の就学にあたっても，多くの方々の意見を聞きながら，ときには専門家の先生方から意見書を書いてもらいながら，子どもの成長につなぐ就学の意味を考えていき，新しい訪問教育のスタイルを模索しているんですよ」と，えりかの就学に係る考え方や実際の方法を実例にして具体的に話していきました。それは，就学という人生の節目につきあうことは，就学業務に慣れない担当者にとって不安もあるかもしれないけれど，一つひとつ，専門家や関係者と話しあいをしながら丁寧に関わってほしい気持ちを伝えたかったからでした。

すると，それまで静かに私の話を聴いていた担当者の1人が，「そりゃあ，親が先生だから，そんなことができるんですよ。普通はそんなことできません」と否定的な意見をビシッと言われ始めました。就学指導の重要性や手続きについて，私の実例から考えていただきたかったのですが，えりかのことを話題にだしたことでかえって気持ちを後退させ，不安をあおってしまう結果になってしまったようでした。その後，「そうではなくて，就学という大切な時期に……」と子どもや保護者にとって重要な就学について話すのですが，もう前のめりに聴かれることはありませんでした。

〈今から思えば……〉

就学の重要性について，直接，市町村教育委員会の担当者と話せる機会を得た私は，日頃から丁寧に関わる就学指導のあり方について，普段考えていることを話していたのですが，就学の実務担当者にとって，その考えは理解できるとしても，それを実際に行うことは難しいことなんだと痛感した出来事でした。そこでは，話をわかりやすくするためにえりかの就学にあたり行ったことを話したのですが，「そんなに一生懸命にできるのは，自分の子に障碍があるからであって……」と捉えられてしまい，かえって「就学指導は難しい。一行政担当者としては，そこまで行うことも難しい」ことを強調したかのような結果になってしまいました。当時，就学に関しては，教育委員会の指導性の強いものであり，現在は当然のように行われていますが，本人や保護者の意思を確認し，尊重して関わるということは，かなり希薄なものでした。就学は，子どもや保護者の人生にとって大切な節目にあたります。その節目の意義を重要視して，

周りの大人たちが丁寧に関わることで，だれもが次へのステップとなる役割を果たす機会になるはずです。だからこそ，実際に子どもを見あって，専門家を含めた関係者の意見を聴きあって，意見を交わしあいながら進めたいところですが，実際は「親が先生のような人でないとなかなかできない」ことのようでした。しかし，そのように理解されては困るので，これからは，わが家のことを実例としてあげるのはやめた方がいいのかもしれないと思えたほどでした。

また，このとき，そのような気持ちとは別に，えりかの就学に関しては，それほど難しいことを関係する方々がやってくださったのだと，親として改めて感謝する思いでした。

●学校と私との気持ちのズレ

えりかが小学部2年生になった初夏の頃，県教育委員会で訪問教育を分掌事務として担当していた私は，県内の特別支援学校でその教育を担当する先生方が一堂に会して行われる研修会に参加することになりました。そこには，日頃，えりかがお世話になっている先生方の姿もありました。研修には現状報告の時間もあり，匿名ながらえりかについての実践報告もありました。現在は個別の計画を保護者に示しながら，教育活動について担任と保護者が話しあうことになっていますが，その当時はあまりなかったことから，親としての私は，その研修の場が，えりかを担当する先生の考え方が聴ける格好の機会でもありました。

研修会が終了した後，教育実践や教育施策について意見交換する時間がありました。訪問教育担当の先生方が関わる子どもたちは，障碍が重篤である場合が多く，なかには病気のため生死の境で懸命に生きる子どもたちもいました。この日集まっていた先生方は，そのような子どもたちを前にして，教育をどのように考え，何をどのようにしていくのか，そもそも私たち教員には何ができるのかといった教育の真髄について，熱く語りあう教員集団でした。

それから間もなくして，まだ若手の先生が私のところにやってきて，やや強い口調で次のように話されました。

第6章　学校教育との出会い

❖エピソード45：先生は，特別支援学校不要論者ですか！

(小学部2年，初夏)

　「先生のお子さんは，今訪問教育を受けておられますよね。それも，家とか病院ではなくて，保育所を利用されているということですが，それは，保育所生活がいいのでそれを続けているのであって，特別支援学校は嫌だから通学しないということですか。学校に通いたくても通えない子どもたちが受けるのが訪問教育であって，通える身体の状況であるのに通わないのは，特別支援学校が嫌だと思っているからそうされていると見えますけど，先生は，特別支援学校不要論者ですか！」

〈今から思えば……〉

　私がこの話を聞いた瞬間に思ったのは，「そうか，世間の多くの人は，えりかの就学についてこんなふうに思ってるんだ」ということでした。これまでにあまり例のない就学スタイルだけに，このような疑問を抱くのは至極当然のことといえばそうかもしれませんが，一方的な話だなぁと思いながら，教育委員会で就学指導を担当している者としても，まだまだきちんと説明していく必要があると率直に思いました。

　障碍があってもなくても，地元の学校に通うことになれば，きちんとした制度の下で，人的物的配慮や子どもと関わるうえでの配慮があることが必要不可欠です。何もなくて，ただ「地元の学校がいいから」という理由で通うことになれば，そこで展開される学校教育が子ども本人の利益になるかどうかは不確かです。逆にいえば，条件が整えば，特別支援学校はなくてもいいということになるのかもしれませんが，障碍に関する専門性のある指導・支援を行うことを担保するためには特別支援学校の存在は重要であり，就学する側から考えても，就学先の選択肢の1つである特別支援学校を「不要」であると軽々に論ずることはできないはずです。そもそも，えりかの就学は，特別支援学校があるからこそ，そこからの訪問教育が可能であるわけで，その学校がなければ，十

171

分な教育支援が受けられないことになります。子ども一人ひとりの発達の過程や状況等を慎重に吟味しながら教育内容を考え，現行制度での子どもの最善の利益が得られる学校を就学先として選んでいくことが就学に係わる一連の手続きであり，えりかの場合はその手続きを，多くの人たちと一緒につくっていった結果が今のスタイルであるというだけのことなのですが……。

　親の思いや周りの方々からの意見や支援を受け，かなり考えながら今の就学形態に至っているという経緯を，まだまだ丁寧に説明していかなければいけないんだと思わせてくれたひと言でした。また，これから先も，えりかの成長にあわせた就学や教育内容について一緒に考えてもらうためには，これまでの経緯と親の思いや願いについて，こちら側から発信し続けない限り，相手にはわかってもらえないかもしれないとも思えました。障碍のある子を育てるこれまでの暮らしにおいて，家族へ，近所へ，地域へと，事あるごとに私（たち家族）の思いや考えを発信し協議してつくってきた歴史を思い返しながら，この途はまだまだこれからも同じように続くのだと改めて思ったのでした。

●学校と保育所との気持ちのズレ

　私は学校においても，保育所保育指針にある質の高い養護と教育の機能がバランスよく存在し，学校で学ぶ子どもたちに対しても，いわば保育の関わりが重要であると考えています。特に障碍の重い子どもたちが通う特別支援学校においては，それらのバランスある関わりが求められていると思えます。訪問教育でのえりかの活動においても，まさしく，この関わりがあり，しだいに健康の保持や周囲への関心が高まっていき，ゆっくりではあるものの，えりかなりの成長を周りの大人たちが実感できるようになってきました。しかし，そのなかにあって，どうしても子どもたちの能力を高めたり促したりする側面が強くなってしまい，その結果を目に見えるようにしたいという思いから，保育者からみれば理解できない教員の不適切と思える関わりになって現れることもあるようでした。保育所に用事があって行ったとき，保育所の先生が私に話してくださいました。

❖エピソード46：それはどういうことですか。そうすることが教育なんですか！

(小学部2年，秋)

「ちょっと，聞いてくださいよ。もう私びっくりして，思わず大きな声を出してしまいました。

えりちゃんは三輪車が好きで，大型のものを使っているんですが，まだペダルを漕ぐことはできないので，両足をペダルに乗せて，周りの者が押しながら動かしている状態なんです。そしたら今日は，学校の先生が，えりちゃんの足をペダルに乗せたまま，その足が離れないように，ペダルと靴をガムテープでぐるぐる巻きにしておられてねぇ。もうびっくりして，すぐに駆け寄って，「それはどういうことですか。学校ではそんなふうにされるかもしれませんけど，保育ではそんなことしませんから，この保育所ではやらないでください。そうすることが教育なんですか！」って，思わず大きな声を出して止めたんです。その声に相手もびっくりされたのか，小さな声で「えりちゃんの活動の写真を撮っていて，三輪車に乗っているところを写そうと思って……」と言われたんだけど，どうして私が血相をかえてやってきたのか伝わっていないような気がして，「三輪車が好きだから，写真を撮られるのはいいんだけど，今のえりちゃんの姿の写真でいいじゃないですか。そんなやり方で無理に乗っている写真なんか撮られなくても。三輪車というとそれに乗っている姿がいいのかもしれないけど，三輪車が好きになって三輪車に向かいたいという気持ちを育てていくことが大事であって，別に今は，乗れてなくてもいいじゃないですか。ガムテープでくっつけられてるえりちゃんの気持ち，わかります？ それを見ている周りの子どもたちの気持ち，考えてます？」って，言ってしまってたんですよ。

言ってから，「あっ，しまった」と思いましてね。私が言ったことで，学校の先生が気分を害されたら，ここで活動することを望んでおられる親御さんの気持ちと違うことになるなぁと思って。学校の先生，何か言っておられません

でした？」

〈今から思えば……〉
　このことについて，学校の先生からの話は何もありませんでした。ですが，保育所側からしか聞いていないにせよ，私も，学校の先生の関わりはたしかに不可思議で，よくぞ止めていただいたと思えることでした。学校の先生とは，結局そのことで話す機会はありませんでしたが，「そこまでして何を育てたいんだろう。結果として何を育ててしまっているんだろう」と，私は以前学校見学の際に見た，騒々しい朝の会の風景を思い出しながら保育所の先生の話を聞いていました。教育の営みのなかで，子どもに対しどうしてもできないことをできるようにさせていく意識が入り込み過ぎ，関わり手は「よかれと思って……」するのでしょうが，結果として関わり手の思いのままに活動を組み立て，やってしまうことはないでしょうか。障碍の重い子どもの場合，その子の思いがつかみにくいこともあって，特にそのように流れてしまいがちになるような気がしますが，それを象徴するかのようなエピソードに思えました。
　周りの大人たちが何かをやらせて，目に見えるわかりやすいかたちに結果を求めていくことで，子どもの思いや願いが受け止められずに過ぎていきます。まして「私の気持ちをわかってよ」とことばで言えない子どもに対しては，余計に，その気持ちを想像しながら一緒に過ごすことが大事だと思うのです。えりかにとってよかれと思って関わっておられ，お世話になっている先生だけに言いにくいことではありますが，0歳からの子どもと関わる保育者にとっては当たり前のことなのかもしれないそのようなセンスを，訪問教育の先生にも気づいてほしいと思わざるをえませんでした。
　また，保育所の先生がガムテープで貼り付けることを止めてくださったこともありがたかったですが，自分の発言で，相手との関係が気まずくなるということよりも先に，私たち親と学校との関係が気まずくなりはしないかと思ってくださる保育所の先生の心遣いに尊い気持ちになりました。
　ある別の日，訪問教育の様子を見学した際，私も同じようなことを思った経

験がありました。ビー玉に絵の具をつけて紙の上を転がすと線が描けるのですが，ビー玉を何個も用意し，いろいろな色の線模様をつけて作品を仕上げていく活動を見せてもらいました。えりかは光る物が好きだということからビー玉を用意してくださり，テラスでちょうどよく光る程度に陽を浴びながら創作活動をしていました。しかし，えりかは，紙に色をつけてデザイン画にするというよりも，光るのを見るのが好きなので，ビー玉をつまんでは指先で器用に回しながら，その光の感覚を楽しむことをしばらく続けていました。なかなか紙に描こうとはしないので，そばにいた先生が見本を見せたり一緒に転がしたりと懸命です。それに対し，それほどでもないえりかは，転がすよりもやはり手にとって遊んでいます。やがて，仕方なく先生は黙ってビー玉を転がし続け，作品は完成しました。その作品は持ち帰ったのですが，画を見て感動することはありませんでした。それは，ビー玉を転がさないえりかの代わりの先生の作品であったからということもですが，ビー玉を何度も転がして作品をつくるときの，えりかへの関わりがあまりにも薄かったからでした。子どもが何もやらなかったりできなかったりした場合，大いに先生が手伝って作品を完成させることはあるでしょう。しかし，その活動をしながら，声をかけたり気持ちを代わって言ったりのやりとりをしての作品づくりであるはずが，持ち帰った作品は，その部分が抜け落ちた，まさに先生がつくられた素敵なものでした。親はそんなにいい作品はできないことを知っているのですから，結果としての作品の出来映えよりも，その作品づくりをとおしてどんなやりとりや関わりがあって，えりかにとっていい時間になっていたかどうかが気になるところなのです。

●教育活動の場の広がり

　就学から3年が経過していました。えりかは病気をして休むようなことも減ってきて，身体も次第にしっかりしてきました。そして，そのように感じるようになったと同じ頃，それまで幼児のなかにいても馴染んで見えていたえりかが，不思議なことに，少し場にそぐわなくなったのではないかと思うようになってきました。発達の状態が幼児を超えたからというものではなく，何となく

そのように感じたのは，身体がしっかりしてきたからなのか，あるいは暦年齢がそのように思わせるからなのかはわかりませんが，いずれにしても，そのように感じられたのは，えりかの成長だと思えるのでした。

そんなとき，毎月の定例療育活動で一緒になる1つ年下の女児が，とてもえりかのことを気にして声をかけてくれたり，一緒に活動をしようとしてくれたりする姿がありました。このような他児からの関わりは，「おもちゃの家」や保育所ではなかなか見られませんでした。えりかに関わろうとしてくれるのは大人たちであり，子どもから関わりをもとうとするのは稀なことでした。が，その女児は積極的に関わってくれます。「おもちゃの家」や保育所が，えりかの教育の場として少しそぐわなくなってきたと感じさせたのは，そんな風景を見るようになってきたからかもしれません。

その女児が通う小学校の特別支援学級の担任の先生が以前から私と知りあいだったこともあり，何かのときに会った折りに，療育活動での様子を話しながら，ときには一緒に活動ができるといいと思っている旨を話すと，「ぜひご一緒に。うちの子どもたちも喜ぶので」と即答してくださいました。

訪問教育の担当の先生にそのことを話すと，小学校との合同学習の話を進めてくださいました。それがきっかけとなり，訪問教育の場として小学校もお借りするようになったのでした。

❖エピソード47：えりちゃんは，まだ？　今日は来ないの？

（小学部4年，春）

　朝，えりかは祖父の車に乗り小学校に行くと，駐車場で訪問教育の先生と落ちあい，そのまま特別支援学級に向かい，みんなと合流しました。2つの学校の先生方は，えりかも一緒にできて，小学校の子どもたちも楽しめそうな活動を考えてくださっていました。砂で，水で，紙で，粘土で，絵の具で，糊で。室内で，中庭で，校庭で，体育館で，ときには近くの公園で。暑いときにはプールに入り……。と，楽しみな活動を繰り返してくださいました。

療育活動で一緒になる女児は，毎日のように「えりちゃんは，まだ？　今日は来ないの？」と担任に話し，一緒に活動することを楽しみにしてくれていました。たしかに，えりかに会うとすぐに近づいてきて，たくさん話しかけてくれます。これまでは他児にあまり関心をよせなかったえりかが，小学生の同じ年頃の友だちと活動をするなかで，他者に向かっていく姿が見られるようになっていました。

〈今から思えば……〉

　小学校をお借りしての訪問教育は，毎回というわけではありませんでしたが，両校の都合を合わせて繰り返してくださいました。その小学校には複数の特別支援学級が設置されていたことから，特定の特別支援学級と合同学習をしたり，複数の学級が合同で行う学習に参加させてもらったりと，えりかの様子を見ながら，学習する場や集団の大きさに変化をつけてくださいました。次第に，えりかも小学校にも慣れてきたようで，というより，周りの先生方がえりかとの関わり方がわかり，どのようにすればいいのかがわかってきたというのが正しい状況説明なのかもしれませんが，いずれにせよ，子どもたちも大人たちも互いに馴染んでいきました。

　また，特別支援学級の担任はその道の経験豊富な先生で，子どもたちや親御さんをいつも真ん中に置いて指導・支援をされる方でした。ですから，訪問教育担当の若手の先生にとっても教えられることが多いようで，「私は特別支援学校の教員なんだけど，特別支援学級で学ぶ子どもとも関われるので，両方の教員を経験させてもらっているみたい。学級のおもしろさも感じさせてもらっている」と話されるほどでした。それもそのはず，学級の先生は，担任でもないえりかのことを思い遣り，どのような活動を組んだら一緒にできて，自分の学級の子どもたちにとっても学べる機会になるかを考えられ，えりかの訪問を前提にして，生活単元学習の年間計画を見直してくださっていました。もちろん，学級で学ぶ子どもたちやその保護者の方々にも説明され，一緒に活動することの了承も得られていましたし，校内の先生方にも，合同で学習することで双方に利点がある旨を話していただいていました。また，せっかくだからと，

町の特別支援学級の子どもたちが集まる合同学習にも誘ってくださり，季節ごとに会場を変えて行われる行事にも参加することができました。

　こうして，えりかの活動範囲や人との交流の幅は次第に広がっていき，小学校の校長先生をはじめ廊下ですれ違う先生方が，会うたびにいつも声をかけてくださるようになっていきました。もちろん，えりかの横には，いつもあの女児がいてくれて，話しかけたりお世話をしたりしてくれる姿がありました。そして，えりかもその女児に向かっていくのですが，えりかをこのような意思ある姿にしてくれたのは，反応のあまりないえりかに何度も飽きずに話しかけてくれるこの女児のおかげでした。

3．就学先の変更

　小学部4年生の秋，その交流先の小学校への転校話がもちあがりました。小学校で活動するえりかの様子を見たある人からの提案で，その小学校に，来年度在籍児がいなくなる特別支援学級があることから，そこで学んではどうかというものでした。えりかの障碍の状況からすれば，在籍児が複数であれば担任以外に介助員が必要となるでしょうが，在籍が1人となれば対応は担任1人で大丈夫なので，今の状況ならば受け入れることが可能になるのではないかというのです。

　えりかの障碍の程度だけを考えれば，4年前の就学のときと同じように特別支援学校が該当であるといえなくはありません。しかし，小学校で過ごす姿を見れば，1人在籍学級で担任との1対1の体制が確保でき，校内の他の特別支援学級との合同学習を組めば，大人と1対1で過ごせることも，集団の大きさを少し大きくして複数の学習集団で学ぶことも可能となります。そして，その日の活動内容や本人の状態に適わせて支援を工夫することができる環境を用意すれば，小学校での生活ができるのではないかと考えられました。その環境で，これまで育ててもらった体調の維持や他者への関わり，活動への意思や意欲をさらに育てることができるのではないかと考えたのでした。

訪問教育でお世話になっている特別支援学級の先生に相談すると,「これからどんなことを育てていくかや,そのために私たちに何ができるかについては考えながらになるかもしれないけれど,えりちゃんは体調もだんだんよくなってきているし,これまで一緒に活動をしてきて,この学校や友だちにも慣れてるから,いいんじゃないだろうか。学校の体制としても,ちょうど,今がチャンスかも」と話してくださいました。

　また,同じ学校の別の先生は,「私でよければ,担任を私にやらせて」とまで言ってくださいました。特別支援学校の勤務経験もあるその先生は,「えりちゃんがこの学校に通うようになっても,私たちとすれば,何ら困ることはないと思うよ。えりちゃんとはこれまで一緒に活動していて,関わりのコツみたいなものはわかってるし,一緒にやってみたいこともあるしね。わからないことがあったら知ってる人に聞けばいいし。えりちゃんが小さいときから通っていたミニ療育に私も参加していて,家族の人とも知りあいだし。なんせ,ここなら,えりちゃんをよく知っている保育所や「おもちゃの家」も近いから。それに,そことは何でも言いあえる関係だからね。あっ,そうだ。1人学級なら,これまでのように,ときには「おもちゃの家」に出かけて,ゆったりした空間のなかで学習を組むこともできるしね」と。

　なんということでしょう。相談した先生のなかには,すでに「この子を担任したとすれば」という仮定にたって,何ならできそうかいろいろ考えてくださっていました。転校が決まっているわけではないのに,一緒に考えてくださる先生方のことばは,「この先2年間を考えたとき,この先生たちのおかげで,えりかにあった成長が,地元の小学校においても叶えられるかもしれない」と私を勇気づけてくれました。

　小学校の先生方が話してくださったことをもとに,今後のえりかの教育の場について妻や家族と相談すると,だれも願ったり叶ったりの内容だけに,私同様,先生方に感謝するとともに,その方向でやってみようということになりました。

　今度は小学校の校長先生とお会いして,私や家族の思いを伝えると,「私も,

ときどき，えりかさんが参加している活動を参観しています。たしかに，この1年だけを考えても，随分と成長されたように思います。少し時間をください。私も，先生方の意見を聞いて考えてみます」と言ってくださいました。そして，それから10日余りたった頃，再び学校におじゃますると，校長先生は次のようなお話をしてくださいました。

❖エピソード48：だれもね，人は使命をもって生まれてくると思うんですよ

(小学部4年，秋)

「私はこれまでに特別支援学級を設置している学校で何校も勤務した経験があるんですが，初めて校長になって赴任した中山間地の学校で，その翌年に就学を迎える子どもたちのなかに障碍のあるお子さんがおられるということがわかったんですよ。その子のおばあさんが学校に来られて話を聞くと，今は事情があって親でなくおばあさんが育てておられましてね。お孫さんの障碍の程度は重いようだけど，特別支援学校が遠いこともあってなかなか通うことができないから，何とかこの学校に入学させてもらえないかと言われたんです。確かに通学を考えると，そりゃあたいへんで，なんせ，毎日のことだから。雪も積もる所だったし。でも，そんなことで就学先を決めたらいけないと思って，何度も何度も保育園に行ってはその子の様子を見たり先生方と話したりしましてね。うまく言えないけど，私自身に"その子への感覚"みたいなもんがもてるまで通わせてもらったんですよ。それから，おばあさんやうちの職員とも何回も話しあいをして，いろんな人の意見を聞いて，また自分の"感覚"みたいなもんと照らしあわせて考えましてね。

結局のところ，特別支援学級を新設することにしたんですよ。そのときには，何度も話しあった後だったので，うちの職員も同じ意見だったと私は確信しているんですけどね。でも，あまり大きな声では言えませんけど，受け入れた後のその子の成長を確かなものに保障するような自信があったわけではなかったんですよ。でもね，その子のご家族やうちの職員となら，うちの学校で引き受

けても，その子の成長につなげられそうな気がしてたんです。それをおばあさんに伝えると，とても喜んでくださってね。手放しで引き受けるわけではなく，おばあさんにもやってもらわないといけないことがあることも話したら，「先生たちがそこまで孫のことを考えてくださっているから，私は結構歳だけど，まだ元気だからがんばるけん。何かあったら言ってください」と言われたんですよ。それがまたうれしくてね。

　話が終わって，おばあさんは帰られたんだけど，しばらくして校長室からふと窓の外を見ると，校庭を校門に向かって歩かれるおばあさんの後ろ姿が見えたんだわ。そしたら，そのおばあさん，どうされたと思う？　校門のところで急に振り向かれてね，校舎の方を向かれて深々と礼をされたんよ。本当に深々と。しかも，しばらくの時間。たまたま私は見てたんですけど，だれかに見せようとして礼をされたんではなく，おばあさんのそのときの素の気持ちがそうさせたと思うんですよ。あぁ，これが家族なんだと気づかされましてね。それまで，特別支援学級のある学校にいたときには一度も気づかなかったんだけど，どの親御さんもあのような気持ちで就学に向かっておられたんだろうと思うとね，こっちも気合いを入れてやらないといけんと思ったんですよ。何も，これは障碍のあるお子さんだけのことじゃなくて，だれもがそんな気持ちだから，学校もしっかりやってくれと，あのおばあさんに教わった気がしたんですよ。

　その子とは2年のつきあいで，私は転勤になったんですけど，そのときから，障碍のある子の教育にも関心が膨らんで，今では特別支援教育の研究会組織の世話役なんかも引き受けたりなんかして。その子は2年の間に成長されたよ。学校を休むことも随分となくなったし，人とのやりとりも少しずつ出てきてたし……。その子が入ったおかげで，ほかの子も育ってね。元々，田舎の小さな学校だから優しい子が多いんだけど，他者に主張することは弱かったんですよ。でも，その子に対して自分たちなら何ができるかを，自分なりに考えて言うようになりましてね。やがて学級や学校の出来事に対しても，自分の意見をもって言うようになってきたと思うんですよ。あの子のおかげですわ。それと，職員のおかげ。子どもたちの意見を，よく黙って聞いてくれてましたから。

　だれもね，人は使命をもって生まれてくると思うんですよ。みんなに役割が

ある。障碍が重いかもしれないけれど，あの子は，その存在で大人たちをやる気にさせ，学校づくりに貢献してくれた。大したもんですよ。

　それでね，そんな経験もあって，えりかさんがうちの学校に転校しても，何かできるんじゃないかと思ってるんですよ。前の学校ほど小さくないし地域も違うので，同じようにはできないかもしれないけど，この学校でもやってみたいと思ってるんです。ここの学校の子どもたちもさらに心豊かに育つようにね。今のうちの職員も一生懸命だし，えりかさんのことを考えてくれているので，やってやれないことはないと思ってるんです。さっきも言ったように，どこまでできるかはやりながら考えていくので，今ははっきりと言えませんけどね。でも，うちの先生たちはやってくれそうな気がしてるんです」。

　「少し，喋りすぎました」と言われた後，「今，考えている教室はここなんですよ」と言いながら席を立たれると，その場所に案内してくださいました。そこは，今は教室として使われておらず教材置き場になっていた元教室でしたが，それらを別の部屋に移して，座ったり寝ころんだり，裸足で歩けたりできるようにカーペットを敷こうと考えていると話されました。元々は教室だったので，水道やガスもきているし，中庭が見える明るい場所でした。そのうえに，「何か備品が必要なら言ってください。体温調節が難しいと聞いているので，エアコンがいるかもしれませんねぇ。できることからやっていきますから」とも話してくださいました。

〈今から思えば……〉
　そんなふうに話される校長先生の横顔を眺めながら，今日はえりかの話だったけれども，この校長先生はきっとほかの子どもたちについても，同じように「思い」をもって語っておられるだろうと思いました。そして，校長先生の教育観やリーダシップはもちろんのこと，他者へのまなざしの柔らかさや人柄が周りの人たちの信頼感を育み，その信頼感が校長先生自身の周りの人たちに対する信頼を生んでいるのではないかと思わされました。子どもが成長するための可能性に向かって動く職員であると信じておられるのだろうと想像すると，

「こんな校長先生の下で仕事をする先生方はやりがいがあるんだろうなぁ」と思うと同時に,「そんな教員集団と一緒にえりかが勉強できたら,なんて幸せなことだろう」と,まだ決まってもいない新たな学習の場に心弾む私でした。

● 思いもよらぬ判断

　県立特別支援学校に在籍している子どもが小学校に転校し,そこで学べるようになるには,まずは所属している特別支援学校長から「特別支援学校の就学該当でなくなった」旨の通知を県教育委員会に提出してもらう必要がありました。そこで,これまでお世話になり,ここまで成長を支えてくださった学校におじゃまし,今の成長をさらにたしかなものにしていくために,週3回の訪問教育を一歩拡充する方法として,就学の形態を変更して地元の小学校に通学し,先般来,訪問教育の先生方がこまめに関わりをつなげてくださった特別支援学級の子どもたちと交わる機会を,より深めていくことを考えていることを伝えました。学校側は,「障碍の状況からすれば特別支援学級とは単純には言えないのだろうけれど,親御さんがそこまで言われるなら,また受け入れの学校も了解なら考える余地がありそうなので,学校としても検討してみる」と話してくださいました。その後,学校は再度の保護者面談や受け入れ予定校から情報収集をされ,まもなく校内就学指導委員会を開いてくださいました。そこでの結果は,「進んで」というより「渋々ながら」その方向でということになりました。そして,これまでの学習の様子や記録をまとめて引き継ぐ作業にも入ってくださいました。

　あとは県教育委員会が同様に,特別支援学校の就学該当でなくなったと判断すれば,それを受けて,小中学校を管理する市町村教育委員会がその子が通うことになる学校を指定するというのが事務手続きでした。つまりは,特別支援学校への就学指定を解く場合,法令上は市町村教委の判断は不要だったのですが,県教委とすれば,教育の場が市町村立の学校になるのですから,受け入れに向けた準備をしてもらうため,市町村とも事前に協議し,連携して対応することを慣例にしていました。

そこで，今度は，町の教育委員会におじゃまし，就学後のこれまでの配慮への御礼と今のえりかの状況，そして今後の学校教育に期待することなどについて意見を述べ，協議する機会をつくっていただくことにしました。

❖エピソード49：行政が一度行ったことは，前例になりますから

(小学部4年，冬)

　この会合には小学校の校長先生も同席され，学校の考え方等を話してくださり，応援してくださいました。協議の終盤に，町の就学担当者から「親御さんのお気持ちはよくわかりましたので，私どもとしても十分に検討させていただきます。私どもの立場からすれば，お子さんの成長にとって，最も適したところに就学されるのが最もよいことだと考えています」と言っていただき，私はほっとしました。私とすれば，町教委，校長ほか小学校側は受け入れの方向にあるのだし，その方向にいくものと信じていて，これが実現すれば，障碍のある子の就学自体の考え方が，これまでの「障碍の種類や程度に応じて」から，「子どもの生涯にわたる暮らしや成長を考えて」にシフトする第一歩になると期待していました。

　そして協議の最後に，「先生も行政をご経験されているからおわかりになると思いますが，一度行ったことは前例になりますから」と話されたのですが，この「前例」とは，その場にいた校長先生も私も「これまでの就学のありようを丁寧に顧み，保護者やこれまで関わりのある人たちの意見や意向を踏まえつつ，教育条件を検討しながら最もよい教育の場を考えていくという，これまでとは異なり，これからの基となる前例」であると理解して，「大いに前例にしてほしい」と思ったほどでした。

　ところが，町教委の判断は「障碍の状況から判断して，小学校での教育は適切ではない」であり，その報告書が県教委に届けられました。つまり，地元の小学校には受け入れられないことを意味していました。

　その事実を職場で知った私は，思わず「えっ，何ですって！」と叫んでいま

した。小学校側も「やれる」って言ってくれていたじゃないですか。まだ先のことだけど，担任になってもいいっていう先生もいてくれたし，教室設備の話も進んでいたし……。一体，どういうこと！　これからの就学指導のあり方にとっての1つの大切な考え方になるって話したとき，頷きながら黙って聴いていたじゃないですか。一体，どういうこと！

　事実だけはわかっても，その意味がわからない私は，「一体，どういうこと！」をことばに出して連呼していました。

〈今から思えば……〉
　小学校で校長先生のお話をうかがって以降，仲良くしてもらっている特別支援学級で学ぶ子どもたちや先生たちと，「春になったらこんなことができそう，あんなこともしよう」などと家族や学校の先生方と話していたことが，一瞬にして消え去った瞬間でした。
　町教育委員会が話された「最も適したところに就学されるのが最もよいことである」のことばの裏には，「障碍の種類や程度に応じて就学先を考えれば，小学校での学びの状態ではなく，特別支援学校である」という考えがすでに横たわっていたのだろうかと思うと，悔しくて残念で仕方がありませんでした。あんなに話しても伝わらず，わかってもらえないんだと愕然としました。
　また，「行政が一度行ったことは前例になる」ということばも，「子どもの生涯にわたる暮らしや成長を考えて」の就学先の決定ではなく，実際のところは，「障碍の程度の重い子どもを小学校に就学させた事実」が「前例」となってしまうという，旧態依然の考えから発せられたものであったことがわかりました。
　一度許すと，これから障碍の重い子どもたちがどんどん小学校に就学してきて，それに伴って，予算が必要になってくることを怖れているのではないかと思えたほどでした。
　そのような怖れは，「障碍の種類や程度から」就学先を考えていく発想の下で，親御さんと丁寧な話しあいをしないままに就学指導を進めていくとそうなる可能性があるかもしれません。しかし，その逆の，子どもの生涯にわたる暮らしや成長を考え，時間をかけて丁寧な就学指導をしていけば，その間に，互

いが想い描くその子の成長やそのための用意すべき環境が確認でき，用意できることやできないことを言いあいながら就学を紡いでいけるはずで，就学に係る人や物の整備がどうしても用意できないところに，簡単にわが子を送り込む親はいないことを信じていないからと思えました。

えりかの場合，最初から転校を意図して訪問教育の場を小学校にしたのではなく，本人の体調や友だちとの関わりあいを見ながらみんなで考えた1つの方法であり，その活動を小学校で行えたことで，小学校の校長先生をはじめ先生方の理解が膨らみ，「この状態なら，ここでもできるかもしれない。できることからやってみよう」と小学校での受け入れを検討してくださった経緯があったはず。小学校の先生方が理解も何もない人たちだったとすれば，私たち夫婦もそこへの就学は考えていませんでした。

そのようにケースバイケースで話を進めていかなくてはならない就学指導において，子どもの状況を確認しあい，就学先と考えられるいくつかの学校の現状を理解しあうためには，どうしても時間をかけて行う必要があります。しかし，前例をつくらないということは，それらのことを行う手間暇を省きたかったんじゃないだろうかと，うがった考えもでてきました。実際，町教育委員会の判断理由を，直接私に話されることはありませんでした。

所詮，他人事。自分の子どものことだったら，家族のことだったら，どんな気持ちになるのか。結果もさることながら誠意のない対応に，これが現実なんだと思い知らされた気がしました。

結論だけの報告を受け取った日，私は珍しく定時退庁しました。夢破れたという気持ちに近いというか，どうにもこうにも，仕事を続ける気力がわいてきませんでした。

❖エピソード50：教育委員会って，そういうところ？
　　　　　　同じ教育委員会にいて，どうにかならんの?!

(小学部4年，真冬)

　家に帰ると，妻は夕食の準備をしていました。私は食卓の椅子に深く座り「えりちゃん，小学校への転校はダメだって。今日，教育委員会から報告があってね」と言うと，妻は動きを止め，「どういうこと？」とややきつい声を投げかけてきました。「今日，町の教育委員会から報告があったらしくてね，それには，小学校ではなく「特別支援学校の就学が適当」って書いてあったらしいんだわ。えりかの就学を担当してくれている同僚が町の教育委員会にもう少し説明を求めたらしいんだけど，障碍の状況やいろいろなことを総合的に判断して，特別支援学校の結論を断腸の思いで判断したって言われたらしい」と言う私に，妻は説明が説明になっていないと言わんばかりに「それって，どういうこと！　受け入れてくれる小学校がいいって言ってくださっているのに，教育委員会がそんなこと言えるの！」と。「小学校を管理するのは町の教育委員会だから，言うことはできるんだけど……」という私に，妻はさらに「教育委員会って，そういうところ？　同じ教育委員会にいて，どうにかならんの?!」と質問攻めにしてきます。そんなことばを聞きながら，私は「自分が教育委員会にいるからこそ，余計に町の教育委員会には言えないな」と思っていました。

〈今から思えば……〉

　私が話を終えたあと，妻も新年度からの小学校への就学に向けて気持ちが盛り上がっていたので，どうしてそういうことになるのかわけがわからず，でも，それができないことだとわかってくると大きくガッカリした様子が見て取れました。その落胆ぶりは大きなもので，私と同じ思いだけに，痛いほどよくわかりました。「どうにかならんの?!」のことばには，藁をもつかむ思いが漂っていました。

　そんな妻の様子を見ながら，私は妻の「どうにかならんの」という問いかけ

に，何も言えないでいました。町の教育委員会の判断に，親の意見を何度も言い続けることもできたでしょうが，私が仕事をしている県教委の方針として町と連携して事を進めると判断している以上，町の意向を無視するわけにもいかず，かといって小学校への転校を簡単に諦めることもできないジレンマの状態にありました。妻は，「いつもは偉そうに親の意見を大事にして事を進めるなんてことを言っているのに，自分のことなのに，どうして意見の1つも言えないんだ」と，教育行政に携わる私の立場が逆に身動きをとれなくしている様子を見透かして，歯痒く思っていたに違いありません。

無念さが頭から離れず一晩を過ごした翌日の朝，妻が「でも，えりかにとってはこれが一番いいのかもしれないなぁ」と独り言のようにポツリと話しました。しかし，そのことばは，心底からそのように思って話したのではなく，どうにもならないことだから，無理にでもそんなふうに思おうとして，自分自身に言い聞かせているように私には聞こえました。また，もうどうにもならないことなのだという諦めの感情に浸りきっているようにも思えました。

●就学騒動の家族の踏ん切り

えりかが小学校に転校できないことがわかってから，何日も経過しているにもかかわらず，食卓で家族が揃うと，だれからともなく，いつしかその話題になっていました。

雪が降った日の夕食どき，またしても就学の話になりました。学校からの連絡帳を見ながら，祖母が「今日も訪問（教育）で小学校に行ってたんだけど，えりかは寒かったらしく，帰りは服を重ね着してもらっていたんだわ。連絡帳に「小学校の先生の配慮で，着て帰ります」って書いてあるけど，うれしいねぇ，先生方がよーくみていてくださるから。安心の学校だわ」とえりかのほうを向きながら言うので，私が「そうそう，だから，あの学校に行きたかったんだけどね。残念だなぁ，やっぱり」と返します。いつもはこんな会話が続き，どうにもならないことだけに話はそれで終わるのですが，この日の祖母は，何

か踏ん切りがついたかのように次のように続けて話し出しました。

❖エピソード51：とてもいい夢をみさせてもらったと思えばいいがね

(小学部4年，冬)

「まあ，いいがや。もうその話はやめようや。うまくいかんだったけど，おかげで，いいお正月を過ごさせてもらったよ。暮れからお正月にかけて，いつも以上に気持ちが明るくお正月準備ができていたと思えるし，校長先生から話をいただいてからの2か月もの間，とてもいい夢をみさせてもらったと思えばいいがね。えりかを直接みてくださっている訪問（教育）の先生や小学校の先生方のおかげだわ。まぁ，そんなに嫌がられているところに，行かなくてもいいと，こっちの気持ちを収めた方がいいわね」。

〈今から思えば……〉

　祖母の落としどころに，ハッとさせられました。
　たしかに，私も，この2か月の間，身が軽くなったような気持ちで過ごすことができ，いつも以上にいいお正月を迎えることができたように思っていました。あの小学校の雰囲気のなかで，えりかのことを一生懸命に考えてくださる人たちに囲まれて毎日を過ごすことを考えると，こんなにうれしいことはないと思っていました。そして，そんなところから，まったく先が見えないところに突き落とされたような気持ちでいました。ですから，口からつい漏れて出てくることばは残念に思うことばかりだったと思います。私は普段から，その人がそのときに遣っていることばはとても重要で，その表出することばに自分の気持ちを反映させ，そのことばを遣えば遣うほど，その人の思いを強めていくものと考えていました。事実，えりかの就学がうまくいかなかったことを「残念」と思い，その気持ちをことばに出して言えば言うほど，その残念な思いは弱まるどころか，余計に強くなってしまっていました。いつも，ことばの重要性を思っていた私なのに，自分の思いにそぐわないことがおきると，それを負

と捉えた発言をしたり，あるいは周りのせいにしたりすることばを発してしまっている自分がいました。そんなふうに話をすることで，自分の気持ちを収めようとするもう1人の自分でした。

　えりかに関わってもらっている人たちのおかげで，私たち家族がこんなにいい気持ちでお正月を過ごせたというように，えりかも，同じ人たちに囲まれて過ごす訪問教育の時間を，きっと私たちと同じようないい気持ちで過ごしているのではないかと思うと，こんなにありがたいことはありません。祖母のことばで，ふっきれたように思いました。えりかに関わる現象は何も変わっていないのに，その捉え方1つで気持ちが随分と楽になってくるということを実感した一瞬でした。

●特別支援学校に転校しての春

　小学部5年生となったえりかの就学先は，一度「特別支援学校の就学該当でなくなった」旨を通知した学校に戻ることはできなかったことから，これまでとは対象とする障碍種別の異なる特別支援学校に転校することにし，そこからの訪問教育を継続することに落ち着きました。訪問教育を受けない日は，以前同様，「おもちゃの家」で過ごせるようにし，これまでの生活のリズムを変えないようにしてもらいました。

　家に飾ってある一枚の額縁。そこには，「小学部卒業おめでとう　いよいよ中学生！」の文字とともに，数枚の写真が貼ってあるもので，転校先の小学部を卒業するときにいただいたものでした。その額に納まった数枚の写真はいずれも思い出深いもので，それらの写真を眺めるだけで，小学部最後の2年間の学校生活がちりばめられ，まとめられているように思えました。転校措置は，私たち夫婦や家族の思いとは違うものでしたが，そこでの生活は，思い出してもうれしくなるようなことばかりでした。

　そのうちの1枚の写真は，転校しての1学期始業式終了後のものです。式場はわが家。新しく担任になった先生の膝に抱かれたえりかを中心に，訪問教育のスタッフ6名とわが家の子育てスタッフである祖母が一列に整列したスナ

ップ写真で，どの顔も素敵に笑っています。

　始業式の日，私が仕事から帰ると，祖母はこのときのことを，興奮気味の声と表情で一気に話したのでした。

❖エピソード52：こんなに感動した始業式は初めて！

(小学部5年，春)

　「今朝，先生方が来られるのをえりかと家で待っていると，予定の時刻に学校のバスがやってきてね。そこから，何人もの先生方が降りてこられるんだわぁ。2人くらいの先生が来られるのかと思ってたら，7人も来られるでしょ。もうびっくり。その上，どの先生も笑顔が素敵で，気持ちのいい挨拶をされてね。もうそれだけで家中が，パッと明るくなった気分だったんよ。

　部屋に入ってもらうと，すぐに1人の先生が，「おばあさん，ちょっとコレを貼らせてもらっていいですか」と，紙を丸めた大きな筒状のものを指しながら言われてね。断る理由もないので了承すると，それは，訪問教育の子どもたちの始業式用につくられた掲示物らしくて，「入学・進級おめでとう」の横看板やら，子どもたちの紹介カードが出てきたんよ。カードといってもいろいろな色の画用紙でつくられた大きいものなんだけど。それを，先生が，画鋲で鴨居に貼っていかれたんだわね。家を建ててからそんなに年月が経ってないから，まだ家は新しくて，家族はとても丁寧に使っているのに，そんなところに画鋲の穴を開けてもらってもなぁと思ったんだけど，そうこうしているうちに，模造紙を襖にセロテープで貼り始められたんだわぁ。あれまぁと思っていると，なんと，満開の花が咲く桜の木の掲示が部屋の壁一面にできたんだわねぇ。しかも，花のなかには「進級おめでとう」の横看板があって，その木の下には，子どもたちが集まって何やら活動しているように，それぞれの子どもたちの名前や年齢なんかが書かれたカードが貼ってあるんだよ。またまた，びっくり。家をとるか孫をとるかって聞かれたら，そりゃ孫に決まっていると思ったら，鴨居や襖に残るかもしれない跡のことなんか，もうどうでもよくなってねぇ。

もう，感心して見とれてしまってたわ。お前たちにも見せてやりたかったなぁ。
「会場設営，完了！」って先生が宣言すると，いよいよ始業式が始まってね。鴨居から垂れ下がった始業式の式次第どおりに進行していき，呼名があったり先生のお話があったりしてね。それに，持ってこられていたキーボードやギターを弾いて一緒に歌を歌ったり手遊びをしたりでね。それがまた，歌も演奏も上手なんだわ。えりかもとても笑顔が多かったよ。その顔を見て，私もうれしくてねぇ。ずーっと，感心するやらおかしいやらでお腹を抱えて笑ったわぁ。賑やかさあり，静寂さありで，とてもいい始業式だったよ。
　式が終わってからお茶を出そうと思って，テーブルを運ぼうとしたら，「いいですよ」って言われるもんだから，お茶はいらないかと思ったら，お茶はいるけど，テーブルを運ぶのは私たちでやりますからということでね。またここでも大笑い。結局，先生方がお茶会場をつくってくださったんよ。テーブルを囲んで座ってもらってお茶を出したんだけど，だれも喜んでお茶やお菓子を口にしてくださってね。準備したこっちもうれしいわね。みんなの話は弾んで，家中に笑い声がこだまする感じ。お喋りな私の話を聞いてくださったり，話さないえりかに代わって，えりかの話題をだしてくださったりと，そんななかでも，いつもえりかのことを気にしてくださっているようでね，すごくうれしかったわ。こんなに感動した始業式は初めて！」

〈今から思えば……〉
　とてもうれしそうに話す祖母の姿を見て，相当にいい時間を過ごしたんだと思いました。たしかに鴨居や襖も大事だけど，やっぱり孫が一番だと言ってくれた祖母にも感謝したい気持ちでした。午前中いっぱいの時間をかけて行ってくださった始業式は，おそらくえりか本人も同じように楽しくうれしく，感動したことでしょう。そして，家族にとってもとても気持ちのよい年度初めが迎えられ，ただそれだけで，転校した学校での生活や学習がいいものに思えたことは間違いのないことでした。転校した初日に，このような時間と空間をつくってもらったことは，まだ始まっていない新たな学校生活を，大いに期待させるものとなりました。

今度の担任の先生は，ベテランの先生とその年の春に新規採用された先生の2人体制でした。訪問先は，これまでどおり，「おもちゃの家」や保育所で継続してお願いできることになりました。担任の先生と訪問先の先生方は初対面からのスタートでしたが，お2人とも親しみやすく気張られない性格の先生だったのがよかったようで，互いにすぐにうち解けることができたようでした。

えりかは，先生方が慣れられるよりも早いくらいにすぐに新しい先生に懐き，担任の先生の方に近寄って行く姿が見られるようになりました。学校からたくさんの教材を抱えながらの訪問はかわりませんが，「おもちゃの家」や保育所にあるものも使いながら活動を組み立ててくださいました。訪問の先生も，「おもちゃの家」を利用しているほかの子どもたちと活動したり，ときにはその親御さんからの相談を引き受けたりと，ベテランの味を「おもちゃの家」の利用者にもわけてくださっていました。

● 地元小学校での合同学習

前の年から，地元の小学校での合同学習をしていたとの引き継ぎを受け，これまでと同じようにその活動も検討してくださり，小学校の先生方の異動がなかったことも幸いして，すぐに再開の話がまとまりました。

最初の合同学習は，少し汗ばむような季節になっていましたが，その後，何度か合同学習に出かけるたびに，特別支援学級の担任の先生は，色絵の具を使って大きな紙にローラーで色づけをしていく活動や，砂場で砂遊びをした後で教室に砂を持ち込んで，糊を混ぜて固めていくという造形遊びなど，えりかがこれまで「おもちゃの家」で興味をもって取り組んでいた内容を取り入れてくださっていました。

そのような活動の合同学習を何回か経験した訪問教育の先生が感じられたのは，えりかが，「おもちゃの家」を利用している幼児や自分たち大人以上に，同年齢くらいの他児に興味をもち始めているのではないかということでした。そこで，早速，小学校の先生に相談され，特別支援学級での合同での活動をもっと頻回にできないかということについて話しあってくださっていました。も

ちろん，小学校側に無理があってはいけないのですが，両校の担当の先生方は，活動の回数を増やすためにはどのようなことを考えておく必要があるのか，そもそも，その活動は，お互いにメリットがあるのかなどについての話しあいをもたれ，その方向での学習を私たち親に提案してみようということになったらしいのでした。2人の先生方の話しあいは，新たなことに対して「できない」を前提にしておらず，可能にするにはどのような配慮が必要で，どのような課題があるのかについて，また，その課題を解決するための手立てはどうするのかについての話しあいだったと，後で話してくださいました。

　転校のことでは，私たち夫婦の考えとは異なる結果となりましたが，週3回のうち，できるだけたくさんの時間を，小学校の場を借りて訪問教育が行えるという話は，私たちが多くの方々の意見を参考にして考えたけれども実現しなかった，就学先を小学校に変更する教育スタイルと似たものになりました。そのような教育スタイルだけでなく，えりかの変化や現状を踏まえた話しあいをしてくださり，また，えりかに関するこれまでの情報が学校間で伝達され活用されていることに，心強く思いました。わが娘のために親からでなく学校側からの提案があり，しかも一方的な提案ではなくそれを基にした親との丁寧な話しあいもしてくださる。先生方がわが娘のために一生懸命になってくださるその姿に，ただ頭が下がるばかりでした。

　そして，小学校を学習の場にした本格的な訪問教育が始まりました。

　週3回の訪問教育の日は，小学校の都合やえりかの体調等で通えない日を除き，毎週定期的に小学校に通うようになりました。小学校の友だちもえりかがやってくることを楽しみにしてくれていて，なかでも，えりかが小学校で一緒に活動をやってみようというきっかけになった女児は，毎朝「えりちゃんは，まだ？　今日は来ないの？」と，担任の先生に尋ねることから1日が始まるというほどに，待っていてくれました。

　特別支援学級の担任の先生は，年度途中からの合同学習になったことから，今回も一緒に活動する生活単元学習の内容を組み直してくださり，双方の子どもたちにとっていい学びの場になるように再編成してくださいました。みんな

第6章　学校教育との出会い

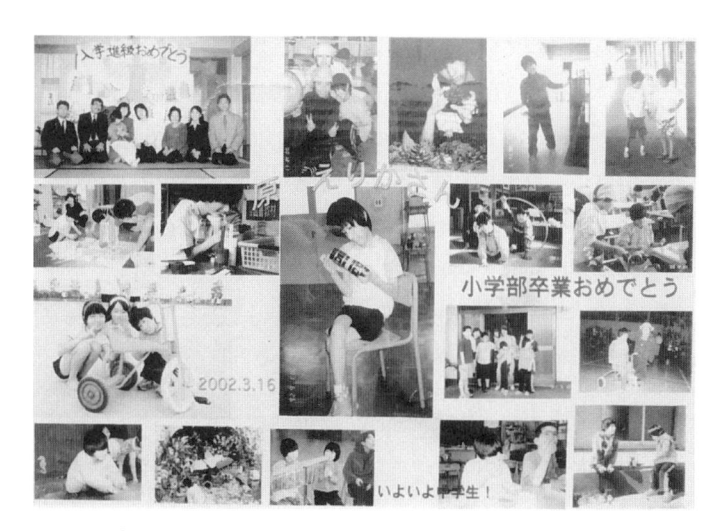

写真1　「小学部卒業おめでとう」の写真額（エピソード53）

が音楽好きで，これは使えそうだとわかると，校内の音楽の先生を指導者に招いて，音楽を中心に身体を動かす活動を取り入れてくださいました。お菓子づくりをすることになれば，地域でお菓子づくりが上手い方を招いて一緒につくり，そこに校内の先生方を招待されるなど，小学校と訪問教育の両方の先生のもち前の柔軟な発想力で学習活動が組まれていきました。そこには，いつも校内や地域の大人たちを招き入れて活動しながら，障碍のある子の理解を深めていこうという思惑もあったようでした。

　小学校を訪問先として活動したときの様子を写した写真が，例の「卒業おめでとう」の写真額（写真1）にあるのですが，その写真を見ながら，特別支援学級を担任する先生が，次のように語ってくださったことがありました。

❖エピソード53：でも，やれましたねぇ，だれも普通のことみたいにして

(小学部6年，秋)

「もう何年か前に，保育所でやっておられるミニ療育活動に参加したことがあったんですけど，そのとき，私のクラスの子どもも参加していて，ほかの子

も一緒にうどんをこねていたんです。こねると言っても，足で踏んでいただけなんですけど。そのときは，それほど暑い時期じゃなかったと思うけど，額や鼻の頭に汗をかきながらね。「この子たち，こんなに一生懸命になってるんだ」と，その様子を見て，普段，学校ではあまり見せない姿だったもので，この活動は学校でも使えるなって思ったんですよ。そしたら，その横で，できたうどん生地を麺状に切っていくんじゃなくて，クッキーの型押しで星とか花の形にしている女の子がいたんよ。何で，型抜きなんだろうと不思議そうに見ていると，一緒に活動されていたスタッフの方が，「この子，えりちゃんって言うんですけど，保育所にいたとき，キラキラと光るものが好きでしてねぇ。ビー玉とか，昔からある鉛筆キャップとか。それを器用につまんだりされるんですよ。でも今日は，せっかくのうどんだから，うどん生地に光るクッキーの型を押して，星形うどんをつくってみようと思って」と説明してくださったんです。「うどんは麺だと思ってたけど，それもありか」と思ったんですけど，えりちゃんは楽しそうにその作業をやっておられてね。今思えば，それが，えりちゃんとの最初の出会いだったんですよ。

　そしたら，この前から小学校で一緒に過ごすようになったでしょ。どんな活動がいいかなあって考えてたときに，ふと，あのシーンが思い出されて。キラキラしているものが好きだったはずと辺りを探してみると，あったんですよ，ツリーチャイムが。ためしに，それを持ってきて，窓辺の少し陽が差し込むところに置いてみたんですよ。ツリーチャイムって，わかります？ ウインドチャイムって呼ぶかもしれないけど，10センチくらいから20センチくらいの円筒状の金属棒が音階順に並んでいて，手などでその金属棒を揺らすと，金属棒同士がぶつかりあって，高くてきれいな音が出る楽器なんですけどね。そうそう，この写真のえりちゃんの前に写っている楽器のこと。そしたら，えりちゃん，座ってた場所からくるって身体をひねると，その楽器のところに近づいて行かれて，キラキラしている金属棒を撫でるように触られたんですよ。「おおっ，やっぱり！」って感じ。ちょっと優しく触りすぎて，音はあんまり鳴らなかったですけどね。

　これで，学習単元のテーマが1つひらめいたんです。うちのクラスの子も音

楽や音楽に合わせて身体を動かすのが好きだから,これならみんなで楽しみながら表現活動ができそうだって。どうせなら,私なんかより音楽が数段上手くて,子どもたちも好きなうちの学校の音楽の先生にお願いして,合奏することにしたんですよ。その先生も話に乗ってくれてね。俄然,力が入って。それからは,「えりちゃんの担当楽器はツリーチャイム」っていうことになって。最初は,キラキラしているものが好きだからチャイムに近寄ってきただけだったかもしれないけど,音楽のたびにそのチャイムの前に座るものだから,結構,演奏者としてもサマになってきてね。何度も繰り返すうちにさらにその楽器が気に入って,その楽器を見ると近寄っていくような不思議な雰囲気だったなぁ。その先,どうなったと思います？　なんと,秋の学習発表会までに合奏を仕上げて,みんなに聴いてもらったんですよ。発表会本番,えりちゃんは,訪問の先生と一緒に出演してね。まっ,演奏とすればうまくいかなかったかもしれないけど。まあ,あんなもんでしょう。でも,会場からは大拍手でしたよ。

　そういえば,えりちゃんが大好きでお世話好きの女の子が,「えりちゃんちに行く,えりちゃんちに行きたい」っていうものだから,「町探検」の学習の一環で,「えりちゃんち,ほうもん！」企画をやったことがあったでしょ。そしたら,おばあさんが「えりかの友だちがやって来る」って,飲み物やらお菓子やらを準備して待っててくださってて,子どもたちは大喜び。あの後,「また行きたい,また行きたい」って言うものだから,おじゃまさせてもらって,ご近所のおばあさんもおられたりして,結構,盛り上がりましたねぇ。

　校外といえば,前年に続いて,町内の特別支援学級で学ぶ子どもたちが集まる会にも,訪問の先生と一緒に参加してね。私としても,先生が一人増えたのでT-T（ティームティーチング：学級担任が進める授業にほかの教師が入り,子どもたちの学習状況にあわせて,チームを組んで関わる授業形態のこと）のようになって,子どもたちのことを,それまで以上に見られるようになったんですよ。会場は町中の学校を順番に回るので,随分といろんなところに行きましたねぇ。

　そうそう,この写真に写ってるのは,えりちゃんの保育所仲間。休憩時間に校庭で,えりちゃんの好きな大型三輪車に乗って遊ぼうとしてたら,「あっ,

えりちゃんだ。えりちゃんが来てる」、「なんで？ 一緒に勉強できるようになった？」って、2人が見つけて駆け寄ってきてくれてね。「そうだよ。週に何回か、一緒に勉強してるんだよ」って言うと、「ふーん」って言って、「えりちゃん、久しぶり。でも変わらんねぇ。すぐわかったわ」と言いながら一緒に撮った写真なんですよ。うちの学校、いい雰囲気があって、子どもたちがみんな仲良しなんですよ。

それにしても、よくがんばられましたねぇ。一度はうちの学校に来られるかと思っていたのに、朝の職員朝礼のときにわざわざ学校に来られて、「よろしくお願いします」と挨拶をされていたのに、結局はそれがダメになって。でも、それからの2年、学校はかわられたけど訪問教育を続けられ、えりちゃんの成長を見守ってこられましたねぇ。私もそれに少しだけ関わることができて、何か得した気分なんですよ。

最初に、一緒に活動ができないものかと言われたとき、私は楽な性分なので、何とかなるだろうと思って、すぐに「いいですよ」って答えたと思うんですが、よく考えたら、一緒の活動を、いつ、どんなことを、どんなふうにできるのか皆目見当がつかなかったし、そもそも校長先生の了解ももらってなかったので、「少し早まったな」って思ったんですよ。でも、せっかくの機会だから、うちのクラスの子にとってもいい時間にしようと考えて、同僚に相談したら「まあ、やりながら考えればいいわね」って言ってくれてね。それで私も決心して校長先生に相談したら、双方の子どもたちの安全面の確保を条件にOKしてくださったんです。親御さんの思いもだけど、校長先生の思いも受け止めて活動しないといけないなって、そのとき思ったんですよ。訪問（教育）の先生とはうまが合うというか、性格も似ている感じで、そっちの方は気にしなくてすんでよかったし。だから、一緒にできたんでしょうけどね。

うまい具合にいっているようにみえても、ほかの学校の先生から「どうしてそういう合同学習をするのか」なんて、批判的に思われていたかもしれないけど、私、それなりに歳をとっているので、周りは思っていても言えなかったんでしょうね。たとえ言われていたとしても、訪問の先生は子どもにとって大事なことは一歩も引かないっていう感じだったし、親御さんもその点では引かれ

ないだろうし，うちの学校の先生たちも応援してくれていると思ってたし……。そう思ったら，元気がわいてきて。だから，私も「外」からの声をはね除けてがんばれたかなと思うんですよ。なんせ，あまりないスタイルの訪問教育だったから。

でも，やれましたねぇ。だれも普通のことみたいにして」。

〈今から思えば……〉

　小学部最後の2年間の訪問教育は，地元の小学校を教育活動の場として活用させてもらい，特別支援学級で学ぶ子どもたちと一緒に，あるいはその学校の先生方と一緒に活動することができました。小学校の先生方も協力的で，学校行事に特別参加させてもらえるほどでした。就学先が地元小学校ではなく別の特別支援学校となりましたが，訪問教育の新担当の先生のおかげで充実した時間を過ごすことができ，実質的には地元の小学校で思う存分活動でき，えりかの成長を支えていただきました。また，保育所時代の同い年の友だちがえりかの姿を見かけると寄って来てくれたのは，幼いときから一緒に過ごした経験があったことや，子どもたちがあの校長先生の下でのびのびと育っているからだと思えました。そして，そのように子どもたちが育つ教育活動を進められてきた小学校教育と，柔軟に，かつ適切に，えりかに対する教育のあり方を模索し，挑戦してくださった訪問教育が実にうまく絡みあいコラボレートし，えりかも私たち家族も，充実したときを享受することができました。その間，先生方にはいろいろとご苦労されたことがあったでしょうが，そのような様子は少しも出されず，まさに，「だれもが普通のことみたいにして」考え工夫してくださいました。先生のお話を聞きながら，私はありがたい気持ちに満たされていました。

　訪問教育という限られた時間を充実して過ごすことにあわせて，もう1つ，えりかを支えてくださっていたのは，訪問教育以外の時間を「おもちゃの家」で過ごし，ゆったりとした雰囲気のなかで，1対1の強みを思う存分活かして

いただいた保育士の先生のおかげでした。

　小学部を終える頃，その先生との話をする機会がありました。

❖エピソード54：えりちゃんを真ん中において，人の輪が広がっていく

　　　　　　　　　　　　　　　　　　　　　　　　（小学部6年，卒業前）

　「もう6年も経ったんですねぇ。保育所の所長先生から「えりちゃん，今度の春から学校に入るんだけど，家の人は訪問教育を考えておられてね。入学後も保育所や「おもちゃの家」を利用できないかってお願いされているんよ。私も訪問教育には賛成で，応援したいと思ってるんだけど，先生，訪問教育以外の時間を，これまでみたいにえりちゃんと一緒にここで過ごす気はない？」って言われてから6年。時間の経つのは早いですねぇ。当時の私は，特別支援学校のことも，まして訪問教育なんていうこともまったくわからなくて，学校に入学することと保育所の利用を継続することが結びつかなかったんです。説明を聞いても「ふ〜ん」って感じで，わかるけどわからないっていう感じのわかりようで……。もちろん，えりちゃんと過ごすのはよかったんだけど，まったくわからない世界だから，何を期待されていて，それに対してどんなことをすればいいかもわからないし，第一，そんなこと，私なんかでいいのかなって思ったし……。でも所長先生が，「それは大丈夫。これまでのままでいいから。これまでの環境がえりちゃんにとって大事だったように，これからもこれまでの人や物の環境が大事で，だからこそ，訪問教育で可能な限り，ここや隣の「おもちゃの家」を活用しようっていう話だから。親御さんも，「えりちゃんを一番よく知っている先生がいい」って言っておられるから」って言われましてね。そこまで言われるなら断ることもないかと思って，お引き受けしたんですよ。

　春になって始まってみると，えりちゃんを担当して一緒に過ごすこと自体はこれまでと変わらなかったんだけど，初めのうちは，同年齢だった友だちは小学校に入学してるからいないし，クラスに所属しているわけでもないので，え

りちゃんに声をかけてくれる子どももいなくてね。周りの子どもの環境だけが様変わりをしてたんですよ。同じ場所なのに，空気というか雰囲気が違うので，うまく言えないけど周りからの関わりや遊びがそれまでとはだいぶん違ってきましてね。だから，えりちゃんが場から浮いているような，場と違和感があるというか，居心地が悪いんだろうなって思ってたんです。それに，私のなかにも，学校に入っているはずの子どもが保育所で過ごしていいんだろうかとか，やっぱり私なんかでいいんだろうかという思いもあったし……。

　でも，そんなとき，保育所の先生方がいつもと変わらず声をかけてくださって。えりちゃんの様子を聞いてくれたり，「うちのクラスで○○するから，一緒にやらない？」って誘ってくれたり。そのとき，思ったんですよ。居心地が悪いのは，えりちゃんじゃなくて，私のほうだったんだって。そう思ってからは，私のほうからみんながやっている活動に入っていこうとしたり，えりちゃんとの遊びに周りにいる子どもたちを誘ってみたりするようになってね。そのうち，向こうから関わりをもってくれる子どもたちが現れてきて，日にちが経つうちに，私が落ち着いてきたんですよ。そう思ってえりちゃんを見てみると，えりちゃんは春の初めから，それまでと変わらず落ち着いていたように思えたりして。そのときになって所長先生が話された「これまでのままでいい」という意味がわかったような気がしたんです。これまでの関わりでいいので私にお願いされたはずだから，年度が替わったからといって，その関わりを変えなくていいんだ，むしろ変えない方がいいんだと思ったら，スーッと気持ちが楽になって……。そのまま，6年間が過ぎてしまった感じなんですよ。

　これまで，あまり学校の先生という人と話すこともなかったんだけど，途中から，訪問（教育）の先生とも話す機会がたくさんもてるようになって，学校の先生って，こんなふうに考えるのかとか，こんなふうに関わるのかがわかって，普段の仕事に使えることも教えてもらってね。えりちゃんを真ん中において，人の輪が広がっていく感じがしてました。それに，1人のお子さんを連続して8年もの間担当したことはなかったので，ゆっくりだけど，ゆっくりだったからこそ，子どもが成長していく姿を学べたような気がするんです。

　でも，まぁ，私でよかったのかどうかは，やっぱりわからないんですけどね。

〈今から思えば……〉

　私たち夫婦と年齢も近いその先生は，まるでえりかの母親のように，いつも慈しむようにそばにいて，多くの人たちと楽しく交わり，モノやコトのおもしろさを伝えてくださいました。先生と一緒に砂で，水で，葉っぱで，粘土で，粉で，紙で，ブロックで，絵本で，音楽で，劇で，体操で，水遊びで，食事で，トイレで，お昼寝で……過ごしながら，えりかの意思を育ててもらったように思います。この先生は今でもえりかの誕生日になると，好物のプレゼントを持って顔を見に来てくださいます。このようなことは，簡単なようでなかなかできることではありません。そんなことが当たり前にできる先生と一緒にじっくり過ごし，しっかり育てていただいたえりかは本当に幸せ者だと，つくづく思うのでした。

　多くの方々に，多方面から支えていただきながら，小学部を修了することができました。保育所の所長先生の計らいで，えりかには保育所で6年間を過ごした証書もいただきました。保育所での3年間と訪問教育6年間の，都合9年間の保育所生活。えりかや私たち家族にとって，大きな大きな成長をここでいただきました。

4．就学形態の変更

　中学部に進学するにあたって考えていたのは，就学形態を変更するかどうか，つまりは訪問教育から通学に変更するかどうかについてでした。
　ここ何年かは格段に体力もつき，たまに体調を崩し，かかりつけの医院で診てもらうという程度で，健康面の心配もほとんどなくなってきました。ほかの人たちとの交わる楽しさを知り，いろいろなことに興味と意欲を示すようになっていました。そのことは，小学校の友だちやスクーリングで会う特別支援学校の友だちなどの人に対しても見られるようになってきていました。そして，中学部では訪問教育ではなく通学して教育を受け，これまで育ててもらったこ

とを基にして，毎日，同じ場に通うことで，さらに人との関わりや活動を広げていったほうがよりいいものになるのではないかと思え，えりかの成長につながるのは特別支援学校に通うことかなという気持ちが少しずつ増えてきました。妻や家族もまた，そのように感じていました。さらに，訪問教育の先生方とも話しあう機会をもち，就学形態について相談すると，学校側もそのように考えてくださっていたようで，小学部6年の後半頃からスクーリングの回数を増やして，学校の友だちと一緒に活動する場面を多くもてるようにし，学校の雰囲気にえりかが慣れるように配慮してくださいました。

●中学部への入学

　訪問教育から通学に形態変更をすることになり，学校側もえりかの受け入れのための準備をしてくださっていました。また，通学生になると，昼間のうちに，その学校の近くにある病院でリハビリテーションを受ける時間が設けられることになりました。これまでは，自宅に近い別の病院のリハ医師に必要に応じて相談していましたが，これからは，学校に行っている間にリハができて，えりかをまた違う側面からみてもらえるものと期待を寄せていました。

　学校からは，「リハを利用するには，その病院の診察を事前に受け処方を示してもらうことが必要なので，どうせなら入学前に診てもらって，入学してほどなくリハ対応ができるようにしてもらったほうがいいのではないか」と教えてくださいました。

　それならばと，入学式をあと何日か後にひかえたある日，妻は，えりかとその病院に向かったのですが，冴えない表情で家に帰ってくると，静かに，しかし激しく，語り始めました。

❖エピソード55：所詮，他人事だから

（中学部入学前）

「今日，えりかと病院に行ってきたんだけど，そしたら，診察を終えた医師

から，こんなふうに言われたの。「子どもさんにリハを行ったとしても，跳んだり跳ねたり走ったりするようになることを期待してはいけませんよ。これからは，老化防止のためのリハですから」って。なんですって，老化防止⁉ この子はまだ12歳なのに！

　跳んだり跳ねたり走ったりできるためにリハに行こうなんて考えていませんよ。リハにそんなことを期待してないし……。診察のときにお医者さんには，歩行が少しでもスムースになって，歩行距離が長くなればと言ってたんだけどね。もちろん奇跡が起こって，跳んだり跳ねたりできるようになればなぁとは思ってますよ。でも，それが難しいことなんて，12年間，この子と一緒に生きている私のほうが一番よく知ってますよ。

　リハに大きな期待をしないでという意味のことを伝えたかったのかもしれないけど，それならもう少し言い方っていうものがあるだろうと思うんよ。もしも立場が逆で，そんなことを言われたら，どう思うんだろうか。所詮，他人事だからあんな言い方になるんだわ。「期待しないで」というリハに，だれが通うもんですか。どうして通わなければいけないの！」

〈今から思えば……〉

　初めて訪れた病院の診察で妻が感じたのは，病院に対する信頼やこれからの学校生活への期待とはまったく異なる不信感だけだったのです。

　医師はこれまでの知見や経験に基づいて，「正しい」ことを伝えたのでしょう。統計的にみても，経験的にみても正しい予後と判断して話されたことでしょう。しかし，そのことばを聞き手は，どのように受け取るのでしょうか。医師は何のためにその正しいことを伝えるのかについては，あまり考えていなかったと思えました。学問上正しいことは，生きていくのにはそれだけでは正しくないことを，ご存じないようでした。診察や相談で語るということは，語る側が何をどのように話したかということよりも，話したことが結果として相手にどのように伝わったのかが重要であり，さらには障碍のある子どもとこれからも一緒に生きていこうとする勇気を相手が奮い起こすことを後押しできたものとなったかが最も大切なポイントのはずですから。

しかし、このような憤りは、「この医師に、またお世話になるかもしれない」という思いにかき消され、直接的には伝えられないままになることが多く、その後の時間の経過に伴って、その思いが消えるかといえばそうではなく、結果として、相手に対する不満や不安となって親の心のなかに沈殿していくと思うのです。特に仕事としてリハビリテーションに携わる妻とすれば、余計に受け入れることのできないことばや状況だったのでしょう。

　妻の腹立ちから、えりかがこれから関わる医療機関は、これまで私たちが関わりを続けてきたそれとは違うことを、そして、また一から関係をつくる必要があることを思わずにはいられませんでした。もしかしたら医療機関だけではなく、そのほかの所も同じように一からの関係づくりから始めないといけないかもしれない。いい具合に過ごせていた私たちの日々の暮らしは、えりかの生活圏域が広がることで、まるで時計の振り子のように揺れはじめ、また新たなことも考えなくてはいけないのかと、学校がまだ始まってもいないのに不安感だけが折り重なっていきました。

●訪問教育から通学へ

　わが家での感動的だった始業式から2年後、中学部の入学を迎えました。入学式の入場は、えりかの大好きな大型の三輪車に乗っての登場となりました。訪問教育の先生からの情報を中学部の担任の先生が受けて、取り入れてくださったものでした。まだ十分にペダルを漕げるわけではありませんが、後ろから押してもらいながらも完走していました。

　その翌日から学校への通学が始まりました。自宅から学校までの片道30数kmを車で1時間くらいかけての通学です。送迎は祖父が請け負ってくれましたが、朝の登校と午後の下校の、1日に2度の往復が必要になりました。注意を払いながらの1日4時間弱の運転は、結構きついものだったに違いありません。また、下校時刻は曜日によって異なるという変則的な時程であったため、それ以外の家のことや田畑の作業は、なかなか思うようにできない状況になりました。訪問教育のときには、教育の場まで車で5分も走れば着いていたこと

を思えば，かなりの違いでした。長い時間のドライブに慣れないえりかは，車の後部座席で眠りながら登下校することが何度もありました。これまでの訪問教育でもスクーリングがあり，登校した経験はあるのですが，それが毎日というわけですから，その生活に慣れるまでに，えりかはもちろんのこと，登校の準備をし，介助をしながらの食事をすませ，送り出す家族にとっても随分と時間がかかりました。

　訪問教育のときのスクーリングの日，えりかが学校にいる3時間くらい，祖父は学校がある松江の街が珍しいこともあって，街のどこかで時間をつぶしてから迎えに行くこともあったようで，夕食時分に，「今日は〇〇に行ってみたんだけど，そこで△△があって，……」などと話すことがありました。松江にはお城や武家屋敷などの歴史建造物や名所旧跡などがたくさんあり，歴史好きの祖父にとっては行く場所に困ることはなかったようで，ときには，ショッピングセンターや公園など，その日の気分にあわせ行き先を変え，気分転換にもなる時間だったようでした。

　しかし，通学となり，松江行きが毎日となると，街を散策するなどという気分にもなれず，家での仕事も気になることから，そそくさと学校を離れる慌ただしい日々となったようでした。それでも，歳を重ねているだけに運転を心配する家族に，「大丈夫，大丈夫。できることはしてやるから。できるまでしてやるから」を口癖のように返してくれていました。

　こんな朝の生活は，NPO法人に通学支援をお願いできるようになるまでの2年半の間，まさに晴れの日も，雨の日も，風の日も，雪の日も，続くことになりました。

　保育所や「おもちゃの家」を活用しての訪問教育の形態は，私たちの発想に基づいて行うことのできた新しいあり方だっただけに，私には様々な部署との連携のための潤滑油のような役割もあり，学校や保育所，行政等との関わりが随所にありました。しかし，学校に通学するようになると，教育内容や活動は学校側にお任せすればいいわけで，これまでにあった連携のための私の関わり

第6章　学校教育との出会い

はほとんどなくなりました。これが学校に子どもを通わす，学校にお世話になるという本来の姿なのかもしれませんが，その分，私の気持ちとしては学校と疎遠になったような気がしていました。

　そのような私の思いとは関係なく，えりかは祖父の車で送迎してもらい，楽しい学校生活を送っていました。えりかが楽しそうに思えるのは，そのような雰囲気をつくってくださっている先生方のおかげ。その1つに，いつも始業式の前日にかかってくる学部主事の先生からの電話がありました。最初にかかってきたときのことは，今でも忘れられません。

❖エピソード56：えりちゃん，元気ですか。明日は学校で待ってるよ

（中学部1年，初秋）

　夏休みが終わって，明日から2学期が始まろうとしていた日の夕方，電話の鳴る音がしました。たまたまそばにいた私がでると，学部主事の先生からでした。先生は，長期休業中のえりかの体調の様子や暮らしぶりを一通り聞かれてから，電話をえりかに替わるように言われるのです。電話で話せないことを知っている先生が何をする気だろうと思いながら，えりかの耳元に受話器をつけると，まるで見ているかのようなタイミングで受話器から先生の声が聞こえてきました。「えりちゃん，天気ですか。暑い夏だったねぇ。海やプールで泳いだ？……スイカも食べた？……」ゆっくり，間をとって話される先生からの電話の声を，まるでえりかは聞いているかのように，神妙な表情でじっとしています。「明日から学校が始まるからね，身体に気をつけて，やってきてよ〜。……いつものようにおじいさんの運転する車でやってくる？　楽しいことをいっぱいしようね。……じゃあ，明日は学校でまってるよ」と話されたところで受話器を替わろうとしたとき，えりかが偶然でしょうけれど，「えぁあぁ」と声を出していました。その電話の向こうからは「うん，明日，待ってるから」という声。私は電話の御礼を言うと受話器を置いたのですが，まるで返答をしたかのようなえりかにびっくりして，私はしばらくえりかの顔を眺めていまし

た。

〈今から思えば……〉
　まったくの偶然だったのでしょうが，先生の投げかけにえりかが返事をしたかのようなタイミングで声をあげていました。電話から聞こえてくる声を，どこかで聞いたような……と言わんばかりの表情で，じっとして聞いていたことにも驚きました。自分をかわいがってくださる人を姿でも声でも知っていると思えました。
　また，先生は毎日の学校生活においても，こんな関わりを丁寧にされているであろうと想像すると，うれしさでいっぱいになりました。長い休みの間の様子を知りたかっただけの電話だったのかもしれませんが，それにしてもありがたいことですし，まして，ことばのないえりかと電話で話そうというのですから，先生の温かい気持ちが伝わってきました。
　明日，また一緒に出かける祖父に話すと，「早く学校に行きたくなった」と，まるで自分が生徒のようなことを言って返してくれました。

　学校では，えりかの歩行に力をいれてくださり，先生方が身体に合わせた木製の手押し車をつくられ，それを押しながら廊下を歩行し，校内を移動できるように工夫してくださいました。また，学校の階段を利用しながら，階段登りの歩行の練習もしてくださいました。もっとも，どうもそれが嫌だったらしく，自分の頭をゴツゴツと叩く自傷行為が表れてしまいましたが……。

　中学部卒業式の日。仕事の都合で行けなかった私に，式から帰ってきた妻が，とても感動したと話してくれました。

第6章　学校教育との出会い

❖エピソード57：こんなに泣いた卒業式は初めてのような気がする

(中学部，卒業の日)

「ちょっと聴いてよ。今日の卒業式で何が感動したかって，退場の場面でね。えりかが歩いて退場したんだわ。先生の後ろについて，ときどき片手を持たれながらだったんだけど。時間をかけて，ゆっくりとね。体育館の結構長い距離を歩いての退場だよ。見せたかったわぁ。その姿に思わず泣いてしまったわ。

入学式のときは三輪車での登場で，これもまたよかったんだけど，式の途中で，えりかの座る場所の前に並べられたプランターの花に近寄って，花びらや葉っぱを撫でながら遊んでいたので，それを元の席に戻そうとされるのがいやで，花のそばに行きたくて大泣きしてね。入学式のときはえりかが泣いて，今日は私が泣かされたわ。よっぽど，涙に関わりがあるんだ。

そのあと，教室に行ったんだけど，担任の先生が「歩きましたねぇ。これまでも練習してたけど，今日が一番の出来ですよ。感動したなぁ」って，ぽろぽろ涙を流して喜んでくださって。その様子を見て，また私も泣いてしまうし。こんなに泣いた卒業式は初めてのような気がする」。

〈今から思えば……〉

卒業式を歩いて退場することは事前に知らされていなかったので，驚きの出来事でした。担任の先生は，当日の様子をみながら退場方法を決めようと考えられていたらしく，それが妻にとってはサプライズとなりました。

えりかにとってみれば目的の場所に行ければよく，歩くという手段を用いて行くことはどうでもいいのかもしれませんが，それでも先生方は毎日のように歩行の練習をしてくださっていました。その成果を，卒業式という中学部の最終日に見せてくれ，周りの大人たちを喜びと感動に包んでくれました。そんなえりかのがんばりも褒めたいところだし，ずっとつきあってくださった先生方も，えりかの成長に涙してくださる先生方にも感謝した1日となりました。

第7章
通所施設の設立とそこでの暮らし

通所施設「斐川あしたの丘」の前で
——指導員と利用者の方々と

障碍のある子どもを間に置いて，過去と今に関わりがあった知らない人同士がつながり，過去の思い出や今の出来事で談笑できるのは，障碍のある人が幼い頃から地域で暮らすことの意義であると思えます。　　　　　　　　　　　　　（第7章　本文より）

第7章　通所施設の設立とそこでの暮らし

1．自分たちの手で新しい通所施設を

　中学部に入学してしばらくした頃から，私たち夫婦は学校卒業後のことを考えるようになっていきました。高等部に入学するにしても，6年後には，学校というだれもが利用できる場を離れ，それぞれの社会に向かいます。障碍の重いえりかにしてみれば，福祉のお世話になりながら，安心して豊かに過ごせる場を見つけ出す必要がありました。このように，学校を卒業した後のことを考えるようになると，それまで学校と疎遠になりつつあった私でしたが，今度は進路指導担当の先生との関わりが始まり，たくさんの情報をいただくようになっていきました。

　私たちが考えていたのは，えりかが学校卒業後に過ごす場を，もう一度，生活圏域のなかに引き戻すことでした。学校という時代が終わり，いよいよ長い長い社会での暮らしが始まるとき，どうしても私たち家族の近くで，同じ空気を吸い，同じものを食べ，同じ会話を聞き，家族の一員として過ごさせたいと思っていたからでした。また，私たちはえりかを施設に入所させるのではなく，家から通える所を利用したいと考えていました。それは，えりかが小柄で体重も重くはなく，移動介助をするにもまだ家族だけで対応が可能であり，病気になれば入院することがあるかもしれないものの，日常の医療的ケアも必要なく，家族もみんな元気であるといったいくつかの通所できる条件が満たされていて，普段は家庭での生活ができる状況にあるからこそ思えることでもありました。

　かつて，いちごの会の療育活動をやろうじゃないかと言い始め，活動の実現に向けて動いた親たちは，その後も「いちご親の会」をつくり，例会を継続して行っていました。どの親御さんもそうですが，子どもが学校に入り，その生活に慣れてくると，それから始まる学校という社会がしばらく続くだけに，子育てにひとまず安心することになります。そのため，私たちの「いちご親の会」も，その例会を開く間隔は，毎月であったものから2〜3か月に1回とい

うように，間が空くようになっていました。そして，それぞれの子どもたちの状況は，就学から数年が経過し随分と違ってきていました。身体が大きく成長し，体重も重くなって，介助する側に体力が必要になった子。以前からのこだわりは続いていたものの，その状況は軽減し，周りから関わりやすくなった子。反対に，なかなか関わることのできるモノやコトが見つからず，本人はイライラして自傷行為をしてしまう子。特別支援学級から特別支援学校高等部に入り，そこでの作業学習をとても楽しみにし，働くことに意欲のある子……。

　しかし，親の会で学校卒業後をどうするのかというテーマがもち上がってくると，どの親も卒業後の暮らしが不安であることは同じでした。話しあう熱の入れようも数年前と同じようになっていき，話しあいの間隔も元に戻っていきました。子どもたちの姿には違いがでてきているものの，親の会としてまとまって話しあっていくうちに，「学校卒業後を見通して，今から何かできないか」，「今からやり始めないとすぐに時間が経ってしまい，間に合わないのではないか」，「何か新しいことが自分たちにもできるはずだ」などと考えるようになっていきました。通所施設や入所施設を運営している方々をお呼びし，施設の現状をうかがったり，福祉行政の方をお呼びして現状と課題を学んだりして，親たちの思いを実現する途を探っていきました。

　当時，私の住む町にも，障碍のある人たちが通ったり入所したりできる施設はあるにはあったのですが，定員が満たされている状態で，だれかの退所があって定員枠が空かないとなかなか利用できない状況でした。また，施設を運営していくためには，どうしても作業能力や生産性が求められ，それらがある程度高くないと施設利用ができない状況であったことから，障碍の重い人たちが働き，集う場の確保は難しいこともわかってきました。やがて，そのような現状を考えれば考えるほど，ここにいる親たちが一緒になって，みんなで新しい施設をつくろうではないかという思いが高まっていきました。これには，何もないところから新しいスタイルの療育活動を構想し，実現させていった経験をもつ親たちの自信のようなものが後押ししていました。

2．私たちが考えた施設

それまで知的障碍や身体障碍，精神障碍に分けて設立することになっていた施設は，3障碍のうちの複数を対象とする施設を設立してもいいように制度変更が進んでいました。いちごの会の療育等の活動においては，障碍の種類や程度にかかわらず，参加したいと思う人たちが参加できるようにしてきた経緯がありましたが，施設の構想においても，これまでのいちごの会が考えてきた発想を取り入れ，可能な限りそれぞれの障碍のバリアをなくしていく方向で考えていきました。そして，次のことが施設づくりの基本となりました。

① 作業を遂行するための能力や生産性にこだわらない

　障碍の状況が一人ひとり異なるのと同じように，人によって，あるいはその状況によって作業の内容や作業量，作業に向かえる時間などが異なることになるのですから，作業がどれくらい遂行できたかという進捗の度合いによる評価を重んじるのではなく，作業に向かう意欲や楽しみを重視していくように考えました。そして，そのような視点で職員が関わっていく運営をすることで，結果的にその人個人の生産性が向上し，ひいては施設全体の生産性の向上につながればいいのではないかと思いました。また，労働としての作業ができない人たちのためには様々な活動を用意したデイサービス的な部門も設け，部門同士の関わりをもちながら施設が一体となって一緒に過ごすことを基本と考えました。

② 一人ひとりのもち味が活かせ，労働から生活支援にいたるまでの幅広い活動メニューを用意する

　そのためには，労働作業ができる人から生活支援を中心に過ごす人までの，いろいろな方々に対応できる活動を用意し，作業（活動）に人を合わせるのではなく，人に作業（活動）を合わせていく考えをもつことが重要でした。

そのようにするためには，一人ひとりに応じた多くの種類の作業（活動）内容が必要になりますが，そこには利用者の持ち味を活かし，「暮らし」の視点を取り入れた取り組みを行っていく発想が大事ではないかと思えました。
　たとえば，畑で農作業をするとすれば，そこには植え付けや収穫といった作業が必要ですが，利用者のなかには，水遊びの延長線上で，結果として水やりをやってしまっていそうな人もいます。車椅子に乗っている人が土の上に降りることができれば，草取りができるかもしれないし，そうでなくても車椅子で畑に出るだけで，鳥追いの作業をしていることになります。それらの作業や活動を同価と考えたいわけです。
　また，それらの作物を，漬け物やおひたし，サラダやコロッケなど，家庭の普段の食卓に並ぶものに加工できれば毎日の消費につながります。毎日消費されるものなら，店に置かせてもらったり訪問販売をしたりすることで，商品の回転もよくなります。また，商品を売るためには，地域の人たちと直接触れあい，コミュニケーションすることも求められてきます。療育活動でも行っている「本物」をここでも取り入れることで，作業（活動）内容も，対人的関わりにも広がりがでてきます。このような対面のある活動をとおして，障碍や障碍のある人の理解にもつながるのではないかと期待しました。

③　地域の人たちと触れあいが日常的にもてるような作業や活動内容を取り入れる

　地域の人たちと触れあうのは，②で述べた毎日家庭で消費するものをつくり，販売する活動をとおしてもできますが，そのほかのすべての作業に，「地域の人たちと触れあう」という視点を取り入れることができそうです。たとえば，空き缶を回収してつぶし業者に納めるという作業においては，回収先を開拓しながら定期的に回収できるようにお願いし，協力してくださる家庭や事業所には，施設内でつくったパンやクッキーの袋詰めを御礼代わりに配るというようにすればどうでしょう。そこには施設外の人たちとの触れあいがありますし，パンやクッキーを焼くという作業は，単なる焼いたり包

装したりの作業ではなくなり，商品を手渡すことで相手が喜んでくれる顔を思い出したり想像したりしながらの楽しい作業になっていくはずです。しかも，繰り返される作業であることから，車が好きな施設利用者にとってみれば，助手席に座って何度もドライブが楽しめ，作業助手もできる一石二鳥の活動になるような気がします。

④　施設を利用する人が長く働くことで，その分野において欠かせない人に育てる

　知的障碍のある人や自閉症の人のなかには，1つの作業を習得するのには時間がかかっても，一度習得したら，とても丁寧に，寸分の違いなく行えるようになっていく人たちがいます。そのためには，本人が習得するまでの期間，その作業（活動）を嫌いにならないように周りの人たちが関わることができればと思います。とかく，周りの人が「この作業はこの人にはむかない」と先に諦めてしまうことはないでしょうか。じっくりと関わり，何年か後には，「その人を欠いては，その作業が完成しない」ということになれば，その人は施設利用者というより施設職員となって，その作業を担当することもできるのです。

　そして，このような施設の実現をめざしていく場合，あまり大きくない規模で，利用者やその家族のニーズに合わせやすく小回りがきく規模がよさそうに思えてきました。そこで，まずはそう遠くない将来に通所型施設をつくり，「いちご親の会」の子どもたちが利用できるようにし，その後に，グループホームを含めた生活型の施設も検討していくということになりました。その後私たちは，行政にその意思があることを伝えて協力要請をしたり，町内にある障碍種ごとに結成されている親の会の方々と協議を始めたり，近隣の施設見学に出かけて実際の建物を見たり，そこでの利用者やスタッフの方の動きを見たりして施設づくりと運営のための実感を深めていくなど，様々な動きを並行していきました。

● 行政当局への要望

　そのようなとき，県の障碍者プランが改定される時期と重なることがわかりました。このプランの計画目標に今考えている新たな施設を入れてもらえないと，開設の見通しが遠のいてしまいます。

　そこで，町の行政担当者との協議を進めるとともに，他の障碍種の親の会とも連携し，いちごの会といちご親の会，手をつなぐ育成会，心の健康を守る会，身体障害者福祉協会が連名で，①身体・知的障碍者通所授産施設と障碍者デイサービスセンターの設置　②精神障碍者通所授産施設の設置　③その施設の，町新障碍者プラン及び県新障碍者プランへの登載の3点について，町に対し要望書を，町議会に対し請願書を提出しました。請願はその後の議会で採択され，これを契機にして，町や県の行政からの支援を受けた施設づくりへと急展開していきました。そして，「自分たちで施設をつくる」との親の意気込みを受け止めてくださった行政当局の計らいで，まずは社会福祉法人格をもつ町の社会福祉協議会が整備と運営をしてくださることになりました。

　これらのことは，いちごの会が療育活動や「おもちゃの家」事業を継続実施していることをはじめ，参加される子どもたちや親御さんのニーズに応じた様々な子育て支援を，地域の方々と共に展開してきたこれまでの10余年の実績が評価されたものと思えてなりません。いちごの会に何らかの形で参加し応援してくださっている地域の方々の，優しさ溢れる思いが新たな形の結晶を生み出しました。そして，今度は私たちが，優しさ溢れる町づくりに貢献できるようそこでの実践をとおして，地域に還元していく番であると強く思いました。

　請願採択から3年半を経て，念願の通所施設が開設されました。

● 通所施設での暮らし

　自宅から車で5分のところに完成した通所施設。えりかは高等部を1年で中途退学し，その施設が開所すると同時に，デイサービス（生活支援）を利用することにしました。保育所時代に一緒に通っていた同級生とも一緒になり，懐かしい顔ぶれが揃った感じでした。施設への送迎はまたしても祖父の役割とな

りましたが，今回も，「学校に通っていたときのことを思うと近いことだし，簡単なことだから」と，毎朝，いそいそと楽しそうに出かけてくれました。2年目からは施設が送迎サービスをしてくださることになり，自宅から施設までのまさにドア・ツー・ドアでの移動は，天候の具合に左右されず随分と楽になりました。

❖エピソード58：えりかは楽しいところを知っている

(17歳，春)

　毎日，ほぼ定刻にやって来る迎えの車。朝食を済ませて待っていると，その車がやって来る時間あたりから，えりかは身体をむずむず動かしそわそわし始めるのですが，それはやがて車がやって来るのがわかるかのようで，早く施設に行きたいサインのようにも思えました。そして，家の前で車を旋回し，バックするときの音が聞こえてくると，その後まもなく聞こえてくるのは，「おはようございます」という施設職員さんの明るくて元気な声でした。

　すると，えりかはそれまで腹這いになっていた身体をクルッと回転させたかと思うと，玄関に向かって行くではありませんか。その姿に驚きながら，毎日の送迎場面をみてくれている祖父が，「えりかは，楽しいところを知ってるなぁ。毎日，そういう場所に行けるっていいなぁ」とうれしそうに頭を撫でて送り出してくれました。

〈今から思えば……〉

　わが家は，施設の方がえりかを迎えに来てくださる朝の9時と，送ってきてくださる夕方4時すぎの1日に2回，いつも華やかな時間帯となりました。それは，施設職員さんの爽やかで軽やかに挨拶される声によるものでした。毎日繰り返される挨拶とその声は，えりかだけでなく家族中を幸せにしてくれました。

　施設の送迎車を利用するようになり，迎えの車がやってくる時刻がほぼ一定

であることから，それに間にあうように起床から身仕度，朝食，出かける準備と生活リズムがつくられていました。ですから，しばらくすると，えりかの身体がおぼえていったのか，迎えの車がやってくる時刻がわかるかのような態度が見られ，やがて，ときどきながらも職員さんの声に反応して，玄関に向かうことがありました。たとえ，自分から向かわないときでも，朝，施設に行くことを嫌がることはありませんでした。

　毎朝，喜んで出発する姿を見ると，えりかは施設がとても好きなんだと思えてきます。毎朝，そんな姿を見て送り出す祖父母にとってもうれしい朝の時間でした。大人になってからもこんな好きな場所があるなんて，やはりえりかは幸せ者です。

　えりかは温もりのある職員さんたちに囲まれて，朝9時の迎えから午後4時の送りまでの時間を過ごします。冬になると床暖房も入るフローリングの床の上で，えりかは大きな窓から入る柔らかな陽の光と心地よい風を浴びながら，障害物のない広い空間を思うように動き回っていました。やがて大きなバランスボールが気に入り，毎朝部屋に入ると，自分からそこに向かうようになりました。あまり物が置かれていない広い部屋なので開放的でいいらしく，ときには指導員さんに軽く手を引いてもらいながら，ときには自分のペースで歩いてボールに向かう姿には驚かされます。また，座椅子が気に入り，特に施設利用者さんが個人で使用されているクッションチェアが気に入ったことから，えりか用にも椅子を購入し，それに妻が汚れてもいいようにとカバーをかけたものを持ち込むと，それに座ったり乗っかったりして遊ぶのが好きになりました。毎日繰り返されるゆったりと流れる時間のなかで，えりかは好きな場所でじっくり過ごし，そんな暮らしを過ごすうちに好きなモノが少しずつ増えていくという感じです。こんな雰囲気は，かつて過ごした保育所にも似ていました。

　また，天気のいい日には，みんなで散歩に出かけたり近くの水族館や図書館にドライブに出かけたりと，屋外にも連れて行ってくださり，適度に陽を浴びたり汗をかいたりと，えりかの身体に合わせた健康維持にも配慮くださってい

ました。いつだったかは，便の状態から体調を判断され，ご飯食をお粥に変更して食べさせてくださったこともあり，実に細やかな対応をしていただきました。普段から食事の際には食材を小さく刻んでもらったりときどき水分補給をしてくださったり，天候にあわせて服の加減をして体温調節をしてくださったりと，体調をことばで言えないえりかに代わって身体全体の様子をみて体調を管理してくださっています。風邪をひくこともなく元気に暮らせているのは施設の方々のおかげ。小回りが利き，細やかな配慮をしてくださるのは，あまり大規模でない施設ならではの特徴でもあるのでしょうが，通所施設はえりかにとって安心の場であり，家族にとっても安心してお願いできる場所となっています。

　あるとき，通所施設の生活介護事業を利用している数人が，スタッフの方々と一緒に町の図書館に散策に出かけました。そのときの様子を，施設職員さんが自分のことのように喜んで，とてもうれしそうに話してくださいました。

❖エピソード59：あら，えりちゃんじゃない

(18歳，秋)

　図書館内にある喫茶コーナーの前を通りかけたとき，カウンターのなかから「あら，えりちゃんじゃない。久しぶりだねぇ」という声がかかったんですよ。だれだろうと声のほうを振り向くと，喫茶のカウンターの奥から駆け寄ってきたその方は，「えりちゃん，えりちゃん，久しぶり。元気だった？　元気そうだねぇ」と言いながら，えりちゃんに頬ずりをして再会を大喜び。この喫茶コーナーは「いちごの会」が募ったボランティアスタッフで運営されていると聞いていたので，声をかけてくださったのはどなたかと尋ねたら，えりちゃんが保育所時代にお世話になっていた給食の先生だったんですよ。頬ずりされたえりちゃんは，うれしさを満面の笑顔で返されてました。その後，喫茶コーナーにみんなで立ち寄って，その先生の特製ケーキをいただきながら，しばらくの間，えりちゃんの昔話や今の暮らしぶりについての話題で盛り上がったんです

よ。町のいろいろな場所でえりちゃんを知っている人に会えて，声をかけてくださるなんて，私たちもうれしい限りです。

〈今から思えば……〉

　声をかけてくださったのは，えりかが保育所時代にお世話になり「えりちゃんが食べてくれるとうれしいわ」と言いながら，味付けの工夫や刻み食づくりをせっせとしてくださっていた給食・調理担当の先生でした。町を歩いていて，えりかに声をかけてくださるというような些細な光景が，思わぬところで起きたり日常的に起きたりすることは，「いちごの会」がえりかが幼いときから生活圏域である地域社会を意識して活動していたからであり，えりかを知っていてかわいがり支えてくださっている方がすぐ近くに住んでおられるからだと思えました。えりかを間に置いて，過去と今にえりかと関わりがあった知らない人同士がつながり，過去の思い出や今の出来事で談笑できるのは，幼い頃から地域で暮らしたことの1つの現れ。双方にとって気持ちのいい時間がつくれたり過ごせたりできる素敵な出会いや触れあいが町のどこそこにあるというのは，何と豊かな空間であることでしょう。

　私たち家族は，声をかけてくださった先生からも，その情景を実に楽しそうに話してくださった施設職員の方からも，温かな気持ちをいただきました。

●施設運営母体の移譲

　施設の開所後に実施された市町村合併に伴い，施設経営は新たな市の社会福祉協議会に引き継がれましたが，そこでは施設経営を行わない方針のため，合併から2年後には別の法人に経営を移譲されることになりました。そこで，今度は私たち「いちご親の会」が強力なメンバーを加えた体制で新たな法人を設立し，その新法人が通所施設の移譲を受けて運営していくことになりました。

　いよいよ，私たちの思いを込めた施設経営が本格的に始まるのです。

第7章　通所施設の設立とそこでの暮らし

●平日の家での祖父母との暮らし

　朝，えりかは2階の部屋で着替えると，片手を介助されながら階段を下り，居間に直行します。その部屋の隅には数冊の絵本があるのですが，そのなかからお気に入りの絵本を選びだすと，ページをめくっては眺めながら，朝食までの時間をゆったりと過ごしています。絵本は文字や絵を追うというよりも，鮮やかな色やシャープな形を好んで見ているようです。「この子は，ちゃんと自分の好きなものを知っている」と喜ぶ祖父母の声を聴きながら，朝食が始まります。この絵本探しは，何度も繰り返して絵本を読み聞かせていた結果で，今では自分から選ぶようになりましたが，えりかはこのほかにも，何度も繰り返されていく毎日の暮らしのなかで，次第に行動を覚えていったことがたくさんありました。

　たとえば，えりかに枕の良さを教えたのは祖母。自分が昼寝をするときに，えりかに手枕をしてやっているとえりかに枕のよさが伝わりました。あるとき祖母は，その日も手枕をしていたのですが，手がしびれるので敷いてある座布団の角を少し折って枕代わりにしてやると，それからは近くに人がいないときには，自分で座布団を折り曲げて，丁度よい高さの枕にして横になることを覚えました。ついでに，近くにある毛布を自分に掛けることも覚えたので，少し寒いときなど，自分で暖を調整して寝ころんでいます。また，祖父母の寝室の蛍光灯のスイッチ紐が長く結ばれ垂れ下がっているのですが，それを引っ張ると明るくなることを覚えたえりかは，夕方，一人でその部屋に入り，スイッチを入れてからその部屋に居座っていることが何度もありました。

　それ以降もえりかは活発に動くようになり，家中を移動しながら，自分の気に入ったところで気に入ったものを見つけては遊んでいることが増えてきました。

❖ エピソード60：えりかの仕業か

（20歳，春）

　祖父が車で外出しようとしたとき，いつもの車の鍵置き場に鍵が見つかりません。玄関の下駄箱の上に置いてある一合枡のなかに入れているようですが，確かにありません。今しがた，別の用事で車を使って帰ってきたところだったので，家族の者はすぐに見つかるだろうとあまり気にもとめていませんでした。しかし，鍵がないと困る祖父は一人で探し続けていたようでしたが，どうにも見つかりませんでした。その様子を見かねた家族も探すのですが，やっぱり見つかりません。「もう仕方がない。合い鍵でもつくらないといけなくなった」とつまらなそうに言う祖父に，「あった，あった。こんなところにあった」と見つかった知らせ。鍵は，玄関にある大時計の下に，無造作に落ちていたようでした。

　「これって，えりかの仕業じゃない。明るい玄関が好きでよく行くし，下駄箱の上の飾り物を摘んで投げたりしてるから，鍵も投げられたんじゃないか。大時計の下なんて，人の通り道じゃないから，やっぱり投げたんだ」という声に，祖父は「よかった，よかった。あって，よかった。えりかの仕業か。そうか，そうか。さっきまで車を使っていて，いつものように鍵を置いたと思っていたのにないもんだから，もうろくしたもんだなぁなんて思ってたけど，えりかの仕業か。よかった，よかった」と，鍵もあり自分の健在ぶりもわかりほっとした様子で言いました。そんな祖父を横目に，「えりちゃん，よく動くようになったなあ。よくやった」と，家族中がえりかの活発な動きを喜びながら大笑いしました。

〈今から思えば……〉

　えりかの仕業とはつゆ知らず，ひたすら鍵を探しても見つからないことに，鍵はないやら年齢を感じてしまうやらで気持ちが落ち込んだ祖父でしたが，鍵の発見でそうでもないことがわかり，ほっとして「よかった。よかった」を繰

り返していました。合い鍵をつくらずにすんだこと以上に，もうろくしていなかったことが判明し，祖父にとってみれば，そっちのほうが余計に安心したことだったでしょうが，えりかの動きが活発になったうれしい出来事でした。

　えりかとのやりとりをしながら，褒めたり癒されたりの毎日を過ごしています。

　祖父は，えりかが寿司や蟹といった，わが家では珍しくておいしいものをたくさん食べる様子を見て，「えりかはおいしいものを知っている！　買ってきた甲斐がある」と目を細めます。休日になると，留守番の祖母は，「みんな，家から出ていくのに，あんたが居てくれていいわ」と，今日はえりかと何をしようかと考えてくれます。服を着替えさせながら，「こんな長いズボンを履くようになって，大人になったねぇ」とうれしそうな祖母の声。こんな小さなことを喜んでくれる祖父母のおかげで毎日の暮らしが成り立ち，それが繰り返されることでえりかのできることも増えていき，私たちを楽しませてくれています。祖父母は私たち夫婦に注文をつけることはあっても，えりかに注文をつけることはありません。そんなふうにえりかを慈しみ大切にかわいがってくれている祖父母は，「えりかがいてくれていいなぁ。頼りにしてるから」と，えりかは自分たちの心の拠り所になっているようでした。

　そんな祖父母には，毎日のようにお客さんがあるのですが，そのなかには，「えりちゃん，えりちゃん」といつも気にかけて，声をかけてくださる人がいます。えりかが幼い頃からずっと見てきてくださっている方々だけに，家の者にも，その人ならえりかのことをわかってもらえているという安心感があるからこそ，えりかは近寄って行くのかしれません。その反対に，近寄って行かない人もおられるわけで，近寄る相手を決めているのは実に不思議な気持ちがします。好きな人にはすぐに近づき，膝の上にあがろうとしたり，卓上に置かれた飲み物やヨーグルトを食べさせてほしいとねだったりします。どうやら，えりかは，優しそうに話し，余計なちょっかいを出さずに積極的な関わりをもたず，ゆったりと見守ってくれている人が好みのようでした。

第8章
今から思えば……

―――障碍のある子と家族の関係発達

方丈さんと一緒に
―――えりか20歳のとき,お寺の本堂で撮った家族写真

「今」を認め，そこから共に生きようとする周りの意思とかかわりが必要であり，それが子育てなのだと思えてなりません。
……「今」を肯定的に解釈できていくことが，未来に一歩を踏み出す勇気と意欲をわき立たせてくれます。これは，障碍のある子ども本人もですが，家族にとっても同じことがいえるのでした。

(第8章　本文より)

第8章　今から思えば……

1．自分のなかの折りあい

　えりかが生まれてから，すでに20年余りが経過していました。早いものです。今から思えば，その間，えりかの暮らしの場は家庭から社会へと広がっていき，それに併せてそれぞれの場での人や関わりも広がっていきました。保育所や学校に通いながら，少しずつ身体も心も成長していき，今では地元にできた施設に通所するのを楽しみにしながら毎日を過ごすことができています。心配していた身体の健康状態も良好で，たまに風邪をひくことはあるのですが，このところ病院通いはほとんどなくなりました。

　この20余年の時間は，私や家族が，えりかを家族の一員に迎えてから経過した時間ともいえるのですから，えりかが育ってきたこれまでの歴史は，私たち家族の一人ひとりがえりかを育ててきた歴史でもあるわけです。そして，えりかがいる暮らしは，家族それぞれの人生の1ページとなって綿綿と綴られてきた歴史でもあるのです。

　私が子どもの頃，『奥さまは魔女』というテレビ番組が流行っていました。その番組は次のようなナレーションで始まります。

　「奥さまの名前はサマンサ。そして，旦那さまの名前はダーリン。ごく普通の2人は，ごく普通の恋をし，ごく普通の結婚をしました。でも，ただ1つ違っていたのは……奥さまは魔女だったのです。」

　番組ではダーリン・スティーブンスとサマンサ夫妻にサマンサの親戚たちも登場してきて，毎週珍騒動が巻き起こるというストーリーだったように記憶しています。

　私たち夫婦も，ある意味スティーブンス夫妻と同じで，ごく普通の2人がごく普通の恋をし，ごく普通の結婚をして赤ちゃんを授かるのですが，私たち夫婦の場合，1つ違っていたのは，それまで「普通」だと思えてきた暮らしのなかに，障碍のある子どもが誕生し，その子を育てるという重い責任を引き受けたということでした。障碍のある子どもを育てるということは，世の中では大

勢ではなく少数派です。私たちは割合からいって多くの人たちが経験しない子育てを，その意味で「普通」とは異なる子育てを始めることになりました。そして，その「普通」とは異なる子育てや暮らしのなかで，これまで述べてきたような様々な思いや願いをもちながら行動し，結局は，障碍のある子がいる暮らしが自分の人生においては「普通」なものとして捉えられる途を辿っていきました。

　その途の伴走者が妻であり家族であり，私たち家族を支えそっと背中を押してくださるのが仲間や地域の方々でした。

　これまでわが家で障碍について話題にするとき，私は「障碍を否定しない」ことからぶれないでいようとしていました。そんな思いは私にもともとあったものではなく，障碍のある子どもたちやその家族の方々との出会いから始まる特別支援教育の仕事に携わるようになってからでした。その仕事をしていくうちに，障碍を否定することは，私の目の前にいるその子どもたちの存在をも否定することにつながり，相手を否定することから始まるものが教育とは呼べないだろうと，理念的に考えるようになっていました。また，わが家での会話のなかでも最初から障碍を否定したものの考え方は，障碍のある子どもとの関わりを生業と決めた私の捉えとは大きく異なることから，私自身も否定することにつながると思え，到底，承服することはできないでいました。このことは病院のリハビリテーション科で働く妻にとっても，同様の思いだったろうと想像します。ですから，えりかが生まれた頃，障碍を否定し受け止めることができない家族のことばに，私は耳を貸そうとせず，そのことに関してはぶれない態度をとり続けていました。

　そのような私でしたから，家庭での障碍に関わる話には，より頑なになっていきました。今にして思えば，その頃の家族が，えりかの「今」に向きあい，えりかの「今」を否定することなく大事にする気持ちをもちながら育てていこうと思いながらも，一方で，今の状況のままではいけなくて，この先が不安だらけと思えてしまう揺れる思いに私は寄り添うことができない現実がそこにありました。

ところが，そのように頑なな態度をとる私は，ただひたすら理屈を語って理想とすることばを並べ，一生懸命に大義名分を探していたにすぎず，結局は障碍のある娘を育てることや娘がいる暮らしについて考えようとせず，そこから逃げていたように思えました。仕事場でも家でも，障碍を，えりかを否定するのはいけないと言い続けていた張本人が，その割には現実と向きあわずにいたという矛盾だらけの内面でした。私がそのことに気づいたのは，嵩山峠に車を止め，妻の手紙に書き留められていた「たぶん，あなたと同じ気持ちです」の一行に正対しきれない自分を発見したからでした。「なんだ，自分は格好つけているだけじゃないか。現実を前にして，どう涙していいかもわからず，自ずとわき起こる感情の表れである泣き方までも考えようとしていたんじゃないか」と思えたのでした。それならば，そんなやせ我慢や背伸びをするのをやめて自分なりの姿になろうと考えるのですが，それらをやめたとき，妻の手紙に正対できる自分がいるのかという問いに対する答えが出せず，簡単にはやめられないかもしれないと思い続ける時間が経過していきました。そんなふうに思う自分をふがいなく感じ，嫌でたまらなく思う毎日であったように思います。

　そんな私を徐々に変えていってくれたのは，えりかを「育てる」という純粋な気持ちで関わる妻や家族の姿であり，障碍の有無にはまったく頓着せずにえりかと関わり，実にフラットに私たちとつきあってくれる友人や知人であり，後に私たちの人生に大きな意味をもつことになる「いちごの会」の仲間や地域の方々でした。その人たちとの関わりをとおして，時間をかけながら，私は自分が置かれている場から逃げないで，今の自分なりの姿でここに居てもいいんだと思えるようになっていきました。そんな姿でもいいので，ここに居ることが大事であり，そこから始めればいいのではないかと思えるようになっていったのです。ある意味，障碍を否定的に捉えない私のかつての意固地な姿によって，家族は，えりかを育てることに前向きとは言わないまでも後ろ向きにならないですみ，家族に「安心していてもいいんだ」ということを伝えていたのかもしれません。しかし，それよりも，肩肘を張らない自然体で，その場に居続けることが，何よりも周りを安心させることにつながり，私がその場に鎮座す

ることで見えてくる様々な出来事に対して、そのときどきにできることを支えてくださる方々と一緒に行動していけばいいのではないかと思ったのでした。それが障碍や障碍のある子どもを受け止めるということであり、共に生きることだと思えてきました。私にとっての行動とは、地域社会で共に生きたいという思いから生まれた「いちごの会」の活動や就学に向かう態勢であり、私たちの願いを込めた通所施設づくりでしたが、たくさんの時間をかけて揺れながら到達した先の、やせ我慢せず背伸びしない私の姿は、すでに先輩の先生方やそれまで出会った障碍のある子どもを育てる親御さんが教えてくれていたものと同じでした。

　子どもを育てることにかかわらず、日常の暮らしを思うとき、自分は家族にとってどのような役割を担っているのかについて、常に考えながら過ごしている人はほとんどおらず、何かが起きたときや節目節目の出来事のときに立ち止まって考えたり、振り返ってみたりすることで気づくものなのだと思います。私自身、家族に対する自分の役割を明確にして暮らしていたわけではありませんが、えりかの誕生以降、様々な出来事につきあい心を寄せながら、私の思いのなかには、次第に妻や子どもや家族を必死に守るということが意識されてきたのではないかと思います。

　そして、「ただ、ここに居る」から始めることが大事だと思えるようになり、地域の方々と共に活動してきたことがえりかや家族を守り、地域のコミュニティを守る1つのかたちだったのだと考えます。社会に向かい、社会とつながっていくことに打って出ることや、その姿を見せていくことが家族を守ることにつながっているとも思えます。もちろん、それに併せて、人を敬する心や恥じる心をもち、誠実さや謙虚さをもって事にあたるという自分磨きを片方で行いながらなのですが……。

2．子育てへの勇気と社会への信頼
―― 集まって，楽しんで，学んで，動いて，変えていく

えりかが誕生してからこれまでの時間の経過に伴って，病院から家庭，近所，通院（療育），保育所，学校，通所施設，地域へと，次第に関わりのある場が広がっていきますが，そのいずれにおいても，実に多くの方々から支えていただいていました。そして，えりかを育てながら，私たちが育ててもらっていたものは，子育てに向かう勇気と社会に対する信頼であったと思っています。

●集まってただ話す

えりかに障碍があるとわかったときから1年くらいまでの間は，子育てというより命を生き長らえることに懸命な時期でした。何も手がつけられず，何も考えられず，常に混沌とした思いのなかで，しかし，頭のどこか一部分はいつも覚醒しているという不可思議な状況での暮らしでした。その頃は子育てについて，だれかに話したり相談したりするようなこともなく，ただ1日1日が明けて暮れる毎日を繰り返していたように思います。そうは言っても，病院に定期通院し，療育活動に参加し，家庭の外の空気にも触れながら，家族以外のだれかとえりかの話をしていないはずはないのですが，病院や療育の場では医師や療育指導の先生の話を聞くというスタンスであり，えりかの様子について話すことがあっても，えりかの子育てについて相談することは何も思いつきませんでした。まして，親としてこの先どうしようかといった自分自身の思いは話せていなかったのが現実でした。

そのような年月が経過し，えりかが保育所に通うようになると，保育所の先生の計らいで，障碍のある子を育てる親たちが集まり語りあう会を継続して行うことになるのですが，その語りあいはそれまでにない経験であり，とても意義深いものとなりました。なぜなら，私たちにとって，子育てについての専門家の話を「聞く」というそれまでのスタンスから，その機会を得て，自分の思

いを含めて「話す」ということに転換していったからでした。集まって話す親たちは，子どもの障碍の状況はもちろんのこと，家族構成も，障碍のある子どもを見つめる自分や家族の考え方もそれぞれ異なっているのですが，普段，家族以外の人たちと，障碍や障碍のある子どもを育てることについて真正面から話せることがなかったことは，だれも同じでした。たとえ，障碍のある子どもを育てる親同士の集まりであり，細かいことを多く語らなくてもわかりあえるグループとはいえ，他人に対し，わが子のことや障碍のこと，自分のこれまでや今の思いを集まってただ話すことをとおして，子育てへの元気を奮い起こし自分自身を強くしていったように思います。また，自分の話がわかってもらえる人とつながることで，さらに元気は膨らんでいったように感じていました。さらには，日頃の暮らしのなかに潜む差別や偏見に対する構えや耐性も，ここでの元気を元にして語りあうなかで育てられていったように思います。

　何度も言うようですが，その場には，保育所の主任の先生という，障碍のある子どもを育てる親でない「他人」がいつも居てくださったことはありがたいことでした。私たちの話を，常に「うん，うん」と頷きながら，「そうなんですか。そういうこともあったんですか」と否定することなく聴き続けてくださいました。先生の存在は，私たち親に対し，それまで受けてきた多くの指導性の強い対応とは異なり，私たちが子どもへの関わりや世の中に向かうための方策を自分たちで考え工夫し，選択していけるようにと静かに応援し続け，そこに辿り着くまでの長い時間を一緒に歩むんだとする意志を，態度で示してくださっていました。

　集まってただ話しあうこと。親の思いを語り，気持ちが崩れかけると仲間や先生といった他者と支えあう安心感。ここでの話しあいと学びは，私たち夫婦や親同士が「自分自身」や「社会」に対して前向きに向かわせるターニングポイントになったような気がします。納得のいかないままに子育てをすると，別の考え方に揺れてしまい迷いが生じてくるものです。特に障碍のある子どもの養育には様々な考え方があることから，余計に迷いがちですが，そんな迷いが生じないよう徹底的に話しあい，借り物ではない自分の考えを，時間をかけな

がらそれぞれに固めていった話しあいだったように思います。子育てにはただ1つの正解という明確な方法があり，それに従って歩んでいくものではなく，「これをするか，しないか」や「これをするか，あれをするか」という選択肢の連続であり，最終的には，自分はどうすることを選択してどのように生きていくのか，そして，それは何のためなのかという自分自身の問題だと思えるのでした。また，いろいろ考えようとしても，今のことは考えられても少し先のことは考えられず，先がわからない状況においていろいろ考えたとしても，何もできないと思えてしまうことから脱却し，私に，あるいは私たちに「何かできることがあるかもしれない。そのできることをやっていき，地域社会に思いを訴え，その思いを形に変えていけるかもしれない」と思わせてくれた話しあいでもありました。

● 周りの肯定的受け止めが次への原動力を生む

その後，私たちは「いちごの会」を結成して療育活動を始めたり，その活動を基にして「おもちゃの家」事業を進めたり，子どもの今と成長を考えた就学スタイルの実現や学校の夏休みを充実させるための「サマー・スクール夏いきいき隊」の実施，そして通所施設の設立など，えりかの成長にあわせ，ライフステージごとに起こる様々なテーマを，一つひとつ，仲間や地域の方々と一緒に解決しつくり上げていくことになるのですが，そのきっかけとなったのは，やはりこの話しあいからでした。

親の会で考えた「療育活動を始めてみたい」ことを，やや緊張しながら話してみると，「自分にも何か少しでも手伝えることはないか」とか「何か一緒にしよう」と集まってくださる人がいます。「えっ，本当に手伝ってくださるの？　一緒にやってくださるの？」といううれしい気持ちと同時に，「こんなことに困っている」とこちらの弱みを見せていくことで，一緒に考え行動してくださる人もいるんだと思うと，人や社会に向けて話しかけていいんだという気持ちが芽生えてきます。「人や社会を信じていいんだよ。信じてみたら」と教えてくださっている思いです。弱みを示したときに相手が認めてくれたらう

れしいし，次への意欲につながります。「今度は，おもちゃの家事業を始めてみたい」ことを，また緊張しながら話してみると，「いいことならば，やっていきましょう」と，今度は行政での検討が始まります。当時の町財政が今ほど逼迫していないなどの状況はあったのでしょうが，そこには，親の夢を一生懸命に形づくろうとする行政担当者の姿がありました。そして，実際にその活動が実現していくことになり，その活動の裏の見えないところで実に多くの方々のおかげをいただいていることがわかると，私たちは「世の中，捨てたものではない」と思え，さらに周りの人や社会への信頼感に胸を膨らましていきました。この思いによって，障碍のある子どもを育てながら考えたことを「社会に伝えていいんだ」という勇気をもらい，その勇気がさらに「社会に向かってもいいんだ」という次への勇気と社会に対する信頼につながります。まさに，安心の連鎖をつくり上げていきました。また，「いちごの会」の諸事業を運営する私たちも，それぞれの立場で支えてくださっているみなさんの思いを無駄にしてはいけないという思いが活動を続ける原動力となり，活動を推進し続けました。さらに，私たちが行うそれらの事業が社会貢献につながると実感するとき，これまでいただいた「支え」を，今度は私たちが社会に還元させていきたいと思うのでした。障碍があっても「普通」につきあってくださり，弱みを肯定的なまなざしで静かに受け止め応えてくださる人や社会に対して，あるいは弱みを強みに変えてくださる人や社会に対して，今度は私たちができることを返していくという小さな恩返しでした。

　障碍のあるわが子がまだ幼いときに芽生えたこの勇気と信頼が私たち夫婦を力づけ，わが子にとって大切な教育スタイルのあり方を模索しながら就学や転学へと向かわせ，学校卒業後の充実した暮らしを求めた施設づくりへと後押ししてくれました。一人では辿り着けなかった答えを，みんなでつくっていく過程の連続でした。そこにいつも底流していたのは，「他者を信じられる」ということだったと思うのです。だとすれば，障碍の早期発見・早期対応が進められている今日，幼児期において本当にすべき大切な早期対応とは，障碍のある

子どもへの関わりと同等に，あるいはそれ以上に，その子どもを育てる親や家族に，障碍のある子どもを育てていけるんだという安心を感じてもらえるようにしていくことだと思えてきます。そして，そこからつながる人や世の中に対して自ら心開き，自分から歩み寄ろうとしていく小さな勇気がもて，さらにそこからもたらされる人や社会への信頼を抱くことができるようにしていく支援が必要ではないかと思うのです。

　やがて，子どもが学校に通うようになれば，その時期は，子どもにとってもですが，親にとってもある意味学校という場に閉ざされ，そこで守られていきます。しかし，その学校の時代が終われば，障碍のある子どもは親元や家庭に帰されていきます。そうなると，そこでの暮らしそのものをつくっていくのは親ということになるわけですが，やはり，そこでも求められるのは，「一人ではない」と思えることを支えにした他者や社会に向かう勇気と信頼です。ですから，せめて学校の時代が終わるまでに，障碍のある子ども本人にも親や家族にも，それらを育てておく必要があるのです。鯨岡（2009）は『障害児保育』のなかで，子どもは個に向かう心である「私は私」と，周囲とつながる心である「私は私たち」の両義的な二面を抱えた一個の主体であると述べています。このことは，子どもの育ちにとって重要であるばかりでなく，まさに，「私は私」だと勇気をもって自己表現し，「私は私たち」と安心して周りに依存し，互いに信頼していけるようになるための，障碍のある子どもを育てる親の育ちにとっても大切であると思えてきます。そして，その結果として最終的に自己実現していくとき，そこには自分にも周りにも感謝できる自分がいるのではないでしょうか。

3．えりかからの学び

●目には見えない，耳には聞こえない思いや願いを育てる

　生後まもなく，医師から「次の春を迎えられないかもしれない。そうでなかったとしても，一生寝たきりの状態だろう」と言われていたえりかは，ありが

たいことに今日も元気に過ごし，毎朝喜んで自分の居場所に出かけています。そのように言われたえりかだったからこそ，これまで私たち夫婦や家族は，一緒に過ごす周りのみんなから好かれてかわいがられながら暮らせることを願い，育ててきました。障碍の重いえりかですので，家の外に自分で好きなところを見つけて，自分から出かけていくことはできません。ですから，えりかが生きていく場所は自ずと限られてくるのですが，それならば，その限られた空間を，えりかにとって好きな場所にしていけば良いのではないかと考えてきました。実際，家庭や保育所，学校，通所施設といった場所や地域自体が，えりかにとって行きたい場所や関わりたい場所になるようにと考えながら空間をつくり，あるいはそのような空間を選択してきました。

　それにあわせ，えりかには，できないことを見つけてそれをできるようにしていくことではなく，何かをやってみたいと思うときの基となる意思が育っていってほしいと願っていました。重い障碍であるがゆえに，どうしても受け身の関わりが続いてしまい，自分の意思表示ができずされるがままになるのではなく，えりかなりの表現のしかたで意思を示していくことが，豊かに暮らしていくうえでの大事な部分だと思えたからでした。

　今のえりかは，ことばもなく，長く歩くこともできません。まして，道具を使って何かをすることも限られています。しかし，これまでの暮らしにおける関係発達のなかで育てられて育ってきたえりかは，大好きなヨーグルトや喉が渇いたときに飲み物をねだったり，食事の際に口元に運んだおかずはいらないと口を開けなかったり，並べられた器に盛られているおかずのなかで自分が食べたいものが見つかると，介助者の手をとってその器の方向に持っていったりすることなどで意思表示をしてくれます。また，寒いときには陽が照っている場所やコタツに行き，暑いときには家のなかで一番風通しがよくて涼しいところを知っていて，そこで過ごすということもします。家にお客さんが来られると，声でわかるのか，自分から近づいていくお客さんもあればそうでない場合もあります。お客さんが声をかけてくださることで，自分が心地よくなる相手かどうかがわかっているのです。

私たちは，えりかのできないことをできるようにとさせていったり，「○○のときには〜〜するように」と行動パターンを教えていったりするのではなく，えりかと一緒に過ごしながらえりかにとって好きなモノ・コト・ヒトを見つけ，それらをつかった体験を通して関わり続けながら，少しずつそれらとの関わりを広げていくことを繰り返すことを大事にして育ててきました。ですから，あれこれと話しかけたり，やらせたりする人が苦手だったり，自分の思いに反してさせられることを嫌がり，ことばのないえりかはそれを情動行為として表現したりするようになったともいえます。しかし，いずれにせよ，「○○がしたい」とか，「○○がほしい」というえりかの願いにつながることを大切に，やりとりをしてきました。

　たとえば，妻や祖母が毎日朝晩繰り返す食事場面においては，ただ単に，食事をするということがねらいでなく，「えりちゃん，今日は○○と□□のおかずだよ。どれから食べてみる？　両方とも刻んであるから食べやすいよ。○○はおじいさんが畑でつくってくれたもので，□□はお隣さんがくださったもの。どっちも新鮮。迷うなぁ。あっ，そうか。その前に，まずは大好きなヨーグルトからだ」とか，食が進まないおかずを箸でつまみながら「これは，えりちゃん，食べるの苦手かねぇ。だったら，こっちにしようか」と言って別のものにしてみるなど，自然なやりとりをしています。ことばのないえりかに対してなので，介助する者の独り言や一人芝居のようなやりとりが進むのですが，そこには食事の時間をお互いに楽しいものにしたいという思いがあり，そのなかから自分でおかずを選ぶというえりかの意思が育っていったように思います。更衣の場面においても，ただ単に，脱ぎ着がしやすいように，えりかが腕や足を動かしてくれたり腰を上げてくれたりできることをねらうのではなく，「えりちゃん，今から服を着替えるよー。まずボタンを外して……，次は左からこうやって脱いで……，そうそう，それでいいんだよ。次は右の手だよ。そうそう，よくできたねぇ。そんなふうに腕を動かしてくれると，脱ぎやすくなって，こっちもうれしいわ」と，更衣すること自体を楽しんで行いました。また，「えりちゃん，今日は暑いからこの服にしようかねぇ。それとも，もう少し厚手に

する？　ズボンはこっちの模様が好きだったよねぇ」などと言ったりしながら，私たちが服を楽しみながら選ぶのと同じ過程を繰り返してきました。

　何日繰り返しても，えりかの様子はなかなか急には変化していきませんが，それでも年月が経過し，ふと気づくと変化があり，結果的に意思ある姿を見せてくれていたということに気づかされます。しかも，その意思表示によって，えりかの気持ちが周りの者に推測しやすくなり，関わりやすくなっていくことは，えりかにとってみれば，自分の思いが周りに伝わる体験を積み上げていくことであり，それが「また〇〇がやってみたい」や「また〇〇がほしい」という思いや願いにつながることになると思うのです。

　このような関わりとは反対に，「そんなことは障碍が重いから言えることで，そうであるがゆえに，周りの者は同じことを何日も何度も繰り返さないとできないことがわかっているから，そんな焦らない丁寧な関わりができるんだ。障碍が軽く，少し教えたり少し一緒にやったりすれば一人でできてしまう人もいるわけで，できることが生活していくうえでも大切なんだから，教えてやらせていったほうがいい」という声が聞こえてきます。たしかに，教えることもやらせることも必要でしょう。実際，えりかの場合も教えたりやらせたりしているのですから。しかし，教えたりやらせたりするときに，その子の「今」の姿ではダメだからがんばらせるという思いで周りが関わると，子どもには「周りから自分は認められていない」ことが伝わっていきます。そんななかで，元気を得て意欲的に活動できていくとは思えません。「できていく」なかに「思いや願い，意欲，意思」があって初めて次に向かえる原動力があるはずで，そのためには，やはり「今」を認め，そこから共に生きようとする周りの意思と関わりが必要であり，それが子育てなのだと思えてなりません。

　鯨岡（2011）は『子どもは育てられて育つ』のなかで，わが子の誕生によって生じる〈育てられる者〉から〈育てる者〉への位相の転換は，人生のコペルニクス的転回であり，その人にそれまでの人生にはなかった新しい生活を迫り，生活のスタイルそのものを大きく変えることを迫る，人生における最も大きな

第8章　今から思えば……

転換点であるとし，その転換の時点からにわかに親となった者にとって，この転回を一身に引き受けることが一般に難しく，そこへの支援が子育て支援であり，単に子育ての肩代わりがその支援ではないと述べています。また，この転回をすぎ，親もまた親としての成長が子どもの成長と同時進行しながら促される，つまり，親は子どもの成長によって育てられる面があるとも指摘しています。

　このことは生まれてきたわが子に障碍があった場合も同様なのですが，私の場合，さらに「障碍がある」という親自身に経験のないことが加わることで，その転回の引き受けをより難しくしてきたように思います。そのような体験を通して感じるのは，「成長」という中身についてです。

　一般的に「成長」とは，能力的にいろいろなことができるようになっていくことがそのイメージですが，障碍のある子を育てていると，能力的にはあまり変わらないのに，目の前の子が成長したと思えるときがあります。思えるというよりも，思えてしまうという表現が適切かもしれませんが，このことが，先に述べた，能力ではなく目にはみえない意思や思い，願いといった心の成長からくるものだと思えます。えりかと私や家族とのやりとりをとおして，ときとして思えてしまう成長。そのように思えてしまうのは，実は，そのように思える私（家族）の成長であるとも考えるのです。

　えりかの姿は，発達的にみればまったく遅れているのですが，暦年齢やいわゆる発達段階を括弧に入れて，目の前の子を目の前の子として見ている私や家族。そのように見ることができるようになったのは，えりかの存在からの学びであり，これはもう，えりかによって育てられ，えりかによって促された成長であると言わざるをえません。まさに，鯨岡（『子どもは育てられて育つ』）が述べる「親は子どもによって育てられる」ことの実感です。このように障碍のある子どもを育てていくことは，互いの成長を大きなものにしていく可能性があるように思うのです。そして，このように見ていく感覚が，私たち家族だけでなく，えりかを支えてくださっている周りの人たちにもあるからこそ，えりかとの関わりを楽しめるように思うのです。同様に，この感覚が「いちごの会」

に関わる人たちに芽生え，育まれていくからこそ，この会と活動の継続があるように思うのです。

●生きる意味の解釈が広がる
「他人と過去は変えられない」とよく耳にしますが，「今」を自分自身がどのように解釈するかで，他人の理解も違ってくるし過去の意味づけも変わってきます。もっと言えば，「今」を肯定できるとき，他人もよく思えるし，過去もよい思い出だったと受け止めることが可能になります。「今のままでいいんだよ」と思えたり言えたりするのは結構難しいことなのですが，「今」を肯定的に解釈できていくことが，未来に一歩を踏み出す勇気と意欲をわき立たせてくれます。これは，障碍のある子ども本人に対してもですが，家族にとっても同じことがいえるのだと実感しました。

障碍のある「今」を肯定することは，豊かに生きるうえで必要な様々な思いの確認になり考え方を広げていきます。

障碍があるのはいけないこと？
「いえいえ，問題は障碍のあるなしではなく，障碍という１つの条件のなかでその人がどう生きるかっていうことなんだし，家族も同様に，障碍のある人が家族にいるという条件のなかでどう生きるかっていうことなんだから」。

障碍があると，いろいろなことができなかったりするけど，できないことはいけないこと？
「いえいえ，できることはいいことかもしれないけど，「できる―できない」が問題ではないんじゃない。何でも全部できる人っていないし，できないことの程度の差と考えればいいんだし。できない人はそれでもって存在を認められないことでもないし，そもそも，自分の能力と自分の存在を一緒なものと一致させて考えてはいけないんじゃない。人は年齢を重ねるといろいろできなくなっていくけど，それでも結構楽しんで生活をしてるでしょ。大人にはできないこ

とが許されて，子どもには許されないというのではなく，できないことがあるからこそ，周りの人とコミュニケーションできる機会が生まれると思えるし，周りがどのように関わればいいかを考えるチャンスにもなるし。むしろ，できなくても「おもしろそうだ」とか「やってみたい」といった興味関心や意欲を消さない関わりが大事だと思うんだけど」。

　障碍があると人にお世話になるけど，それって迷惑じゃない？
「いいえ，反社会的行動とかで人に迷惑をかけることはいけないにしても，障碍によって人にお世話になることはいいんじゃない。周りの人が関わりをもつ機会を得ることで，人はやはりその文字が示すとおり一人では生きられず，支えあって生きなければならないことを実感したり，それまでの自分を振り返り，新たな価値観に到達したりするってこともあるだろうし。障碍のある人がいてくれるから，人と深く触れあう経験がもてたり，触れあうことで役に立ったり感謝されたりするような，今の時代において，忘れ去られているような感覚が実感としてもてるかもしれないし。それに，『こんなことに困っています』っていうことばにきちんと反応していく社会が熟した社会であるから，むしろお世話になりたいことを発信してほしいし，それを受けた社会の反応が折り重なって，人々の連携や仲間意識が育つと思うんだけど。もちろん，障碍のある人自身の精一杯の努力は忘れずに」。

　人は自分の思っていたように事が運ぶとそれだけでうれしくなり，自分の気持ちをわかってもらえるとそれだけで相手に好感を抱きますが，その逆になると，すぐに苛立ったり負の感情をもったりしてしまいます。こちらの思いが叶えられると，相手も自分もよく思え，その逆に叶えられないと，どうしても上手くいかないことを自分以外のだれかのせいにしたり，どうすることもできない何かのせいにしたりしてしまいがちです。そこには，いつも自分の価値観で周りを見ている自分がいて，自分のそれと周りが合えばそれでよく，自分と違えば心が負に動いてしまうのです。

うまくいかないときに、あるいは相手にわかってもらえないときにどのように行動するかについて、これまでの暮らしを振り返りえりかが教えてくれているのは、まずその場所から逃げずに留まって考えてみることと、これまで多くのことをしてきていただいているからこそ今があることに気づき、周りに自分が感謝するということでした。
　えりかは、当たり前のことを真っ向から勝負してくるような生き方をしていて、私たちに、「それでいいのか」、「本当に、それでいいのか」と問いかけ、考えさせてくれる存在なのです。考えることで今の自分を覗くことが、人との関わりにおいて大事だと教えてくれているようです。それらは人として生きるのに大切なことばかりで、ある意味当たり前のことだけに、普段は忘れかけてしまっていることも多いのです。
　相手が、障碍のある人のように、割合からすれば少ない人たちを、あなたはどう見ているか。
　相手の数は少ないからと、多い方に引き寄せ過ぎてはいないか。
　相手を軽んじてはいないか。
　相手のせいにして、嘆いてばかりいないか。
　相手の偉さを感じて、相手を見ようとしているか。
　相手の気持ちを感じて、そこにつきあう一歩目を歩もうとしているか。
　そのうえで、自分も意気を感じて前に進もうとしているか。
　そのような戒めを自分に課したほうがいいのではないかと、ことばのないえりかが私たちに生き様で教えてくれているといえそうです。おそらく、私や家族だけでなく、えりかが出会う人たちのだれにも、そんなふうに感じさせてくれる存在なのだと思います。しかも、えりかは対面した相手が他者を尊ばない人だとわかると、苛立つことなく、ただ黙って自分から離れ、その人のそばには近寄らないというわかりやすい行動で、「それでいいのですか」と問いかけてくれています。

　えりかの誕生から20余年。この娘とこの娘を取り巻く人たちが、奇跡と思え

る現実をつくってくれています。楽しそうにしているえりかを見るのが好きで，家族が集まってきます。えりかの笑顔が心を和ませてくれると，周りの人たちが集まってくれます。集まってきた人たちは，今の状態では足りないとえりかに求めることなく，それで満足し，そのときを一緒に過ごしています。えりかからも，それ以上のことを求めることはありませんが，そばにいる者たちは一緒に過ごすことで，豊かに生きるってどういうことなんだろうかとときに自問自答し，自分がいかに生きるかという大きなテーマを考えさせられています。そして，そこでの考えを基に行動に移していくことにより，その人や地域の心の豊かさを育み，懐の深さにつながっているような気がしてなりません。人生の価値や生きる価値を見つけだす壮大な道のりを，えりかが伴走者となって応援してくれているような気持ちです。

　私はこんなえりかと一緒に生きていきたいのです。障碍があるというだけで問題や課題があると思われがちですが，私にはそのように思えてきません。そのようなことはどうでもよく，ただ一緒に生きていきたいだけなのです。この娘と共に生きることで学び，喜び，この娘と関わりあう人たちとつながりながら，共に生きていくことを喜ぶ。そんな人生も満更でもないと，自分の人生を楽しみたいと思っています。

　えりかが生まれてからこれまで，家族一人ひとりには，私の想像を超え摑みきれない思いがまだまだたくさんひしめいていることだろうと思います。その思いの違いから，喧嘩もしたし，嫌な思いをしたこともあったでしょう。しかし，そのぶん，それぞれがいろいろな思いのなかでたくさんのことを考え，「今」を生きてきたように思います。

　一人ひとりのだれもの人生には，それぞれがじっくりと考え行動していかなければならない重要なことがらが横たわっているはずです。私の場合，その1つに障碍のある子どもを育てるということがあり，その子と共にどんなふうに生きていくのかが問われているにちがいありません。そして，それに対する私なりの答えは，えりかの育ちや家族育ち，地域の方々と一緒に取り組んだ「社

会」への挑戦など，私も，えりかのように生き様としてお返ししていきたいと思っています。
　これから先，私たち夫婦や一緒にやってきた仲間たちも歳を重ね，家族や地域を次代に委ねるときがやってくることでしょう。そうなれば，今度は育てられていた人たちが育てる順番がやってきます。そんな循環が上手くいくよう，これからも一期一会だからこそ，今日できることを精一杯伝え，行い，自分を誤魔化すことなく，一歩ずつ確かな歩みを踏みしめていきたいと考えています。

引用文献一覧

原　広治（1995）障害を持ったわが子との出会い　大石益男（編著）コミュニケーション障害の心理　同成社
原　広治（1997）小さな町のお月さま　発達，**72**, pp. 21-28.
原　広治（2002）「いちごの会」を組織して　鯨岡　峻（編著）〈共に生きる場〉の発達臨床　ミネルヴァ書房
原　広治（2012）障碍のある子を育てる親の会での父親への支援　小児看護，**35**（10）pp. 1379-1382.
鯨岡　峻（2005）エピソード記述入門――実践と質的研究のために　東京大学出版会
鯨岡　峻（編）（2009）最新保育講座15　障害児保育　ミネルヴァ書房
鯨岡　峻（2011）子どもは育てられて育つ――関係発達の世代間循環を考える　慶應義塾大学出版会
鯨岡　峻（2013）子どもの心の育ちをエピソードで描く――自己肯定感を育てる保育のために　ミネルヴァ書房

あとがき

　上の娘が20歳の誕生日を迎えた日，その娘から突然，みかん箱が送られてきました。みかんは，娘が大学に通うため一人暮らしをしていた地域の特産であるものの，わざわざみかんを送ってくれたのだろうかと不思議に思いながらその箱を開けてみると，その中身はみかんではなく，いくつかの小箱がぎっしりと詰められたものでした。みかん箱の内側には，カラフルな色で描かれたイラストに添えて，「20歳になった私からの贈り物」の文字。みかん箱の中身は，家族一人ひとりへのプレゼントだったのです。

　それまで，私たち家族は，「誕生日って，誕生してからその日まで元気に過ごせていることに対してお祝いするだけでなく，この世に生を受けたことに対して感謝する日でもあるのだから，誕生日を迎えた自分自身と，誕生させてくれた親やそのまた親に感謝する日でもある」という会話をよくしていました。娘は成人となった特別の日にそのことばを覚えていて，その思いを形にして贈ってくれたのでした。

　えりかが20歳の誕生日を迎えた日，えりかはそのときの感謝の思いを，姉のように自ら発信することはできないながら，しかし，その思いを誰かが代わって，あるいは形を変えて発信することはできないかと考えました。そう，えりかは他者からの光を浴びて輝く"月"なのですから。それが私を拙著に向かわせたきっかけであり，原動力でした。

　そのみかん箱には，私たち夫婦に宛てた手紙が同包されていました。そこには，「……いつもは何も言わなかったけど，私自身，えりかの障碍を受け入れるのにはすごく時間がかかりました。自分の中での葛藤もありました。でも，えりかのことを可愛がってくれる近所の人々や学校の先生，私の周りにあった

バスケやたくさんの友だちのお陰で，何とか笑顔で20歳を迎えることができました。それに，えりかの存在があったからこそ，弱い立場の人のことや悲しみ，苦しみなどなど，いろいろなことを受け止めて他人（ひと）のために動くということが楽しいと思えるんだと思います。何で私の妹に障碍があるのかとか，神様は不公平だと，少し思うこともあったけど，それでも家族に想われていて幸せすぎるくらい幸せだということもよくわかっているので，えりかのことで文句を言うことはありませんでした。……」と綴られ，姉としての思いや現在の心理職に就く動機を垣間見ることができます。拙著では障碍のある妹をもつ姉としての生き様を書ききることができず，家族の関係発達を語るのに重要な内容である「きょうだい」の側面からの論考ができていないことが心残りですが，その部分はまた別の稿で述べていきたいと思っています。

　私が教員になりたてのころからずっとご指導いただいた故・大石益男先生（島根県立看護短期大学名誉教授）が，次のように話されたことがありました。「一般に，「ことば」のない子どもに対しては，「ことば」を育てることでコミュニケーションが可能となり，その「ことば」を通して人同士がつながっていくと考えられがちである。しかし，よく考えてみると，実際は逆であり，人と人がつながることで，あるいはつながろうとすることでコミュニケーションは生まれ，結果として「ことば」という形あるものを獲得していくものなのだ」と。

　「ことば」といった便利なものが，いつでも，どこでも，だれとでも使えるようになるには，特定のときに，特定の場で，誰か限られた人と「つながる」経験が重要な意味をもつはずです。つまり，「ことば」といった道具（能力）を育てる関わりには，まずは相手を対象として捉えるのではなく，相手に敬意を払いながら関わり手自身の身と心を置き，「私」として斟酌（理解）しながらつながろうとしているのかという，関わり手自身のありようが問われてくるのです。

　このことは，何も「ことば」に限ったことではなく，えりかの子育てに置き

あとがき

　換えたとしても，そこに底流する考え方であったと気づかされます。能力を育てることで人とつながるのではなく，まずは人とつながろうとすることで関係発達が育まれ，結果として所与の条件の下での能力が獲得されていく。今回，拙著をまとめていくなかで，ここまで連綿と綴ってきたことで確信となったことの一つは，そのようなことでした。

　子育てを考えるとき，子どもの「今ない力」を探してそれを育てることが大切であり，「今」はそのような「力（能力）」を蓄え，明日のため，将来のために備えるときだという考え方は，一見，当たり前のようでわかりやすいといえます。「今」はよりよい「明日」のためのもの。しかし，それははたして本当でしょうか。これまで一緒に学んできた仲間たちと話しあうなかで考えるのは，私たち自身，明日，摑むかもしれない「力」を待って「今」を生きてはおらず，「今ある力」でもって，何とかやりくりしながら「今」を生きているはずなのです。

　えりかの場合も，「今ない力」を見つけ，それらを獲得させる関わりを行い，やがて訪れる明日や将来に備えたのではなく，「今ある力」を使い込みながら「今」を生きることに傾注することを大切にして育て，育てられてきました。えりかの「力」は，その結果として，いつも後からついてきたものと考えるのです。えりかなりの能力を開花させていくことが子育てそのものであり，えりかの幸せなのだとも思えます。「力」は蓄えるものではなく，使っていくもの。そのような考えに基づく子育ては，関わり手の心を啓き，活動を社会に開くとともに，行動を社会に向かって拓き，人や機関や制度といった社会資源とつながり，まきこみながら紡いでいくことになりました。と同時に，「今ある力」を使って生きることは，その人に対して「あなたはそれでいい」「あなたは"零"ではない」「あなたは役立っている」というメッセージを伝え続けることでもありました。そして，それらはやがて，相手のからだのなかに，周りから「喜ばれている」「認められている」という実感となって沈殿していったと思えるのでした。

えりかに代わり生きている足跡を残すことは，一つひとつの出来事を通して，私自身が自らの振り返りと意味づけを行っていく作業でもありました。家族が増えていくことや日々の出来事を通して，家族それぞれの思いは膨らみ揺れていきます。私自身，当初は自分のことで精一杯であり自分中心の考え方であったものが，やがて，それでも少しずつ家族を含めた他者へと向かい，その人たちを大事にしながら関係を紡ごうとするようになっていきました。それでもやはり，私の考えや価値観は揺さぶられ続けるのですが，そうでありつつも，私のなかで折り合いをつけようとする営みがありました。親となり，育てられる者から育てる者へと立ち位置が変化したとしても，やはりどこかでしっかり育てられている存在でしかなく，そのありようが，親として，家族としての私の心の成長であり，えりかと私の，えりかと家族の，家族と私の関係発達であると思えるのでした。

　このような親子の，家族の関係発達を呈し，その姿に気づくことができたのは，学生のころから今日に至るまで継続して関わりをもたせていただきながら，たくさんの教えや導きをいただいている鯨岡峻先生（京都大学名誉教授）のおかげです。このたびの出版に関しても，そのチャンスと多くのご指導，ご教示をいただきました。私が教員として今あるのも，鯨岡先生のおかげであると言っても過言ではありません。心より感謝申し上げます。

　また，私の思いを形にしてくださるとともに，著作ということ自体に慣れない私に多くのご教示をいただき，「いい本にしていきましょう」と常に元気づけていただいたミネルヴァ書房編集部の西吉誠氏に感謝する次第です。さらに，同編集部丸山碧氏には，読み手に私の思いがより正確にわかりやすく伝わるために多くのご指摘をいただき，さまざまにお世話になりました。ここに記して，感謝申し上げます。

　最後に，拙著に登場していただいたお一人おひとりに，また，えりかをはじめ私の家族に感謝します。文面では，考えの違いから，私が負の意識をもって関わったエピソードがあり，心外だと思われた部分もあったかと存じますが，当時の私の心境をあえて率直に述べることで，父親としての思いを伝えたかっ

あとがき

たということに免じて，お許しいただけたら幸いです。ただ，今は誰一人欠くことなくみなさんとの出会いとおかげで今の私があり，こうして歩み続けることができているのだと思えます。ありがとうございます。これからもよろしくお願いいたします。

追記
　平成26年4月，えりかが大好きで拙著に何度となく登場した父が永眠しました。ここに記すとともに，本著を捧げます。

平成26年9月

原　広治

《著者紹介》

原　広治（はら・ひろじ）

1959年生まれ。2003年，島根大学大学院教育学研究科修了。小学校や特別支援学校の教員，島根県教育庁特別支援教育担当指導主事，地域療育活動「いちごの会」事務局長として，障碍のある子や保護者支援に携わる。文部科学省中央教育審議会専門委員（2006〜2008年）。

現　在　島根大学教育学部心理・発達臨床講座教授
主　著　『〈共に生きる場〉の発達臨床』（共著）ミネルヴァ書房，2002
　　　　『コミュニケーション障害の心理』（共著）同成社，1995

	障碍のある子とともに歩んだ20年
	──エピソード記述で描く 子どもと家族の関係発達──

2014年10月15日　初版第1刷発行　　　　〈検印省略〉

定価はカバーに表示しています

著　者　原　　広　治
発行者　杉　田　啓　三
印刷者　田　中　雅　博

発行所　株式会社　ミネルヴァ書房
607-8494　京都市山科区日ノ岡堤谷町1
電話代表　（075）581-5191
振替口座　01020-0-8076

©原　広治，2014　　　　創栄図書印刷・清水製本

ISBN 978-4-623-07127-2
Printed in Japan

保育のためのエピソード記述入門 鯨岡　峻・鯨岡和子／著	Ａ５判／256頁 本体　2200円
エピソード記述で保育を描く 鯨岡　峻・鯨岡和子／著	Ａ５判／272頁 本体　2200円
子どもの心の育ちをエピソードで描く ――自己肯定感を育てる保育のために 鯨岡　峻／著	Ａ５判／296頁 本体　2200円
保育の場に子どもが自分を開くとき ――保育者が綴る14編のエピソード記述 室田一樹／著	Ａ５判／242頁 本体　2400円
子どもを「人間としてみる」ということ ――子どもとともにある保育の原点 子どもと保育総合研究所／編	四六判／308頁 本体　2200円
共　感――育ち合う保育のなかで 佐伯　胖／編	四六判／232頁 本体　1800円
見えてくる子どもの世界 ――ビデオ記録を通して保育の魅力を探る 岸井慶子／著	Ａ５判／220頁 本体　2400円
子どもの心的世界のゆらぎと発達 ――表象発達をめぐる不思議 木下孝司・加用文男・加藤義信／編著	Ａ５判／226頁 本体　2400円
０１２３発達と保育 ――年齢から読み解く子どもの世界 松本博雄・常田美穂・川田　学・赤木和重／著	Ａ５判／240頁 本体　2200円
子どもの発達の理解から保育へ 岩田純一／著	Ａ５判／240頁 本体　2400円

――― ミネルヴァ書房 ―――

http://www.minervashobo.co.jp/